내가 너를 도와주리라

사랑한다,
내 딸아!

사랑한다, 내 딸아!

1판 1쇄 발행 2023년 5월 24일

저자 윤평남

교정 주현강 **편집** 문서아 **마케팅·지원** 김혜지

펴낸곳 (주)하움출판사 **펴낸이** 문현광

이메일 haum1000@naver.com **홈페이지** haum.kr
블로그 blog.naver.com/haum1000 **인스타그램** @haum1007

ISBN 979-11-6440-367-7 (03810)

좋은 책을 만들겠습니다.
하움출판사는 독자 여러분의 의견에 항상 귀 기울이고 있습니다.
파본은 구입처에서 교환해 드립니다.

차 례

악몽

*

이른 새벽.

사물은 보이지만 어두움이 있는 한적한 고속 도로. 고급 대형 세단이 힘차게 달려 나가고 있었다. 무서운 속도로 달려 나갔다.

차를 지탱하고 있는 네 바퀴 타이어가 채 마르지 못한 이슬을 파괴하며 허연 연기를 일으키며 도로에 밀착되어 달려 나갔다.

가끔은 차체가 흔들리는 모습도 보이지만 속도를 줄이지 않았다.

고속 도로 직선 구간으로 끝이 없어 보였다.

차 안에 동승자는 없었다.

회장님을 급히 모시러 이른 새벽에 달리는 것일까. 아무리 고급 세단이라 해도 과속에는 무리가 될 수밖에 없는데 차는 달려 나갔다. 운전자는 음악을 틀어 차 안의 분위기를 바꿔 보지만 얼마 지나지 않아 그만 음악을 꺼 버렸다.

외부 소리는 들리지 않고 차 안은 고요함 속에 갇혔다.

운전자는 피곤한지 눈을 비벼 보지만 천 근 같은 눈꺼풀은 소리 없이 내려와 눈동자를 덮었다. 눈꺼풀이 덮으면 자연 졸음에 빠진다. 순간적인 졸음이 왔다. 운전자는 순간 놀라며 핸들을 똑바로 잡았다. 정신적인 행동을 해 보지만 한번 시작된 졸음은 막을 수가 없었다.

멀리 터널 입구가 눈에 보였다. 고속 도로의 터널과 졸음, 이것은 곧 죽음이다. 운전자는 졸음의 깊은 나락으로 빠졌다. 차는 지그재그로 마구 흔들리기 시작했다. 그러나 운전자는 좀처럼 졸음에서 헤어 나오지 못하고 터널의 우측 옹벽에 충돌하고 말았다.

차는 달리는 속도를 이겨 내지 못했다. 보닛이 운전석까지 밀려 들어와 운전자는 그 자리에서 즉사하고 말았다.

사고 현장은 깊은 정적. 이때 터널이 빛으로 갈라지며 세상에서는 볼 수 없는 빛의 길이 나타났다. 동시에 운전자의 영혼이 육신의 몸에서 빠져나와 끝없는 빛의 길을 걸어가며 뒤돌아보았다.

무슨 미련이 저리도 많이 남았는지 이승을 돌아보며 멈칫멈칫 걸음을 멈추었다가 걸어가곤 했다. 그는 손을 흔들며 빛의 길로 달려갔다.

침실. 침대에 부부가 깊이 잠들어 있었다.

남편은 놀라 몸을 일으키며 자기 목과 가슴을 만졌다.

온몸은 땀에 흥건히 젖어 이마에는 땀이 흐르고 있다.

"아~ 꿈이었어. 이상한 꿈이네. 내가 요즘 피곤했나, 개꿈이겠지. 이런, 잠도 다 달아나고⋯. 오늘은 그냥 날 새게 생겼네." 남편은 투덜대며 말했다.

남편은 아름다운 미소를 지으며 잠들어 있는 아내를 바라보았다. 꿈속의 일은 다 잊고 아내의 얼굴을 손으로 살며시 만져 보았다.

"세상에 이렇게 아름다운 여인이 있을까? 내가 복이 많은 놈이야." 남편은 말했다.

남편은 한동안 아내를 바라보며 아내를 만났던 그때를 회상했다.

아내는 건설업계에서 잘나가는 부흥건설 막내딸 김혜원. S 대 3학년 재학 중이었다.

서의천은 S 대를 졸업하고 해군에 입대하여 복무 중이었다. 둘은 선후배 사이었으나 깊은 연관은 없었다. 학생의 신분으로 지나치는 그런 사이. 학교에서 둘은 그렇게 두각을 나타내지 못하고 학업에 충실했다.

혜원과 의천의 만남은 전적으로 부모들의 권한으로 이루어졌다. 의천의 부친은 증권계에서 알아주는 신화증권사 서영철 회장이다.

혜원과 의천이 태어나기 전부터 양가는 알고 지냈다. 지금도 주식 관계로 업계에 많은 재력을 과시하고 있었다.

악몽

무더운 여름날. 의천은 말년 휴가를 받아 집에 돌아왔다.

연일 30도 넘는 무더위로 온통 세상이 불볕더위로 아우성친다. 탄식 소리는 바캉스라는 행복의 기회다. 더위가 아무리 기승을 부려도 그 기회는 막지 못하고 너도나도 산으로 바다로 그늘이 될 만한 곳이면 사람들로 발 디딜 틈이 없었다.

그래도 잘사는 집은 에어컨을 빵빵하게 틀어 놓고 집에서 무더위를 이겨내고 있었다.

의천도 시원한 에어컨 바람에 몸을 맡기고 침대에 벌렁 누워 시집을 집어들었다.

아래층 거실 쪽은 아까부터 온 식구가 골프를 준비하느라 소란스럽다.

"아니, 이 무더위에 무슨 골프를 한다고." 의천은 짜증스러운 표정으로 말했다.

소란스러운 소리에 시집도 눈에 들어오지 않았다.

누나와 어머니의 목소리가 방문이 열리는 동시 들려왔다.

"의천아! 너도 같이 가자." "빨리 준비해."

"아니, 안~ 가." 의천은 돌아누우며 대답했다.

의천의 말이 끝나기도 전에 어머니는 어느새 의천의 옆구리에 다가와 팔을 붙들었다.

"아들, 같이 가자. 오늘 부흥건설 회장님 가족과 같이 가기로 해서, 가~자. 응? 아~들."

어머니는 애교 섞인 목소리로 말했다. 의천의 마음이 조금 누그러들었다.

"형님 내외와 가면 되잖아." 의천은 침대에서 일어서며 말했다.

"형하고 형수는 오늘 중요한 약속이 있대. 의~천아! 엄마 체면 좀 세워 주라, 응?"

어머니는 의천의 등을 쓰다듬으며 말했다.

"의천이, 너 빨리 안 나와?" 누나는 방문 앞에서 큰 소리로 의천을 부르고 있다.

누나는 아주 협박이다. 의천은 일어나 옷장 문을 열었다.

"아 씨, 오늘 좀 편하게 쉬고 싶었는데." 의천은 골프 복장을 꺼내며 투덜대며 말했다.

투덜대는 모습을 지켜보는 어머니의 입가에 알 수 없는 미소가 보였다.

의천의 가족은 아버지 서영철 회장, 어머니 여진주, 형 서의영 사장, 형수 진세영, 누나 서의숙이었는데 누나는 결혼하지 않았다.

집은 장충동 단독 2층 주택으로 온 가족이 함께 살기에 부족함이 없었다. 그들은 준비를 끝내고 대형 세단에 함께 몸을 싣고 떠났다.

오늘은 기사가 운전하지 않고 의천이 운전을 해 한 대의 차로 가족이 이동할 수가 있었다.

누나 서의숙은 연신 재미있는 말로 차 안에서 행복한 분위기를 만들어 주었다.

달리는 차량 밖으로 한낮의 뜨거운 열기로 처진 나무 잔가지들이 춤을 추었다.

답답한 도심을 지나 한적한 도로를 따라 달리다 보니 어느덧 차는 예약된 골프장 입구로 들어섰다.

예약으로 운영하는 골프장이라 사람들은 분주하지 않았다.

부흥건설 김 회장 내외가 먼저 와 기다리고 있었다.

"어서 오십시오, 서 회장! 날씨가 아주 좋아요?" 김 회장은 악수를 권하며 인사했다.

"안녕하셨소, 김 회장! 사모님도 평안하셨지요?" 서 회장은 김 회장 손을 잡으며 인사를 했다.

"회장님도 평안하셨지요? 어머! 진주 언니 오랜만이야." 김 회장 사모는 여진주에게 다가오며 반가운 표정으로 인사를 했다.

"그래, 해정아! 잘 지냈지?" 여진주는 해정의 손을 잡으며 물었다.

두 사람은 숙대 동문으로 진주가 2년 선배였다.

김 회장이 서의숙을 바라보며 팔을 벌리며 다가왔다.

"의숙이, 더 예뻐졌는데 연애를 하고 있나?" 김 회장은 미소를 지으며 물었다.

"아이, 몰라요." 의숙이 김 회장 품에 안기며 쑥스러워했다.

이렇게 김 회장과 서 회장 가족은 서로 허물없이 지내는 사이다.

운전석에서 내리는 의천을 발견한 해정은 의천의 곁으로 다가갔다.

"이게 누구야? 서의천!" 해정은 반가운 표정으로 의천을 불렀다.

"병장 서의천! 어머니께 인사드립니다. 필승!" 의천은 경례를 힘차게 했다.

"좋았어! 서 병장, 쉬어. 하하하."

해정은 의천의 어깨에 손을 얹으며 환한 미소를 지으며 말했다.

이렇게 두 가족은 인사를 나누었다. 로비에서 라커 룸 안으로 걸음을 옮겼다.

"해정아, 혜원이 어디 있어?" 진주는 해정의 팔을 살며시 잡아끌며 물었다.

"언니 먼저 골프장 구경한다고 갔어. 티잉 그라운드 쪽으로 가고 있을 거야."

해정은 미소 지으며 진주의 손을 꼭 잡으며 대답했다.

"그래, 빨리 가자. 혜원이 보고 싶어." 진주는 밝게 웃으며 말했다.

서 회장 가족이 탄 골프 카가 출발하고 30m쯤 뒤에서 김 회장 부부가 탄 골프 카가 따라오고 있었다. 티잉 그라운드는 골프 카로 한참을 가야 했다.

구불구불 달려가는 골프 카 앞에 직선 도로가 보였다.

눈에 확연히 보이지 않지만, 한 여인이 달리는 골프 카 쪽으로 걸어오고 있었다. 의천은 운전을 하고 있어 앞에서 걸어오는 여인을 정면에서 볼 수가 있었다.

"아니, 세상에 저렇게 아름다운 여인이 있을까?" 의천은 생각했다.

의천이 아름답다고 탄성을 내는 순간은 어머니 말고는, 태어나서 처음이다. 여진주, 미스코리아 진으로 세상에서 인정받은 아름다운 여인이었다.

'아! 이 여인은 천사일까?' 의천은 속으로 생각했다.

여인은 체크무늬 미니스커트에 흰색 블라우스를 입었고 긴 머리는 단정히 묶어 걸음을 걸을 때면 긴 머리가 흔들거렸다.

아름다운 얼굴에 큰 키. 어디 하나 흠을 잡을 데가 없었다. 머리부터 발끝까지 의천의 두 눈에 들어와 각인되었다. 의천은 속도를 낮추고 여인을 주시했다.

여인이 골프 카 옆을 지나갔다. 의천의 옆을 스칠 때 숨을 타고 스며드는 여인의 향기는 정신 줄을 놓기에 부족함이 없었다. 의천의 가슴이 두근거렸다. 커브 길을 돌아 그녀의 모습이 사라질 때 굳게 닫힌 입술에서 "휴우~" 한숨이 나왔다.

처음 본 여인이지만 다시 보고 싶다는 생각이 들었다. 의천은 힘차게 골프카의 페달을 밟았다.

서 회장이 탄 골프 카가 티잉 그라운드에 도착했다. 일행은 티박스 쪽으로 걸어갔다.

곧이어 김 회장이 탄 골프카가 멈추며 일행이 내리고 있었다.

이를 지켜보던 여진주는 골프카로 걸어가며 내리는 한 여인을 반갑게 맞았다.

"혜원이~ 혜원이 맞지?" 여진주는 혜원이 손을 꼭 잡으며 물었다.

혜원은 밝게 미소 지으며 여진주에게 정중히 허리 굽혀 인사를 했다.

"네~ 어머니, 저 혜원입니다." 혜원이 밝은 표정으로 대답했다.

서 회장도 천천히 걸어오며 손을 흔들었다.

"우리 혜원이, 미국에서 보고 처음이지?" 서 회장이 다가서며 물었다.

서 회장이 10년 전 미국 출장을 갔다가 미국에 잠시 와 있던 김 회장과 만났다.

이때 혜원이 미국에서 유학 중이었고 김 회장과 함께 저녁 식사를 하며 즐거운 시간을 보냈었다.

"안녕하셨어요, 아버님!" 혜원은 허리 숙여 인사를 했다.

혜원은 과감히 의천의 부모를 아버님, 어머님이라 부르고 있다. 어릴 때부터 양가 부모는 혜원과 의천의 장래를 약속했었다.

혜원이 미국 유학을 마치고 S 대 영문과에 편입할 때까지도 혜원은 의천을 한 번도 본 적이 없었다.

혜원의 부모님은 서 회장님 막내아들 의천이 네 짝이라고 귀에 못이 박히도록 혜원에게 주입시켰다. 혜원은 의천이 과연 어떤 사람인지 몹시 궁금하기도 했다. 혜원이 편입하던 해에 의천은 4학년으로 졸업을 앞두고 있었다. 혜원은 먼발치에서 의천을 여러 번 보았지만 직접 만나지는 않았다. 먼발치에서 보았던 의천의 모습은 늠름하고 늘 활기차 있었다.

"내 낭군으로 괜찮은데." 혜원은 혼자 미소 지으며 얼굴이 홍시가 될 때도 있었다.

이렇게 해서 혜원과의 만남이 이루어졌다. 의천은 평생 잊지 못할 골프장의 인연으로 혜원이 대학을 졸업하자 바로 결혼했다.

지금 사는 이곳은 가족 별장으로 쓰던 곳이다. 혜원이 작품 활동을 하기 좋은 곳이라고 했다. 이곳에 혜원 부부가 정착한 지 4년이 되었다. 하지만 아직 자녀가 없었다. 양가 부모는 걱정하는 마음이 태산 같았다.

별장은 넓은 저수지를 끼고 있었다. 경치가 아름답고 사계절의 특색이 있었다. 혜원은 이곳이 글을 쓰기 좋은 곳이라 생각했다. 혜원 부부는 주말 부부라는 걸림돌이 있었지만, 서로의 사랑으로 모든 것을 극복하고 오늘까지 잘 지내 왔다.

김 회장 가족과 서 회장 가족은 다 하나님을 잘 섬기는 가정이었다. 혜원과 의천은 모태 신앙으로 하나님을 떠나 살아 본 적이 없었고 의천은 주말이면 늘 이곳에서 혜원과 함께 동네 작은 교회에 열심히 다니고 있다.

별장지기 부부가 뒤채에 살면서 별장을 잘 돌봐 주고 혜원의 힘든 일을 도와주고 있었다.

별장지기 부부도 하나님을 잘 섬기는 집사 부부로 혜원은 권 집사님, 양 집사님으로 부르고 있었다.

잠들어 있는 혜원을 의천이 살포시 끌어안았다. 잠결에도 혜원이 의천의 가슴팍으로 깊이 파고들었다.

저녁 해 질 무렵. 저수지 둑길에 빛이 나타났다.

빛 속에서 사람 형상을 한 사람들이 나왔다. 빛은 사라지고 두 사람이 저수지 끝자락 중앙 지점에 서서 사방을 둘러보았다.

"아름다운 지역이군!" 연장자로 보이는 자의 입에서 나온 말이다.

백색의 바지와 백색 긴 재킷을 입고 있으며 얼굴은 빛 때문에 알아볼 수가 없었다.

"사부님, 저수지와 동네가 조화롭네요."

같은 복장을 하고 있고 제자로 보이는 자. 특이한 것은 이마에 흰색 두건을 두르고 있고 가운데 금박으로 타원형이 새겨진 그 안에 200이라고 숫자가 새겨져 있었다.

"이백아! 이승 순례는 처음이지?" 사부가 제자를 보며 물었다.

"네, 그렇습니다. 일백 사형께서 이번 사부님과의 동행을 추천해 주셨습니다."

이백은 두 손을 가슴에 모으고 허리 숙여 대답했다.

"음, 그래. 많은 것을 배우도록 해라." 사부는 동네 쪽을 바라보며 말했다.

"네, 사부님 감사합니다." 이백은 허리 숙여 말했다.

이들이 대화하는 동안 놀라운 변화가 일어났다. 이들 얼굴이 서서히 인간의 모습으로 바뀌고 있었다. 사부의 모습은 인자한 노인의 모습으로, 이백 제자의 모습은 발랄한 청년의 모습으로 변화되었다.

"사부님도 이곳이 처음인지요?" 이백은 사부를 바라보며 물었다.

"음, 이곳을 지나던 때가 언제던가. 아마, 알 수는 없지만 100년은 넘었을 것이야."

사부는 먼 하늘을 바라보며 알 수 없는 표정으로 대답했다.

"이 땅에 악의 씨를 뿌린 지 오랜 시간이 돼서 아직도 결말을 보지 못하고 있는 나 자신이 용서가 안 돼. 사부의 꿈은 이게 아니었거든." 사부는 한숨을 쉬며 말했다.

사부는 앉을 만한 곳으로 걸음을 옮기며 제자의 손을 잡았다.

"우리 저곳에 조금 앉자. 내 이야기가 재미없이 길어질 것 같아. 그래도 들어 줄 거지? 늙으면 잔소리만 늘어나는 것은 어쩔 수가 없어." 사부는 걸어가며 말했다.

사부와 제자는 제법 의자 구실을 하는 돌 위에 앉았다.

"음, 내 어디까지 말을 했나? 그래, 사부가 이승 순례를 시작한 지 어언 1,000년은 될 것 같은데. 신참으로 사형들을 따라다닐 때가 참 좋았지. 작은 일에도 최선을 다한다는 소리를 사형들에게 많이 들었거든. 그때 많은 악한 아이디어를 생산해서 제공했었지. 나 자신도 많이 놀라곤 했었어. 우리 같은 사단의 순례자는 계획을 잘 세워야 하거든. 계획이 잘못되면 좌절과 실망으로 자신의 한계에 눌려 순례의 길을 포기하는 예가 많아. 사부도 이번 순례가 마지막이 아닐까 싶어." 사부는 깊은 한숨을 쉬며 말을 이어 갔다.

"100년 전 이 땅에 뿌려 놓은 악의 씨는 많은 피의 향기를 제단에 드렸어. 그때 그 기쁨은 온 사단 감동이었어. 이 땅에 공산주의 사상을 심었으니 그것으로 6.25 전쟁이 일어났어. 온 땅의 피가 마를 날이 없었지. 공산주의 사상이 인간에게 얼마나 악한 영으로 영혼을 파괴하는지 사부도 그 참혹함을 보면서 놀라웠지. 우리는 그저 심기만 했는데. 인간은 서로 죽이고 하는 것으로 끝나지 않는 것이야. 공산주의 사상은 오직 자기밖에 모르는 악령의 존재물로 만들어 버리는 거야." 사부는 이백을 바라보며 말했다.

"이백아! 인간의 영혼을 간섭하는 것은 악령의 영역이지 우리 사단의 영역이 아니야. 우리도 악한 영을 부리는 천사 계열이지 우리는 악한 영의 세계를 통제하지 못하는 것이야. 우리는 무슨 방법을 통하든지 악령에게 좋은 정보를 제공하는 것이지. 악령은 생각이라는 것이 전혀 없거든. 그저 무지한 악의 부산물로 영혼을 좀먹는 악령 귀신들의 행보지. 인간은 악령이 지배하고 있다는 것에 악령은 큰 자부심을 가지고 있는 것이야. 가만히 놔두어도 악령의 세계에서 벗어날 수가 없는 것이 인간이지. 제자도 알아야 하는 것은 사단은 인간을 죽일 수가 없어. 인간은 하나님의 형상을 따라 지어졌고, 그 영혼에 하나님의 생기를 불어넣으셨어. 인간의 영혼은 하나님이 지배하고 있단다. 그 때문에 우리 사단의 신은 인간을 직접 간섭할 수도, 그들을 해할 수도 없어 하나님의 허락 없이는 인간의 영혼을 어찌할 수가 없는 것이다. 그래서 우리 사단은 사실 할 일이 없는 것이야."

사부는 숨이 차는지 긴 호흡을 하며 말을 이어 갔다.

"사단의 조상이 첫 번째 인간 아담에게 선악과를 먹게 하기 위해 얼마나 많은 계획이 있었는지 사단의 전서를 공부하면서 알게 되었지. 인간이 선악을 알게 하는 과실을 먹지 않았다면 사단은 아마 아담의 종으로 귀속되었을 거야. 그래서 선악과를 인간 스스로 먹게 계획을 준비한 것이지. 그리고 뱀이라는 미물을 이용해서 결국 창조주와 인간의 사이를 갈라놓았지. 세상은 사단을 악의 대명사로 말하지. 사부는 억울해. 하나님이 말씀하시면 우리같이 충성하는 천사가 어디 있어. 하나님이 우리를 심판의 도구로 사용하시니, 사단의 천사는 영계의 천군으로 천계에 따로 있는 것이야. 불행한 일이지만 그것이 하나님이 세워 놓으신 천계의 법이지. 인간은 죄에 사로잡힌 후로 아담의 원죄는 잘났던 못났던 태어날 때부터 육체의 죄, 악령의 노예로 살아갈 수밖에 없는 것이란다." 사부는 길게 설명했다.

사부는 땅바닥에서 돌을 하나 집어서 저수지 언덕 아래로 던지며 다시 말을 이어 갔다.

"인간의 죄악은 자신이 살아가는 동안 생명책에 다 채울 수 없을 정도로 많은 게야." 사부는 알 수 없는 표정으로 말했다.

이백은 사부를 쳐다보며 의아한 표정을 지었다.

"사부님, 그러면 태어나서 바로 죽거나 일찍 죽으면 죄가 없지 않을까요?"

이백은 사부의 표정을 살피며 조심스럽게 물었다.

사부는 살며시 눈을 감으며 잠시 머뭇거리다 말했다.

"그들이라고 죄가 없을 수가 없어, 이백아! 원죄라는 말을 들어 보았지? 부모들의 죄가 대대로 이어지기 때문에 아담의 원죄라고 하지. 그래서 인간은 스스로 자신을 구원할 수 없는 것이다. 창조주 하나님이 실수하신 것이지. 우리 사단의 신들은 인간인 아담을 섬길 수가 없었던 것이야. 그래서 뱀을 이용해서 선악과를 먹게 함으로써 신의 영계 밖으로 쫓아 버렸지. 아담이 선악과를 먹은 계기로 인간의 내면은 선악이 공존하고 있는 것이야. 그래서 하나님의 천사들도 우리와 같이 이승을 순례하고 있어." 사부는 말했다.

"아! 그래서 우리가 계획한 기록들이 번번이 삭제되는 것은 하나님의 천사들이 하는 훼방이라고 해도 되겠네요?" 이백은 머리를 어루만지며 물었다.

"이백아, 계획 세울 때는 처음부터 마무리까지 자신만 알고 사단의 영역이라도 비밀리에 철저한 계획과 행동이 있어야 한단다. 사단의 사명은 어떻게 하든지 하나님과 사람의 관계를 차단하는 역할이지. 사람이 하나님을 섬기지 못하도록 잘 계획하고 실행하는 것이야." 사부는 이백의 어깨를 다독거리며 말했다.

"네~ 알겠습니다. 사부님!" 이백은 고개를 숙이며 대답했다.

사부가 자리에서 일어서며 자신의 긴 재킷을 툴툴 털었다.

"아! 공산주의 사상이 인간을 우상으로 만들고 있어. 사단의 역사는 영원해야 하는데 요즘은 악령들도 도통 말을 듣지 않아. 사단의 사무국이 굉장한 계획을 준비 중이라고 하는구나. 전쟁도 천지지변도 효과가 없어. 그래서 지구촌에 최강 전염병을 준비하고 있단다. 수년 내에 놀라운 역사가 있을 거야. 이백아! 특히 예수 믿는 자들을 조심해야 한다." 사부가 이백을 바라보며 말했다.

"하나님이 개입하시면 모든 것이 다 허사인 거야. 사단은 성령의 영역에 개입할 수가 없어. 하나님의 심판은 존재 자체를 없애 버리는 것이야. 사단은 죽음이 없잖아. 무서운 것은 사단의 존재가 사라지는 것이지. 하나님의 징계고, 심판이야. 사라지면 모든 것이 끝이란다." 사부는 두려운 표정으로 말했다.

자리에서 일어서며 사부의 말을 듣던 이백은 일어서던 다리에 힘이 빠지는 걸 느꼈다.

이백은 여기 도착하면서부터 별장 이층집을 눈여겨보고 있었다.

자신의 계획을 사부님에게 들킨 것 같다는 생각이 들었다.

사부는 미소를 지으며 이백의 손을 잡고 일으켜 세웠다.

"걱정하지 마라. 예수 믿는 자들이라고 불가능한 것은 아니지. 이백아, 더 신중하게 세밀하게 계획을 세우면, 좋은 결과로 사단의 전에 향기로운 향기가 될 것이야. 하하하. 아~ 나의 공산주의 향내는 언제나 피우려나. 이대로 끝은 아닐 거야." 사부는 한숨을 크게 쉬며 말했다. 사부는 동쪽 하늘을 바라봤다. "이백아, 이제 이동해 볼까!"

그들 앞에 빛이 나타났다. 그들이 왔던 모습으로 변하며 빛 가운데로 걸어 들어갔다.

이백은 별장 이층집을 쳐다보았다. 그리고 얼굴을 천천히 돌리며 빛과 함께 사라졌다.

황혼이 서산으로 황홀한 붉은 노을을 만들어 가며 사라져 갔다.

칠흑같이 어두운 밤 둥근 달이 떠올라 어두운 사물을 밝히고 있었다.

둥근 달이 저수지 물속에 잠기어 들며 여러 가지 모양을 만들어 내고 있었다.

"철썩철썩!" 저수지 수면은 가을날 미풍에 미세한 기운으로 흔들거리고 있었다.

별장 뒤 야산으로부터 흘러 내려오는 개울물은 저수지에 도착하기까지 많은 장애물을 만나며 흘러 내려오고 있었다.

별장 문이 열렸다. 혜원이 조심스럽게 걸음을 옮기며 개울가의 늘 앉던 돌 위에 앉으며 신을 벗고 발을 물에 담갔다.

"아! 차갑네." 혜원은 발을 들며 말했다.

차가운 냉기가 순간적으로 온몸을 감싸 왔다. 냉기는 체온에 금방 적응되었다.

혜원은 엷은 원피스를 입고 있었다. 저녁 습기가 내려앉아 원피스는 살결에 밀착되어 속옷이 달빛에 비치었다. 혜원은 자주 이렇게 개울가에 나와 심신을 달래곤 했다.

그곳에 앉아 저수지에 들어가 나오길 싫어하는 달님을 바라보면 샘이 날 때가 한두 번이 아니다. 저수지 달빛으로 들어가 마음껏 물질을 하고 싶지만 혜원은 늘 포기가 빨랐다.

혜원은 수영을 하지 못했다.

혜원은 신춘문예 도전을 4년째 하고 있지만 최종 심사에서 늘 낙방했다. 심사 위원들의 비평 섞인 위로를 받을 때면 내가 실력이 없나 싶었지만 한편으로는 자신이 성숙해 가는 것을 느끼고 있었다. 늘 글쓰기에 시간을 보냈다. 성경을 읽는 것도 게을리하지 않았다. 성경을 완독한 것이 벌써 12회나 되었다.

혜원은 긴 머리를 쓸며 머리 끈을 풀었다. 묶여 있던 머리칼이 혜원의 어깨 전체를 감싸 버렸다. 혜원은 흘러내린 머리칼을 고개를 흔들어 바로잡으며 양팔을 뒤로해 손바닥을 땅에 짚고 고개를 들어 밤하늘의 별을 바라보았다.

유난히 이곳은 별빛이 밝다. 은하수를 볼 수 있는 것은 아니지만 빛나는 별빛만으로도 마음의 평온함과 포근함을 느낄 수 있었다. 살며시 눈을 감았다. 세상의 어떠한 것도 이 평온함을 뺏어 갈 수가 없다. 그러나 언제 어디서나 작은 행복도 시샘하고자 하는 악동들이 도사리고 있었다. 이 세상에는 영원한 행복은 없다. 영원한 행복을 바라는 것은 욕심이다.

잠시 머물고 간 행복은 그림자와 같이 잡을 수도 없다. 그렇다고 사라지는 것도 아니다. 숨었다 나오는 작은 기쁨일 뿐이다. 행복하면, 행복한 대로. 슬프면, 슬픈 대로. 살아갈 면역력을 사람은 가지고 있을 뿐이다.

이 고요한 시간. 혜원의 행복한 자유의 시간을 훼방하는 방해꾼의 반란이 시작되었다.

발뒤꿈치를 타고 올라오는 거머리. 얼마나 촉감 없이 이동하는지 거머리의 존재가 피부에 붙어서 보란 듯이 활보하는데도 전혀 느끼지 못했다. 이처럼 거머리의 존재란 무서움의 대상이다. 한번 자리 잡고 피를 빨면 자신의 만족이 충족되어서야 떨어져 나가는 악동. 거머리가 사타구니를 타고 계속해서 올라오고 있었다.

혜원이 감았던 눈을 뜨며 자기 다리 쪽을 바라보았다.

흙이 묻어 있는 손바닥을 털며 손을 가져가 종아리 부분을 쓸어 올리며 원피스 끝자락을 잡고 가슴께로 들어 올렸다. 꿈틀거리며 배꼽 위로 기어가는 시커먼 벌레를 발견했다.

"어! 이게 뭐지?" 혜원은 놀란 표정으로 말했다.

혜원은 대수롭지 않게 시커먼 거머리를 손으로 잡았다. 그러나 거머리는 피부에 붙어 떨어지지 않았다. 거머리를 떨어트리려는 혜원과 버티는 거머리의 사투가 시작되었다.

혜원은 마음의 공포가 밀려오기 시작했다. 이제 두려움을 넘어 얼굴은 붉게 달아올랐다. "아! 이놈이 왜 안 떨어지지?" 혜원이 거머리를 움켜쥐고 말했다. 거머리의 반항이 얼마나 거센지 좀처럼 뗄 수가 없었다.

거머리는 이내 배꼽 속으로 몸을 틀어 파고들고 있었다.

"악! 안 돼! 하나님 살려 주세요!" 혜원은 놀라 뒤로 넘어지며 소리쳤다.

거머리는 순식간에 배꼽을 통해 몸속으로 사라지고 말았다.

"악! 으악~! 아!" 혜원은 비명을 질렀다. 침대에서 몸이 튕겨 오르듯 놀라며 소리를 질렀다. "악!~ 아으~ 휴~ 꿈이었나? 악몽이야." 혜원은 얼굴을 감싸며 말했다.

잠옷 사이로 보이는 자기 아랫배를 내려다보았다. 뽀얀 피부의 배는 평온하게 숨을 쉬고 있었다. 작가의 신분이라 아무리 꿈이라지만 마음에 각인되고 각인되는 것은 아마도 직업병이라고 해야 할까. 빨리 잊히길 바라며 눈을 감았다. 오늘은 목요일이라 의천이 집에 없었기에 다행이지, 이 상황을 옆에서 지켜보았더라면 얼마나 걱정을 많이 할까? 생각만 해도 몸서리가 쳐진다. 혜원은 일어나 창가의 커튼을 걷으며 창밖을 봤다.

세상은 어둠에 있고 먼 산꼭대기는 동틀 준비하는지 어둠이 회색으로 변하고 있었다.

"오늘도 하루가 시작되는구나." 혜원은 팔짱을 끼며 말했다.

혜원은 모두가 기다리던 임신을 했다.

별장은 매우 분주하다. 어수선한 가운데 집 안을 정리하는 사람들. 남자들은 가구를 옮기고 있었다.

혜원은 이제 제법 배가 불러 허리에 손을 대고 있어야 할 정도다. 쌍둥이를 잉태하고 있었다. 임신 7개월밖에 되지 않는데 벌써 만삭의 몸이라 할 정도의 부른 배를 하고 있었다.

혜원은 서재를 둘러보았다. '올겨울이 가기 전에 돌아올까? 아니면 내년 봄에나 돼야 오겠지. 아무래도 해산하고 몸조리하면 그렇게 되지 않을까 싶어.' 혜원은 숨을 길게 쉬며 생각했다.

장기간 비워 둘 집이라 이삿짐센터에 의뢰해 치울 것은 치우고 가구들은 먼지가 쌓이지 않게 천으로 포장했다. 별장지기 양성자 집사가 계시지만 늘 큰 집을 청소하는 것도 예의가 아니라 생각되어 혜원이 내린 결단이다.

이곳에서 해산하려고 했지만, 양 부모의 성화에 못 이기고 시댁 본가에서 해산하기로 했다. 본가는 혜원이 신혼 생활을 하는 1년 동안 거주하던 곳이라 낯설지는 않았다.

별장지기 막내딸 소원이 이 층으로 뛰어 올라왔다.

"작가 선생님! 헉헉." 소원이 혜원을 불렀다.

"어서 와, 소원아! 선생님 여기 있어." 혜원이 소원을 쳐다보며 대답했다.

작은 몸집에서 제법 큰 호흡의 소리가 들렸다. 소원은 이 층에 올라와서는 조심스럽게 다가와 혜원의 원피스 자락을 잡았다.

"선생님! 이제 가면 언제 오나요?" 소원은 혜원의 몸에 안기며 물었다.

"응, 내년 봄에 올 것 같아." 소원이 얼굴을 내려다보며 대답했다.

"아! 소원이, 선생님 보고 싶겠다." 혜원을 올려다보며 말했다.

"선생님도 소원이 보고 싶을 거야." 혜원이 소원이의 머리를 어루만지며 대답했다.

"엄마 말 잘 듣고 공부도 열심히 해야 해. 선생님이 없어서 소원이 편을 못 들어줘서 어떡하나?" 혜원이 밝은 미소를 지으며 걱정스러운 표정으로 말했다.

소원이는 여자아이지만 말괄량이에 아주 천방지축이다. 그래서 늘 양성자 집사에게 꾸지람을 밥 먹듯이 받았다. 학교에서도 장난이 심해 선생님에게 늘 혼났다. 그런 소원이가 혜원이 앞에 있으면 얌전해지고 착한 소녀로 변했다.

"나도 선생님 같은 작가 선생님이 될래요." 소원이 말했다.

"그래, 소원이 커서 훌륭한 작가 선생님이 될 거야."

혜원은 소원이가 잘 자라서 훌륭한 작가가 되길 기도하고 있었다.

밖에서 클랙슨 소리가 들려왔다.

"선생님! 아저씨 오셨나 봐요" 소원이 창밖을 보며 말했다.

"그래. 소원아, 내려가자." 혜원이 손가방을 들며 대답했다.

혜원은 소원의 작은 손을 잡고 아래층으로 내려왔다.

별장 앞에는 양성자 집사 부부와 소원이 오빠 서원이가 혜원을 배웅하기 위해 기다리고 있었다.

"여보! 괜찮아? 피곤하지 않았어?" 의천이 혜원이 쪽으로 걸어오며 물었다.

의천은 밝은 미소를 지으며 혜원의 손을 살며시 잡고 어깨를 안았다. 혜원 부부의 스킨십은 매우 자연스러워 주위 사람들도 자연스럽게 즐거운 마음으로 혜원 부부를 축복했다.

이때 별장 마당으로 앰뷸런스가 들어왔다.

본가로 가는 길이 멀다 보니 승용차보다는 편안하게 이동할 방법을 찾다가, 의천은 병원의 앰뷸런스를 선택하게 되었다.

앰뷸런스 문이 열렸다. 혜원은 발걸음을 옮기며 양성자 집사 내외와 일일이 손을 잡으며 인사했다. "양 집사님, 다녀올게요. 평안하세요." 혜원이 밝게 웃으며 인사를 했다.

"사모님, 저희 부부 기도 많이 할게요. 순산하세요." 양성자 집사는 혜원의 손을 잡으며 말했다.

"자주 전화할게요." 혜원이 걸어가며 손을 흔들었다.

"사모님, 몸조리 잘 하세요." 양성자 집사도 손을 흔들며 말했다.

"작가 선생님, 빨리 오셔야 해요. 소원이 기다릴게요." 소원이도 손을 흔들며 말했다.

혜원이 앰뷸런스에 올라탔다. 문이 닫히고 차가 움직이며 언덕길을 내려갔다.

이들을 배웅하는 양성자 집사 가족은 앰뷸런스가 사라지고도 한참을 그곳에 서 있었다.

산들바람이 저수지 수면을 흔들거리게 하며 불어오고 있었다.

단풍의 옷을 입어 보지도 못한 낙엽들은 낯선 땅거죽에 이리 뒹굴, 저리 뒹굴 굴러다니다 구석진 곳에 모여들었다.

서원이 아빠 권진석 집사는 싸리나무로 만든 대형 빗자루로 굴러다니는 낙엽을 쓸어 모으고 있었다.

"서원 아빠! 지금 뭐 해요?" 집 안쪽에서 양성자 집사가 남편을 부르며 물었다.

"응, 마당 쓸고 있어." 권진석 집사는 집 쪽을 향해 큰 소리로 대답했다.

"응! 그럼, 뒤에 있는 텃밭에서 늙은 호박 큰 것으로 두 개만 따다 줄래요?"

"알았어."

"오늘 교회 추수 감사절 강단 장식에 놓을 거예요" 양성자 집사가 말했다.

진석은 흩어진 낙엽을 한곳으로 모아 놓고 텃밭으로 향했다.

호박잎은 부석부석 녹아내리고 달덩이 같은 늙은 호박이 여기저기 몸통을 내밀고 있었다. 진석은 한곳에 커다란 늙은 호박이 쌍으로 나란히 있는 것을 보고 다가갔다.

'제법 큰 놈들인데…. 이놈들도 주인을 닮아 쌍둥이로 자랐네! 이렇게 똑같을 수가 있을까?' 늙은 호박을 만져 보며 진석은 생각했다.

진석은 의아한 표정을 지었다. 그러다 고개를 저어 피식 웃어 보였다.

진석이 혼자 들기에도 벅찬 무게의 늙은 호박을 메어다가 교회 차량에 실었다.

서원 아빠 권진석은 45세로 12년 전 몸의 지병으로 인해 공기 좋은 곳을 찾아 이곳으로 왔다. 순복음 기적교회 유진호 목사님을 만나서 신앙생활도 잘 하고 지병도 하나님의 은혜로 깨끗이 치료받았다. 교회에서 차량 봉사를 하며 양성자 집사를 만나 결혼하여 10살 서원이, 8살 소원이 두고 있다.

교회에서 차량 봉사로 받는 사례와 별장지기로 받는 사례로 가족이 생활하는 데는 부족함이 없었다. 늘 하나님과 동행하는 아름답고 화목한 믿음의 가정이었다.

교회 차량이 교회 마당으로 들어와 예배당으로 들어가는 입구 계단 앞에 섰다.

진석은 손수레를 가져다가 늙은 호박 두 개를 싣고 본당 강단 쪽으로 가져갔다.

교회 안에서는 여러 권사님, 집사님이 추수 감사절 강단 장식으로 바쁘게 움직이고 있었다.

손수레에 실린 커다란 늙은 호박을 모두 쳐다보며 놀라워했다.

"양성자 집사님! 웬 호박이 이리두 커?" 한 권사님이 다가와 호박을 더듬어 보았다.

"어쩜 이리도 똑같을까?" "참, 신기하네." "이렇게 큰 호박은 처음 봐."

권사님, 집사님들이 신기하다고 다 한 번씩 만져 보며 말을 했다.

벌써 오곡백과, 쌀, 배추, 무, 가을에 나는 과일, 채소 등이 아름답고 풍성한 추수 감사절 강단 장식으로 차려졌다.

여기저기서 사진을 찍느라 휴대 전화 카메라 소리가 끊이질 않았다.

양성자 집사도 휴대 전화를 꺼내 강단 장식을 찍어 혜원에게 전송했다. "따르릉!" 혜원에게서 전화가 왔다.

"어머, 양 집사님. 너무 아름답고, 감동이네요. 고마워요. 추수 감사절 은혜 많이 받으세요." 혜원은 감사 인사를 했다.

"사모님도 평안하시고 순산하세요." 양성자 집사는 대답했다.

양성자 집사는 혜원과 전화로 안부를 나누고 휴대 전화를 작은 휴대용 허리띠 지갑에 넣으며 진석을 찾았다.

"서원 아빠! 권사님, 집사님들 모셔다드리세요." 청소하고 있는 진석에게 말했다.

"응, 알았어!" 진석은 대답했다.

진석은 권사님, 집사님들을 집 앞까지 모셔다드렸다. 마지막으로 목장 이옥분 권사님 집으로 향했다.

큰길에서 야산으로 올라가는 입구에 '쌍태목장'이란 푯말이 서 있다. 산길 따라 한참을 들어가면 이옥분 권사의 목장이 있다.

이옥분 권사는 이곳에서 목장을 운영한 지가 50년이 됐다. 목장 집으로 꽃다운 20세에 시집을 와서 지금 연세가 70세이니 50년을 소들과 씨름하며 살아왔다.

새끼 소 세 마리로 시작한 목장이 지금은 150마리를 키우고 있다.

많은 어려움도 있었지만, 하나님의 은혜로 늘 해마다 쌍둥이의 복을 주시어서 어느 해는 10마리의 쌍둥이 소를 낳은 적도 있었다.

목장을 운영하시면서 1남 3녀를 다 교육했다. 지금 세 딸은 미국에 유학을 가서 현지에서 결혼하여 잘 살고 있다. 아들 또한 서울에서 성공한 변호사로 활동하고 있다.

"권진석 집사님." "네, 권사님." 진석이 대답했다.

"양성자 집사, 참 대단해. 주일 학교 다닐 때부터 새벽 기도회를 그렇게 열심히 다니는 사람은, 성자 말고 본 적이 없어." 권사님은 주름진 얼굴에 미소를 지으며 말을 이었다.

"성자가 태어날 때 내 손으로 받았어요." 이옥분 권사는 두 손을 들어 보이며 말했다.

"아! 그러셨군요." 진석은 고개를 끄덕이며 말했다.

"성자가 태어날 때 얼마나 울음소리가 큰지 사내아이인 줄 알았다니까. 하여간 특별했어요. 어릴 때 늘 어깨에 지게를 지고 다녔어, 그래서 키 안 자라고 어깨만 벌어졌나 봐. 성자 집안이 못살아서 성자가 고생을 많이 했으니까 집사님이 잘해 주세요. 그렇게 착한 애도 없어요. 그리고 집사님! 이곳이 아파트 개발 지구로 수용이 되나 봐. 아마도 이사를 해야 할 것 같아요. 혹시 집사님 시간이 되면 이사할 적당한 곳을 알아봐 주면 좋겠어요." 이옥분 권사는 한숨을 쉬며 말했다.

"네, 권사님. 제가 알아보겠습니다." 진석이 대답했다.

"집사님, 참 이상한 일이 일어났어요. 이곳이 개발된다고 여러 사람이 찾아왔잖아요. 지난달부터 우리 목장의 파리들이 줄어들고 있어요. 파리들도 자신의 터전이 없어지는 줄 아는 걸까요?" 이옥분 권사는 묘한 표정을 지으며 물었다.

"아! 그래요? 그것 놀라운 일이네요." 진석은 놀란 표정으로 말했다.

"그렇지, 놀랄 일이지요." 이옥분 권사는 말했다.

진석이 권사님 집을 방문할 때마다 파리들이 집 안을 점령하고 있었다. 언젠가 서원이 권사님 댁 방문을 같이 왔다가 붙여 준 이름이 파리들의 집이다. 모든 벽이고 가구며 식기까지 온통 까만색으로 칠한 것 같았던 파리들이 없어지고 있다니…. 이것은 놀라운 일이다.

오십 평생을 파리들과 살아오신 권사님은 이제 파리들과 이별하는 것도 서운한 것 같다.

진석은 이런 생각을 하며 집으로 차를 돌렸다.

이때 목장 뒤쪽에서 왕웅 장로님이 나오며 진석을 불렀다.

진석은 차에서 내려 왕웅 장로에게 다가갔다.

"안녕하세요, 장로님." 진석은 인사를 했다.

"응, 그래. 그렇지 않아도 집사님에게 전화하려고 했는데 다른 게 아니고 잠깐 나를 따라오게." 왕웅 장로는 앞서가며 말했다.

왕웅 장로는 진석을 집 안으로 데리고 들어갔다. 곡간 안에 있는 쌀부대를 작은 손수레로 옮겨 교회 차량에 실었다.

"집사님, 이것 좀 이영희 집사님 방앗간에 주세요. 추수감사절 성도들에게 드릴 떡입니다. 이영희 집사님에게는 전화 연락을 해 놨습니다. 집사님이 수고 좀 해 주세요." 왕웅 장로는 밝게 웃으며 말했다.

허리가 많이 불편한 왕웅 장로님의 주름진 얼굴에 미소가 끊이지 않았다. 매년 하는 일이지만 늘 하나님께 드리는 감사로 기쁨이 넘치시는 왕웅 장로님. 그 믿음을 권진석 집사는 늘 본받아야겠다고 생각했다. 신앙의 본이 되시는 왕웅 장로님에게 인사를 하고 차에 올랐다. 룸 미러로 보이는 왕웅 장로님 부부. 손 인사가 차가 모퉁이를 지날 때까지 계속되었다. 아름다운 노부부의 모습이었다.

여자 쌍둥이 탄생

※

이곳은 여성 병원 분만실 앞이다.

서영철 회장 부부는 안절부절못하고 대기실 장의자에 앉았다 일어났다. 매우 부산스럽다. 여진주는 아예 의자에 앉아 무릎에 얼굴을 묻고 기도 중이다.

혜원의 진통이 시작되어 병원에 온 지도 벌써 다섯 시간이 지났다. 간호사 말로는 계속 진통만 진행되고 있단다.

혜원은 몇 번을 정신 줄을 놓고 있었다. 해산의 고통과 전쟁이 이것인가?

의천은 제왕 수술이라도 하면 좋겠다고 의사에게 건의했지만 혜원이 원치 않고 있었다.

시간이 흘러 벌써 동이 트고 있었다.

분만실 대기실은 서 회장 부부, 김 회장 부부, 큰아들 내외, 서의숙 양가 가족이 초조하게 혜원의 순산 소식만 기다리고 있었다.

의천은 아무래도 혜원의 해산에 도움이 될 거라며 분만실 안에 들어가 있다. 이렇게 애타게 기다리고 있는 가족이 있다는 사실을 아는지 혜원의 태의 문이 열리기 시작했다.

10시간의 사투 속에 자궁 문이 열렸다. 양수가 흐르고 태아의 모습이 보이는가 싶더니 힘들이지 않고 한 번에 쌍둥이가 동시에 자궁 밖으로 나왔다.

먼저 나온 아이의 발목을 뒤따라 나오는 아이가 잡고 있어 동시에 한 몸이 되어 자궁 밖으로 나온 것이다.

서로 먼저 나오려고 경쟁하다가 이렇게 늦었나. 혜원을 초주검으로 몰고 가며 먼저 나오려고 쟁탈전이 벌어졌었나. 먼저 나온 아이는 "으~앙!" 소리로 울음을 멈추었고 발목을 잡고 나온 아이는 무엇이 억울한지 "으~앙! 으~앙!" 연신 울어 대고 있었다.

분만을 돕는 의사도 간호사도 놀라기는 마찬가지로 의아한 표정을 지었지만 맡은 분만의 모든 일을 잘해 나갔다.

쌍둥이는 이란성이었다. 여아로 먼저 나온 아이는 얼굴이 계란형이다. 뒤에 나온 아이는 둥근형으로 이목구비가 뚜렷했다.

아마도 큰애는 엄마 혜원을 닮고 작은애는 의천을 닮은 듯하다.

대기실에서 기다리다 혜원이 순산했다는 소식을 가족들이 들었다. 신생아실로 이동한 가족들은 연신 신생아 쌍둥이를 바라보고 있었다. 간밤에 초조하게 기다리던 시간을 다 잊고 기쁨의 탄성으로 축하해 주고 있다.

"엄마! 애들 좀 봐! 아~가! 귀여워." 서의숙은 양손으로 아이들을 잡을 듯하며 말했다.

"아니, 이제 신생아인데 어디가 귀엽다고." 여진주는 미소 지으며 말했다.

"아니야, 엄마! 저것 좀 봐! 우는 것도 어쩜 저리 귀여워. 쌍둥아, 나 고모야!"

의숙이 양손을 들고 폴짝폴짝 뛰며 말을 했다.

해정은 진주에게 다가오며 눈가에 흐르는 눈물을 닦으며 손을 잡았다.

"사돈 수고 많았습니다." "사돈도 수고 많았어요."

양 부모는 쌍둥이 신생아를 번갈아 보며 미소 지으며 말했다.

"혜원이가 큰일을 했어요." 여진주는 해정의 손을 도닥거리며 말했다.

가족들은 한참을 신생아실 아기 침대에 놓인 쌍둥이들을 바라보고 있었다.

탄생이라는 것은 창조주가 사람에게 주신 선물이다. 탄생 앞에 슬퍼할 사람은 없을 것이다. 세상이 악하여 때로는 탄생의 기쁨을 누리지 못하는 경우도 있다. 하나의 생명을 맞이하는 사람으로서 마땅히 축복을 함께 나눌 수가 있어야 한다. 그러나 미혼모, 잘못된 잉태, 원치 않는 잉태를 원망하는 인간들. 탄생의 기쁨을 알지 못하는 불행한 인간이다.

인생에서 실패가 있고 고난과 좌절 속에 낙심되어 살아가는 사람들. 삶의 기회를 찾지 못하고 있다면 탄생의 순간을 회상할 수 있는 병원 분만실을 찾아가 신생아를 만나 보라. 당신도 똑같은 모습으로 아무것도 없이 몸만 가지고 태어났다. 탄생의 축복과 사랑받을 만한 권리가 있다는 것을 당신이 아는 순간 창조주 하나님의 섭리를 알게 될 것이다.

저 작은 모습으로부터 시작했다는 것을…. 나라는 존재가 얼마나 약한지 자기 자신을 성찰하고 살아야 한다. 결혼식이나 장례식에는 많이 찾아가 축복하고 슬퍼하지만, 이 땅에 오는 탄생의 축하는 가족 외에는 없다. 인생을 살아가면서 자신의 생일은 잘 찾아 먹으면서. 자신이 이 땅에 올 때의 모습을 기억하는 사람은 극히 드물다. 아무것도 없이 누군가의 도움 없이 살아갈 수가 없는 신생아였다는 것을 알아야 한다.

뱀은 스스로 허물을 벗는다. 성경은 뱀을 지혜로운 동물이라 말한다. 뱀은 몸에 이상이 생기면 과감히 허물을 벗어 버린다. 뱀의 이 같은 습관을 우리는 배워야 한다. 인생의 실패와 고난과 좌절은 자신이 만들어 놓은 허물이다. 그 허물을 과감히 벗어 버릴 수가 있어야 한다. 그래야 내 허물이 나라는 자신을 병들게 하고 잘못된 습관이 자만의 옷을 만들고 있다는 사실을 알게 되는 것이다. 인생의 실패는 자기비판에서 오는 것이다. 타인이 만들어 주는 것이 아니다. 나라는 존재성을 버린다면 나에게 포장된 세상의 허물은 없어지고, 벌거숭이 신생아의 모습과 같이 또 다른 시작이 되는 것이다.

또 다른 성숙한 제2의 신생아에게 거저 주시는 하나님, 은혜의 선물이다.

은혜는 나라는 존재가 할 수 없는 상황에서 누군가의 도움을 받은 것을 말한다.

인간은 혼자서는 지탱할 수가 없다. 누군가의 도움에서 시작이 되고 끝이 되는 것이다.

그 도움의 손길이 악의 손길인지, 선의 손길인지, 알 수 있는 길은 지금 내가 즐기고 있는 것이 무엇이며 우상의 행함이 어떤 모습인지 자신이 분별하는 것이다.

뱀은 필요하다면 자주 허물을 벗어 버린다.

당신도 자주 허물의 옷을 벗어라. 더 아픈 고통이 따른다고 할지라도. 벗어야 산다.

새해가 되면 첫 해돋이를 보려고 산으로 바다로 많은 사람이 찾아가 떠오르는 해를 바라보며 잘되기를 바라고 기도한다. 무병장수, 만사형통. 이 두 가지 제목만 가지고도 인생의 모든 것이 기도로 통한다고 만족할 것이다.

그러나 알아야 할 것은 과거를 알아야 현실을 직시할 수가 있다. 버릴 것은 버려야 하는데 아깝다고 아쉽다고 누적의 실의를 담고 새로운 계획을 짠다고 신선한 것이 되겠는가?

새 술은 새 부대에 담으라고 했다. 묵은 부대에 담겨 있는 좌절과 근심, 걱정과 죄악, 모순덩어리, 모든 허물이 그대로인데, 무엇이 새로운 시작이란 말인가. 늘 인생의 끝에서 벗어나지 못하고 일어서지 못하는 실패자이다.

마음은 영혼이 길라잡이를 하고 있다. 마음이 어느 쪽으로 치우치느냐에 따라 생각이 움직이고 육신의 모든 행동으로 좌우되는 것이다.

"영혼이 잘됨같이 범사가 잘되고 강건하길 원하노라."

성경은 말씀해 주고 있다. 영혼이 잘됨은 악령에 치우치지 않고 선한 성령의 은혜로 살아가는 것이다. 영혼이 성령의 인도를 받는다고 끝난 것이 아니다. 악령은 선악과(아담과 하와가 먹은 선악과)와 함께 있었으므로 성령과 악령은 공존의 시간 속에 함께 있다.

그렇기 때문에 악령은 피해 갈 수가 없다.

오직 성령의 능력으로 나란 존재가 악령에게 흡수되지 않도록 성령의 은혜를 구하고, 마음의 악한 생각은 성령의 권능으로 물리쳐야 한다.

성령으로 살아가는 인생이라면 아무리 죄악으로 우상화되어 만들어진 세상이라 할지라도 무엇이 두렵겠는가. 악은 선을 이길 수가 없다는 진리를 성령이 가르치고, 깨닫게 하는데 당신이 사랑하는 영혼을 죄악으로 악령에게 내어 줄 수가 없는 것이다.

이 진리를 알고 천국 백성이 돼라. 내가 예수 그리스도를 믿음으로 구원받았다. 이것은 하나님의 축복의 선물이다.

그러나 천국에 가는 것은 성령으로 가는 것이다. 천국 문에 들어가는 순간까지도 악령은 우리 발목을 잡고 있다는 사실을 알라. 우리는 날마다 악령과의 관계 속에서 성령의 보호하심으로 살고 있다. 당신은 거대한 성령의 눈으로 들어가라. 그 안이 안전하다.

하나님의 사람은 주님 안에서 시작되고 마지막 성령의 수고로 끝나야 한다.

하나님의 사람은 하나님과의 동행이 있어야 한다. 때론 악한 영의 개입이 있을지라도 하나님의 손을 놓지 말라. 하나님의 손을 놓는 순간 세상만사를 움직이는 악령의 손이 우리의 손을 붙들 것이다. 하나님과 불편한 관계가 초래할지라도 하나님과의 관계 회복에 정성을 다하라. 하나님께 동행의 손을 내밀어라. 더욱 하나님과 친근한 시간을 가져야 한다.

우리에게 내일이라는 단어는 시간의 도망자일 뿐이다. 시간의 현실을 피해 가려는 수단이요, 순간의 변명일 수밖에 없다. 내일로 미루는 습관을 버려라.

이 시간 하나님과 동행이 느껴진다면 당신은 하나님의 사람이다.

그 은혜로 숨 쉬는 것, 성령의 심장으로 살고 있다는 것에 감사하고 또 감사하라.

여성 병원 회복실, 혜원이 침대에 잠들어 있었다.

의천은 혜원의 손을 꼭 잡고 자신의 얼굴로 가져갔다.

"여보! 수고했어." 의천은 속삭이듯 말했다.

의천의 손길로 따듯한 온기가 전해지자 혜원은 잠에서 깨어났다.

"의천 씨! 여기 계속 있었어?" 혜원은 의천을 보며 물었다.

"응. 여보, 고생 많았어." 의천은 손으로 혜원의 흐트러진 머리를 쓸어 올리며 말했다.

"아이들은 보았어요?" 혜원은 의천의 손을 잡으며 물었다.

"응, 아이들은 둘 다 건강해. 조금 있으면 아이들을 볼 수 있을 거야." 의천은 혜원의 얼굴을 만져 주며 말했다.

이때 간호사들이 아이들을 안고 들어왔다.

"사모님, 이 아이가 먼저 나온 아이랍니다."

간호사가 방긋 웃으며 큰아이를 혜원의 가슴에 안겼다.

"사모님, 이 애는 둘째예요." 간호사가 말했다.

혜원은 두 아이를 가슴에 안고 아이들을 한동안 쳐다보았다. 그리고 아이들의 이마에 입맞춤했다.

"고맙다. 애들아. 엄마 품에 와서." 혜원은 기쁨의 눈물을 흘리며 말했다.

쌍둥이 아이들과의 첫 만남이었다.

쌍둥이 성장기

＊

계절은 춘삼월. 이제 겨울의 여운을 벗고 들녘 매화나무에 달린 꽃망울이 붉은 속살을 내보이고 있었다.

혜원이 긴 시간 비웠던 별장은 이제 사람 소리, 아이들의 울음소리가 들렸다.

혜원은 시간이 참 빠르게 지나간다고 생각했다. 이 층 서재에서 창밖을 내다보며 들고 있는 찻잔을 입으로 가져갔다. 진한 커피 향이 코끝을 자극했다.

"음, 커피 향이 마음에 들어." 혜원은 말했다.

혜원은 이 시간이 자유의 휴식 시간이다. 아이들이 낮과 밤이 바뀌었는지 도통 밤에는 잠을 자지 않았다. 지금 두 아이는 꿈나라로 여행 중이다.

혜원은 아이들이 잠들어 있는 이동 침대를 한 번 바라보고 깊은 한숨을 몰아쉬며 다시 커피를 마셨다.

"아, 어떡하지." 혜원은 한숨을 쉬며 말했다.

지금까지 준비해 온 단편들이 신춘문예에 당선이 안 된 것이다.

"내가 실력이 없나? 이번에는 어떤 글을 써야 하나. 이번 기회에 성서에 관한 것을 한번 써 볼까." 혜원은 탁자 위에 놓인 성경을 보며 말했다.

혜원은 계속해서 신춘문예에 낙방이 되자 심경에 어려움이 찾아오고 있음을 느꼈다.

성경을 읽으면서 많은 인물 중 늘 떠오르던 사람이 생각이 났다.

"므비보셋! 사울 손자, 요나단 아들, 비운의 므비보셋 일대기를 소설로 써 볼까."

혜원은 눈을 감고 므비보셋을 다시 생각하며 명상에 들어갔다.

화창한 날씨 때문에 마음도 상쾌한 아침이다.

부활절 주일 예배에 참석하기 위해 혜원은 아침부터 부지런히 움직이고 있었다.

아이들 챙기랴 자신의 몸단장을 하랴 바쁘다.

"은혜 아빠, 내 가방 좀 챙겨 주세요." 혜원이 말했다.

"알았어, 천천히 해. 아직 시간 많이 남았어." 의천은 서재로 들어가며 대답했다.

의천의 천천히 하라는 소리가 들리는데도 혜원은 마냥 분주하다. 머리단장을 마치고, 이제 의상을 정하는데, 이 옷 저 옷을 몸에 대어 본다. 맞는 옷을 골랐는지 미소를 띠며 옷을 갈아입었다. 의천이 다가오며 한 소리 한다.

"여보! 당신은 무엇을 입어도 잘 어울려." 의천은 혜원의 등 단추를 끼워 주며 말했다.

"아이! 은혜 아빠, 오늘은 특별한 날이잖아. 아이들이 유아 세례를 받는 날인데 당신도 넥타이 다른 것으로 해요. 환한 것으로." 혜원이 의천의 넥타이를 가리키며 말했다.

의천이 매고 있는 넥타이는 청색에 체크무늬가 있는 것이다.

"당신이 골라 줘." "알았어요, 조금만, 기다려요."

이들 부부는 모든 단장을 마치고 각자 아이를 하나씩 안고 아래층 거실로 내려왔다.

밖에는 양성자 집사 가족이 교회 차량에 오르고 있다.

"양 집사님! 먼저 가세요." 혜원이 자신의 승용차 쪽으로 걸어가며 말했다.

"네, 사모님 천천히 오세요." 양성자 집사는 대답하며 차 문을 닫았다.

부활절 주일 예배는 성가대의 칸타타로 하나님께 부활의 영광을 돌렸다. 유진호 담임 목사님의 저음 섞인 목소리로 '예수 그리스도의 부활'이란 제목으로 은혜의 말씀을 마쳤다.

말씀이 끝나고 이어서 유아 세례식이 진행되었다.

"서의천 집사님, 김혜원 집사님 부부는 아이를 안고 앞으로 나오세요."

혜원은 큰아이 서은혜를, 의천은 작은아이 서은성을 안고 강단 쪽으로 걸음을 옮겼다.

"김호진 성도님, 이길자 성도님 부부도 아이를 안고 앞으로 나오십시오."

목사님의 호명에 두 가정은 아이를 안고 강단 앞에 섰다. 오늘 유아 세례를 받는 아이들은 세 명이다. 유진호 목사님은 김세진 장로님이 받들고 있는 성수가 담긴 작은 대야에 손을 담그고 그 손을 혜원이 안고 있는 서은혜 머리에 얹었다.

"서은혜 유아에게 성부와 성자와 성령의 이름으로 세례를 주노라." "아멘."

"서은성 유아에게 성부와 성자와 성령의 이름으로 세례를 주노라." "아멘."

"김지애 유아에게 성부와 성자와 성령의 이름으로 세례를 주노라." "아멘."

유아들 부모가 "아멘."을 하고 세례식을 마쳤다.

이렇게 해서 부활절 예배는 유진호 담임 목사님의 축도로 은혜롭게 마쳤다.

혜원은 울지도 않고 예배와 세례식까지 잘 마친 아이들을 보면서 미소 지으며 의천을 바라봤다.

"은혜 아빠! 우리 애들 대견하지?" 은혜의 얼굴을 쓰다듬으며 물었다.

"응, 걱정했는데 울지도 않고…. 울까 봐 마음으로 조마조마했어." 의천이 대답했다.

의천은 잠들어 있는 은성을 가슴으로 추키며 차의 문을 열었다.

"선생님! 소원이도 같이 가요." 소원이 차 쪽으로 달려오며 혜원을 불렀다.

"응, 그래. 소원아, 어서 와." 혜원이 밝게 웃으며 손짓으로 소원이를 불렀다.

혜원과 소원이 뒷좌석에 앉았다.

"아저씨, 은성이 저에게 주세요." 소원이 팔을 벌리며 말했다.

"응, 소원이 은성이 안고 갈 수 있겠어?" 의천이 걱정스러운 표정으로 물었다.

"그럼요. 나 얼마나 힘이 센데요." 소원이 팔을 머리까지 올리며 말했다.

"아, 그래. 그러면 부탁할게." 의천은 은성이를 소원이에게 안겼다.

은성이 소원이를 쳐다보며 싫지 않은지 빙그레 웃는다.

혜원은 서재의 책상 앞에 앉아 글쓰기에 열중이다.

한번 글쓰기에 몰두하면 아이들의 울음소리도 잘 듣지 못했다.

지금도 은혜가 울고 있다. "으~앙! 으~앙!"

아이들은 낮에는 잠에서 잘 깨지 않아 혜원은 마음 놓고 글쓰기 작업을 해왔다.

은혜가 배가 고픈지 아니면 배설을 했는지 연신 울어 대고 있었다.

혜원은 울고 있는 은혜를 안고 기저귀를 만져 보았다. 기저귀는 뽀송뽀송했다.

혜원은 가슴을 헤치고 젖가슴을 드러내 은혜에게 오른쪽 젖을 물렸다. 은혜는 울음을 그치고 젖꼭지를 열심히 빨며 젖을 먹었다. 아이들이 태어난 지도 벌써 백 일이 지났다.

은혜는 젖꼭지를 물고 다시 잠이 들었다. 혜원은 은혜를 이동 침대에 누이며 자기 젖가슴을 어루만졌다.

"왜 젖꼭지가 아프지?" 혜원은 기분 나쁜 표정으로 말했다.

혜원은 젖꼭지의 통증을 느끼며 젖꼭지를 손으로 쓸어 보며 살펴보았다. 젖꼭지 부위에는 이상한 변화가 없었다. 미세한 통증을 느꼈지만 대수롭지 않게 여겼다.

며칠 뒤 아이들에게 이상한 변화가 일어났다. 큰애 은혜는 이유식을 먹지 않고 젖만 원했다. 젖이 달리므로 이유식도 함께 먹였다. 하지만 은혜가 이유식을 먹지 않고 입도 벌리려 하지 않았다. 또한 은성이는 반대다. 젖을 먹으려 하지 않고 이유식만 먹었다.

"참, 이상한 일이네. 아이들이 왜 식성이 변했지?" 혜원은 자신에게 물었다.

또 이상한 것은 은혜의 행동이다.

왼쪽의 젖은 먹지 않았다. 오직 오른쪽의 젖만 원했다. 혜원은 오른쪽의 젖만 먹이게 되었다. 그런 식성을 가지고 아이들은 무럭무럭 자랐다.

해가 바뀌고 아이들의 첫돌이 다가왔다.

아이들의 첫돌 잔치는 서울 H 호텔 뷔페식당에서 양가가 모인 가운데 치르기로 했다.

첫돌 잔치 일주일 전에 혜원은 아이들과 본가에 돌아와 있었다.

의천이 주간에는 늘 본가에 있어 언제든지 혜원이 와도 조금도 불편하지 않게 준비가 되어 있었다.

"은혜야! 은성아! 이리 와. 고모에게 와 봐." 서의숙은 놀고 있는 아이들을 불렀다.

서의숙은 거실 소파를 짚고 뒤뚱거리는 아이들을 부르고 쫓아다니며 웃음이 그치질 않았다. 고운 한복을 입은 아이들을 연신 안아 보며 볼에 입을 맞추느라 정신이 없었다.

이 층에서 내려오는 의천 부부를 바라보며 소프라노 톤으로 말했다.

"의천아~ 은성이 날 닮지 않았니~ 아이, 귀여워. 하하하." 의숙은 웃으며 말했다.

의숙은 아예 은성이를 안고 소파에 누웠다.

"누나! 안 갈 거야? 아이들 한복 다 구겨져. 어서 갈 준비해." 의천이 웃으며 말했다. 혜원도 밝은 미소를 지으며 내려왔다.

"응, 가야지요. 얘들아, 이제 가야지. 헤헤헤."

의숙이 안방에서 나오는 엄마 여진주를 보았다.

"어머! 여진주 여사님! 오늘은 어디에 가시기에 황홀한 복장을 하셨나요? 오늘 여사님이 주인공 같은데요." 서의숙은 놀라는 표정으로 말했다.

진주는 딸내미의 사랑 섞인 놀림에 이맛살을 살짝 찡그리며 바라보았다.

"의숙이 너도 제발 시집 좀 가라!" 여진주는 혀를 차며 말했다.

"엄마는 시집 이야기가 왜 나와? 나 시집 안 간다고 했잖아." 서의숙은 큰소리로 말했다.

"아이고~! 내가 미쳐 정말!" 여진주는 한숨 섞인 말을 하고 문밖으로 나갔다.

H 호텔 로비. 김 회장 내외가 기다리고 있었다. 김 회장 내외는 서 회장의 가족들을 반갑게 맞이했다.

해정은 딸 혜원이에게 다가오며 말했다.

"어머! 은혜는 며칠 사이에 더 큰 것 같은데."

혜원이 본가로 가기 전 친정에 들렸기 때문에 해정이 은혜를 더욱 살폈다.

"어쩜 이렇게 예쁘니? 혜원아, 너 어릴 때보다 더 예쁜 것 같아!" 해정은 웃으며 말했다. 해정은 은혜를 안고 첫돌 행사가 있을 행사장으로 걸어갔다.

첫돌 잔치는 양가 가족만 모여 하려고 했는데 어떻게 알았는지 회사 중역들이 먼저 와 서로 인사들을 나누고 있었다.

첫돌 행사는 서영철 회장이 섬기는 교회 담임 목사님의 축복 말씀과 축사 기도로 마쳤다. 부흥건설과 신화증권은 상호 간에 협력하는 관계로 양 중역들은 이번 기회가 자신들에게는 절호의 찬스라고 생각하는지 서로 비즈니스 쟁탈전을 방불케 했다.

발 빠른 부장급들은 상대 전무, 상무, 이사들에게 인사하며 테이블을 돌았다.

"안녕하세요, 상무님. 저 신화 홍보팀 김수길 부장입니다. 잘 부탁드립니다."

"안녕하세요, 이사님. 저 부흥건설 영업부 최연호 부장입니다. 잘 부탁드립니다."

이때 뷔페식당 입구 쪽에서 부흥건설 김 회장, 신화증권 서 회장이 손녀를 각자 가슴에 안고 들어오자 양가 가족, 회사 중역들이 일어서서 축하의 박수를 보냈다.

"손녀 첫돌을 축하합니다. 회장님! 하하하."

각 회사 중역이 앉아 있는 테이블 사이로 손녀를 안고 걸어오는 두 회장님에게 진심으로 축하 인사를 했다.

"감사합니다. 감사합니다. 음식 맛있게 드세요."

"감사합니다. 일부러 초청을 안 했는데 이렇게 와 주셔서 감사합니다. 하하하. 강 회장님은 어떻게 아시고 오셨소?" 서 회장은 놀라는 표정으로 물었다.

"서 회장, 섭섭해. 나한테는 연락했어야지." 강 회장은 손을 내밀며 대답했다.

"죄송합니다. 강 회장님." 서 회장은 강 회장의 손을 잡으며 말했다.

서 회장이 안고 있는 은혜를 강 회장이 안아 보았다.

"서 회장, 아니 손주가 벌써 이렇게 예쁘게 크니 할머니 대를 잇는 것 아니요? 미스코리아 진은 예약을 해 놨구먼. 하하하." 강 회장은 은혜를 번쩍 들어 올리며 말했다.

강 회장의 칭찬에 서 회장이 은혜를 안고 춤추듯 한 바퀴 돌아 보이자 참석한 모든 사람이 웃음과 박수로 축복했다.

서의천은 신화증권 본부장이다.

"본부장님! 축하합니다" "감사합니다. 감사합니다."

첫돌 잔치는 은혜롭게 가족과 지인들, 회사 중역들의 축하를 받으며 잘 마쳤다.

혜원이 집으로 돌아온 지도 일주일이 지나갔다.

별장지기 집사의 가정

✳

해가 서산을 넘어가며 황혼이 아름다움을 연출하고 있었다.

금방 없어질 해넘이의 잔상이지만 바라보는 사람에 따라 여러 가지 여운을 남긴다.

권진석 집사는 교회 청소를 마치고 집으로 돌아왔다.

별장 뒤채는 따로 지어진 곳으로 한 가정이 살기에는 부족함이 없는 시설이 되어 있다.

20여 평 목조 건물로 거실은 그리 크지 않지만, 방이 3개로 권진석 집사 부부가 안방을 쓰고 건너 각 방은 서원이, 소원이가 쓰고 있다.

거실 가운데 식탁이 놓여 있었고 온 가족이 그곳에 둘러앉았다.

특이한 건 이 가정에는 거실에 TV가 없다.

각 방에도 TV가 없다. 진석은 이 집에 이사를 오면서부터 아예 TV와 인연을 없앴다. 이 가정의 취침 시간은 오후 9시다.

양성자 집사 부부는 늘 새벽 기도회의 운행을 위해 새벽 4시에 집을 나섰다.

양성자 집사 부부의 일과는 새벽 4시에 시작되므로 잠자리 시간이 9시로 정해져 있다. 아이들도 이 환경이 익숙해져 있었다.

오늘도 탁자에 둘러앉았다. 양성자 집사 가족은 탁자에 양팔을 걸치고 양손을 모았다.

"서원이 오늘 기도할 제목 있니?" 양성자 집사가 물었다.

"아니, 없는데요." "엄마! 나는 있어." 소원이 손을 들어 말했다.

"그래, 그럼 오늘은 소원이 기도 제목으로 기도하자." 양성자 집사가 눈을 감으며 말했다.

소원이가 제법 기도의 자세를 갖추며 무릎 꿇고 두 손 모아 기도했다.

"하나님, 나 소원이에요, 소원이 기도 들어주실 거지요?"

소원은 아멘 소리가 들리지 않자 살짝 왼쪽 눈을 뜨고 주위를 살폈다. 모두가 눈을 감고 두 손을 모으고 있다.

이 말괄량이 소원의 장난기가 발동했다.

"하나님, 우리 아빠 건강하게 해 주세요. 교회 차를 운전하시는데 피곤치 않게 도와주시고 안전 운전을 하게 도와주세요." "아멘." "우리 엄마, 기도 많이 하시는데 기도 들어주세요. 하나님, 우리 엄마 음식 맛있게 하게 도와주세요. 또 소원이 늘 혼내는데 조금만 혼내게 해 주세요. 소원이 예쁘게 자라게 도와주시고, 사랑받는 소원이 되게 해 주세요. 오빠도 공부 잘하게 도와주세요. 우리 오빠 살도 빠지게 도와주세요. 학교에서 놀림당하고 있어요. 하나님

도와주세요. 예수님의 이름으로 기도합니다. 아멘."

아무 소리도 들리지 않았다. 소원이가 눈을 떠 보니 모두 소원이를 쳐다보고 있었다.

"왜 그래?" 소원은 얼굴을 들지 못하고 말했다.

소원은 죄지은 모습으로 일어났다. 웃음이 나는 것을 참으며 방으로 들어갔다.

양성자 집사는 음식을 잘하지 못했다. 아무리 노력해도 좋은 맛을 내질 못했다. 음식을 잘 만들 수 있도록 양성자 집사는 기도했었다. 서원이는 11살 어린이치고는 상당히 몸이 비대했다. 살이 빠지게 해 달라고 서원이 늘 기도했었다.

이렇게 소원이 기도로 저녁 기도를 마치고 모두 잠자리에 들었다.

간밤에 눈이 많이 내렸다. 양성자 집사 내외는 별장 주위의 눈을 쓸고 있었다.

이 층 창문이 열렸다. 혜원이 얼굴을 내밀고 주위를 둘러보았다.

"양 집사님, 눈이 많이 왔네요?" 혜원이 양성자 집사를 보며 말했다.

"네, 사모님. 오랜만에 눈이 왔네요." 양성자 집사는 혜원에게 손을 흔들며 대답했다.

"집사님들이 힘들겠네요. 제가 도와줄까요?" 혜원은 말했다.

"아니어요, 사모님. 거의 다 치웠어요." 양성자 집사는 손사래를 치며 말했다

진석은 벌써 언덕 아래쪽으로 눈을 쓸며 내려가고 있었다.

날씨는 매우 찬데 올겨울은 눈이 많이 오지 않았다.

모처럼 눈 쌓인 저수지 둑길은 벌써 동네 강아지들의 놀이터가 되어 사방으로 개들 모습이 보이고 하얀 눈길은 짐승들의 발자국을 만들고 있었다.

혜원은 하얀 눈으로 덮인 주위를 돌아보며 창문으로 불어오는 찬 바람을

느꼈지만 그렇게 추운지 몰랐다. 하지만 잠들어 있는 아이들 걱정에 창문을
닫았다.

"소원아! 소원이 방에 있니?" 주방에서 일하던 양성자 집사는 소원이를 찾
았다.

방문이 열리고 소원이 머리칼을 넘기며 방에서 나왔다.

"엄마, 왜?" 소원이 주방으로 걸어오며 물었다.

"응, 소원아! 이것 좀 사모님 갖다 드리고 와."

양성자 집사는 소원이 주먹만 한 곶감이 담긴 소반을 주며 말했다.

"알았어, 엄마. 갔다 올게." 소원은 소반을 받으며 말했다.

소원은 곶감이 담긴 소반을 들고 콧노래를 부르며 별장으로 갔다.

"딩동! 딩동!" 이 층 인터폰이 울렸다. 인터폰 화면에 눈이 크고 볼살이 쩌
얼굴이 동그란 소원이 보였다.

"소원이 왔어? 이 층 서재로 올라와." 혜원이 출입문을 열며 말했다.

별장 현관문이 열렸다. 소원이 뛰다시피 이 층 서재로 올라갔다.

"선생님! 선생님~! 엄마가 이거 곶감 갖다 드리래요." 소반을 내밀며 소원
이 말했다.

"그래, 고마워라. 와! 곶감이 크고 맛있게 생겼네." 소반 안에 있는 곶감을
보며 혜원은 말했다.

혜원은 소반을 탁자에 놓으며 곶감을 하나 들었다.

"소원아, 아주 맛있게 생겼지? 우리 나누어 먹을까?"

"네, 선생님. 은혜와 은성이는 어디에 있어요?"

"응, 방에서 자고 있어." 혜원이 방 쪽을 가리키며 말했다.

혜원은 소원에게 곶감을 반으로 나눠 주고 자신도 먹었다.

오후 3시경 양성자 집사가 혜원을 찾아왔다. 두 사람은 서재 탁자에 마주

앉아 차를 마시고 있었다. 별장 마당으로 교회 차가 들어오는 소리가 들렸다.

"서원이 아빠가 오셨나 봐요?" 혜원이 밖을 보며 물었다.

"아~ 예. 저녁에 교회에서 모임이 있다고 했는데 준비하려고 왔나 봐요."
양성자 집사는 찻잔을 들며 대답했다.

"서원 아빠가 교회 일을 열심히 하시네요." 혜원이 양성자 집사를 바라보며
물었다.

"네, 하나님의 은혜지요." 양성자 집사는 혜원을 바라보며 말했다.

서로 차를 마시며 모처럼 두 사람은 한가로운 시간을 보내고 있었다.

양성자 집사는 키는 작지만 어깨가 떡 벌어져 운동을 한 사람처럼 온몸이
통통하고 단단하게 생겼다. 얼굴은 동그란 형에 그리 못난 얼굴은 아니었다.
소원이가 양성자 집사를 닮은 것 같다. 양성자 집사 가족이 별장으로 이사 온
지도 8년이다. 혜원이 이곳으로 온 지 5년이 지났으니까. 3년 먼저 이곳에
정착해 살았다.

서 회장님 가족이 한 달에 한 번 이곳에 오시어 주말을 보내고 가시곤 했었
다.

두 사람은 서로의 지나온 삶의 이야기며 신앙에 관해 화기애애한 대화를
나누고 있었다.

청천벽력

✳

저수지는 연일 추운 날씨에 두꺼운 얼음층을 만들어 놓았다. 이러한 환경
은 동네 아이들에게 썰매 놀이터를 만들어 주었다. 저수지에서 동네 아이들
은 각양각색 썰매를 만들어 즐겁게 놀고 있다. 소원과 서원이가 그 속에서 스
케이트를 타고 있었다.

혜원이가 아이들 첫돌 때 소원이, 서원이에게 스케이트를 선물로 사 주었다.

소원이 제법 스케이트를 잘 타며 놀았다.

"소원아! 멀리 가지 마."

서원이 걱정스러운 표정으로 소원에게 소리를 질렀다.

저수지 수면은 단단히 얼어 있었다. 낚시꾼들이 낚시 구멍을 파 놓은 곳은 살짝 얼어 있어 아주 위험했다. 평상시 같으면 맨눈으로도 보이지만 오늘같이 눈이 내린 날에는 살짝 얼어 있는 낚시 구멍은 보이질 않았다.

서원이 걱정 소리도 이 천방지축 소원에게는 소용이 없었다.

서원이 눈에서 순식간에 소원이 사라졌다.

"소원아! 안 돼!" 놀란 서원이 큰 소리로 말했다.

서원이 비대한 몸으로 뒤뚱거리며 소원이 사라진 곳으로 달려갔다.

소원이 벌써 물속으로 사라졌다 올라와 허우적거리고 있었다. "어푸! 오빠! 살려 줘!"

서원이 눈에 보이는 소원이를 붙들려고 팔을 내밀었다. 그러나 몸의 무게를 이기지 못하고 그만 물속으로 빠지고 말았다. 둘은 캄캄한 물속으로 들어갔다.

아이들이 그곳으로 모여들었지만 어떻게 할 방법이 없었다.

한 아이가 별장 양성자 집사 집으로 뛰어오면서 말을 했다.

"아저씨! 큰일 났어요. 서원이가 물에 빠졌어요." 아이는 소리치며 말했다.

이때 집에서 나오던 권진석이 이 소리를 들었다.

"뭐! 어디? 어디야?" 권진석은 놀란 얼굴로 물었다.

권진석은 정신없이 달려가 아이들이 빠진 곳에 도착했다.

얼음이 깨진 구멍 주위에 아이들이 모여 있고 물속은 조용했다.

권진석은 물속으로 뛰어 들어갔다. 물속은 아무것도 보이지 않았다.

얼음 위로 눈이 덮여 있어 물속은 암흑이었다.

아무리 권진석이 어른이지만 아무것도 보이지 않는 상태에서 아이들을 찾을 길이 없었다.

숨이 차오르지만 들어왔던 곳도 보이지 않았다.

"아, 하나님!" 이것이 권진석의 마지막 말이었다.

119 소방차가 별장으로 들어오고 소방대원들이 사고 현장으로 달려갔다.

이 층에서 차를 마시던 혜원과 양성자 집사는 무슨 일인가 싶어 창가에서 밖을 내다보았다.

"사모님, 사고가 생겼나 봐요?" 양성자 집사는 말했다.

"누가 물에 빠졌나요?" "사모님, 제가 가 볼게요."

양성자 집사가 별장 문을 열고 나왔다.

이때 권진석과 함께 사고 현장으로 갔던 아이가 돌아와 양성자 집사를 찾고 있었다.

"아줌마, 큰일 났어요, 서원이가 물에 빠졌어요." 아이는 헐떡이며 말했다.

"뭐? 서원이가? 서원아!" 양성자 집사는 서원을 부르며 사고 현장으로 달려갔다.

양성자 집사가 사고 현장에 도착했을 때는 소방대원들이 현장 주위에 쇠말뚝을 박고 접근 금지 띠를 쳐 놓았다. 소방대원은 잠수 복장을 하고 물속으로 들어가고 있었다.

한참 만에 권진석의 시신을 물 밖으로 끌어 올렸다. 다음은 소원이, 다음은 서원이 시신이 물 밖으로 올라왔다. 소방대원들은 흰 천으로 시신들을 감싸고 이동 침대에 한 사람씩 실었다.

이 모습을 보고 있던 양성자 집사는 통곡하며 달려가 시신을 안았다.

"아~ 안 돼! 진석 아빠, 으앙, 여보! 서원아! 아악, 소원아! 안 돼! 안 돼! 으악!"

양성자 집사는 시신들을 더듬으며 울음소리를 내는 게 아니라 비명을 질렀다.

주위에서 지켜보는 소방대원들, 아이들도, 소식을 듣고 온 주민들도, 뒤늦게 도착한 혜원도 차마 절규하는 양성자 집사의 모습을 볼 수가 없어 돌아서 눈물을 흘렸다.

"아~ 이게 무슨 변이란 말인가. 어이해 한순간에 세 식구를 데려간다는 말인가?"

양성자 집사는 시신을 붙들고 혼절했다.

"아~ 불쌍해서 어떡해. 하나님 이게 무슨 일인가요?" 혜원이 흐르는 눈물을 주체하지 못하고 말했다. 혜원은 아직도 서산에 걸쳐 있는 해를 바라보았다.

해도 아는지 한참의 시간이 지났는데도 그대로 서산에 걸쳐 있었다.

혜원의 눈에 소원이, 서원이, 권진석 집사가 환한 얼굴을 하고 나타났다. 해가 서산으로 넘어가며 그들의 모습도 서산으로 넘어갔다.

혜원은 의천에게 전화했다.

"응, 여보. 나야." 의천이 말했다.

"으흑, 여보…. 어떡해. 으흑흑." 혜원이 울며 말했다.

핸드폰으로 전해지는 혜원의 흐느낌에 의천은 무언가 심상치 않음을 느꼈다.

"여보! 내가 금방 갈게. 진정하고 있어." 의천은 혜원을 안정시키며 말했다.

"응, 으흑. 빨리 와." 혜원은 전화기를 내려놓으며 말했다.

의천은 아이들에게 무슨 일이 생겼구나 싶었다. 머릿속에 다른 생각은 떠오르지 않았다.

"김 비서! 빨리 차 대기하라고 해." 의천은 비서에게 말했다.

그리고 정신없이 회사 정문을 향해 달려 나갔다.

별장으로 향하는 차 뒷좌석에 앉은 의천은 안절부절못하고 도통 마음을 집중할 수가 없었다.

"무슨 일일까?" 혜원이 그렇게 놀라는 모습은 처음이다.

"정 기사님, 속도를 높여 주세요." "네, 본부장님. 열심히 가고 있습니다."

별장에 도착한 의천은 바로 이 층으로 올라갔다.

혜원이 정신 나간 사람처럼 탁자에 엎어져 아직도 흐느낌을 멈추지 못하고 있었다.

"여보! 무슨 일이야? 아이들이 어떻게 됐어?" 의천이 물었다.

의천은 아이들이 있는 흔들의자 쪽을 돌아보았다. 아이들은 잘 놀고 있었다.

"여보, 어떡해요. 아~ 어떡해. 으흑흑." 혜원은 의천의 품에 안겨 울었다.

"자, 진정하고 말해 봐. 무슨 일이야?" 의천이 혜원의 등을 도닥거리며 물었다.

"양 집사 식구들이, 으흑, 죽었어. 물에 빠진 소원이, 서원이 구하려고 들어갔다가 그만 권진석 집사도 못 나오고 세 식구가 물속에서 죽었어요. 으흑흑흑." 혜원이 울며 말했다.

의천은 그만 자리에 주저앉았다. 한참이나 두 사람은 말이 없었다.

"여보, 그만 진정해." 의천은 혜원의 어깨를 감싸 안으며 일으켜 세웠다.

혜원은 의천의 가슴에 얼굴을 묻었다.

"그래, 양 집사님은 지금 어디에 계셔?" 의천은 물어보았다.

"응, 그만 정신 줄을 놓고 쓰러지셔서 아마 병원 응급실로 가셨을 거야."

"아, 세상에 이런 일이…. 믿을 수가 없어." 의천은 울먹이며 말했다.

"은혜 아빠! 당신이 이 일을 수습해. 어서 병원에 가 봐요." 혜원은 의천을 바라보며 말했다. "응, 알았어! 걱정하지 마." 의천은 혜원을 안아 주며 대답했다.

의천은 정 기사와 함께 병원으로 향했다.

병원 응급실. 양성자 집사는 침대에서 깨어나지 못하고 있었다.

의천은 응급실로 들어갔다. 양성자 집사 침대 주위로 목사님, 여전도사님, 권사님들 몇 분이 양성자 집사가 깨어나길 기다리고 있었다. 의천이 목사님 곁으로 다가섰다.

"안녕하세요, 목사님." 의천은 목사님에게 인사를 했다.

"서의천 집사님, 어서 오세요." 목사님은 의천의 손을 잡으며 말했다.

모두가 무어라 말을 할 상황이 아니다. 큰 충격으로 정신이 돌아오지 않은 사람 앞에서 모두가 침묵을 지키고 있었다. 의천은 목사님 손을 잡으며 밖으로 나가자는 제스처를 했다.

병원 휴게실로 자리를 옮긴 두 사람은 자리를 잡고 앉았다.

"목사님, 장례는 어떻게 해야 할까요?" 의천은 목사님을 바라보며 물었다.

"음, 서의천 집사님. 내가 알기론 양 집안이 가족이 없는 것으로 아는데…. 아마도 양성자 집사님이 깨어나야 장례를 치를 것 같아요. 우선 교회장으로 준비해야 할 것 같습니다."

"아, 그래요. 목사님, 장례 비용은 걱정하지 마시고 준비해 주세요. 모든 비용은 제가 부담하겠습니다." 의천은 목사님을 바라보며 말했다.

고인 세 사람의 시신은 병원 냉동 보관실에 보관되어 있었다.

장례는 교회장으로 꾸며졌다. 장로회 주관으로 빈소가 준비되었다.

새벽에 응급실이 발칵 뒤집혔다.

응급실에 누워 있던 양성자 집사가 없어진 것이다.

간호사들과 병원 관계자들이 병원 구석구석을 뒤지며 찾았다. 양성자 집사는 보이지 않았다.

교회도 혜원 부부도 연락을 받고 양성자 집사가 사라졌다는 것에 놀라고 있었다.

미쳐 버린 양성자 집사

*

저수지 사고 현장은 하얀 눈보라를 날리며 매서운 바람이 불고 있었다.

짐승인지 사람인지 모를 물체가 저수지 한복판에 웅크리고 있었다. 어깨로 보이는 부위가 들썩이는 것이 사람인 것 같다. 이내 일어선 사람은 춤을 추기 시작했다.

"라라라. 은하수 나라에 새가 세 마리 있네. 라라라. 헤헤헤."

춤을 추는 사람은 추운지도 모르고 그저 이상한 소리를 내며 얼음판 위를 맴돌고 있었다.

자그마한 체구에 빨간 목도리를 하고 있어 여자인 것 같다.

아니, 왜 이 새벽에 저수지 한복판, 아무도 없는 이곳에서 추위도 아랑곳하지 않고 춤을 추고 있단 말인가.

"헤헤헤. 라라라. 은하수 나라에 새가 세 마리 있네. 라라라. 헤헤헤."

완전히 미친 사람이다. 저수지를 이리 뛰고 저리 뛰고 춤을 추다가 그 자리에 대자로 드러누워 뒹굴고 뒹굴며 하늘을 바라보며 뭐라고 중얼거렸다.

동이 트고도 한참이 지났는데 계속 반복해서 춤을 추고 드러눕고 알 수 없는 노래를 하고 있었다. 의천이 달려와서 양성자 집사를 붙잡고 가자고 해 보지만, 아무 소용이 없었다.

혜원이 와서 같이 합세해 겨우 양성자 집사를 집 안에 가두고 의천이 지키고 있었다.

"라라라. 헤헤헤. 은하수 나라에 새가 세 마리가 있네. 헤헤헤."

양성자 집사가 집 안을 돌아다니며 연신 중얼거리고 있었다.

목사님과 여전도사가 와서 양성자 집사에게 말을 걸어 보지만 아무런 반응이 없다.

목사님께서 오늘 수요 예배 시간에 전 교인에게 금식 기도를 청하고 금식 기도를 하겠다고 말씀하셨다.

"주성령 전도사님은 양성자 집사님을 잘 보살피세요." 목사님은 양성자 집사를 바라보며 말했다.

"네, 목사님." 여전도사는 대답했다.

여전도사가 양성자 집사 집에 거주하며 양성자 집사를 지켜보기로 했다.

의천도 회사에 휴가를 내고 집에 있기로 했다.

장로님, 권사님들은 빈소를 지키기로 했다.

상주인 양성자 집사의 정신이 돌아오지 않으면 당장은 장례를 치를 수가 없었다.

목사님은 3일 동안 교회 전 성도에게 금식 기도를 선포했고 저녁 시간에도 기도회로 모여 기도하기로 했다.

그 안에 양성자 집사의 정신이 돌아오면 바로 장례를 치르기로 했다.

혜원 부부도 집에서 금식을 하며 양성자 집사의 정신이 돌아오길 기도했다.

금식 기도를 선포하고 기도를 시작한 지 삼 일째다.

사랑한다, 내 딸아!

✳

늦은 시간인데도 여러 성도가 모여 양성자 집사를 위해 기도하고 있었다. 자정을 넘어서는 시간이었다.

예배당의 문이 열리자 찬 바람이 세차게 예배당 안으로 몰려 들어왔다.

한 허름한 여인이 예배당 중앙 길게 깔린 붉은 카펫 위로 비틀거리며 들어와 중앙쯤에 그대로 엎어져 소리 내어 울었다.

"으앙! 으흑흑! 헤헤헤. 은하수 나라에 새가 세 마리 있네. 흑흑. 우으…."

여인은 엎어져서 울다 웃다 하며 통곡했다. 바닥을 두 손으로 내리치며 짐

승들의 울음소리 같은 소리도 내며 애통해하고 있다. 마치 하나님에게 말할 수 없는 통곡의 넋두리 같은 애통함 같았다. 여인은 그만 기절했는지 조용했다.

여인의 옷은 찢어져 속살이 여기저기 보였다. 기도하던 성도들은 자기 외투를 벗어 여인에게 덮어 주었다. 한 분, 한 분 안타까운 마음으로 여인을 어루만지며 기도하고 집으로 돌아갔다. 예배당 안은 조용했다.

엎드려 있는 여인의 몸 위에 성도들이 덮어 주고 간 외투가 잔뜩 덮여 있었다. 여인은 미동도 하지 않고 있었다.

예배당의 디지털 벽시계는 3시를 표시하고 있었다.

땅에서 솟았는지 하늘에서 내려왔는지 엎드려 있는 여인의 등 위로 작은 빛 하나가 나타났다. 그러더니 번쩍하며 예배당 안이 환하게 밝아졌다.

엎드려 있는 여인의 모습도 빛으로 변한 가운데 사람의 형상을 한 빛 형체가 내려와 앉으며 여인을 가슴으로 안았다.

안겨 드는 여인은 빛의 옷으로 감싼 모습에 얼굴도 빛으로 감싸여 있었다.

"그는 양성자 집사가 아닌가?" 천둥 같은 소리가 들렸다.

"사랑한다, 내 딸아! 내가 너를 도와주리라!"

"오, 주님! 할렐루야!"

이 소리는 예배당 한구석에서 기도하고 있던 주성령 여전도사의 입에서 나온 소리다.

여전도사는 이 놀라운 광경을 처음부터 보고 있었다. 무섭기도 하고 온몸은 부들부들 떨렸다. 주님의 음성이 들렸다.

"사랑한다, 내 딸아!"

이 음성은 부드럽고 감미로운 소리였다.

"오! 나의 주님! 사랑합니다."

이 소리는 양성자 집사가 주님 품에서 하는 소리였다.

"내가 너를 도와주리라!"

세 번째 주님의 음성이 천둥소리같이 예배당 안을 울렸다.

이내 빛이 서서히 걷히고 예배당은 희미한 불빛만 비추고 있었다.

"하나님, 감사합니다! 감사합니다!"

여전도사는 하나님을 본 사람으로 온몸이 땀으로 흠뻑 젖어 있었다.

"아~ 내가 주님을 보다니." 여전도사는 밝은 표정, 환한 미소로 말했다.

양성자 집사도 엎드려 있던 몸을 일으키고 있었다. 그의 얼굴은 수심이라고는 찾아볼 수가 없었다. 여전도사가 달려와 양성자 집사를 끌어안았다.

"집사님! 이제 됐어요. 하나님이 위로하셨어요." 여전도사는 울먹이며 말했다.

"전도사님, 어떻게 된 거예요?" 양성자 집사는 멍한 표정으로 물었다.

양성자 집사는 눈만 멀뚱멀뚱 뜨고 여전도사를 바라보았다.

여전도사는 양성자 집사를 의자에 앉혔다. 그간의 일들을 자세하게 설명해 주었다.

양성자 집사는 예배당 디지털 벽시계 보았다.

3시 40분을 가리키고 있었다.

"전도사님, 저 집에 들렀다가 장례식장으로 갈게요 서원 아빠와 서원이, 소원이 보내 줘야지요." 양성자 집사는 일어서며 말했다.

"네, 그렇게 하세요." 여전도사도 일어서며 대답했다.

예배당 붉은 카펫 위로 힘없이 걸어가는 양성자 집사의 뒷모습이 쓸쓸하면서도 너무도 크게 보였다.

계단을 내려온 양성자 집사는 별이 희미하게 보이는 하늘을 바라보았다.

"이것이 주님의 뜻인가요?" 양성자 집사는 아무 표정 없이 물어보았다.

집 안은 너무도 고요했다.

양성자 집사는 안방, 서원이 방, 소원이 방을 둘러보았다. 그러나 방문은 열어 보지 않았다.

양성자 집사는 옷을 벗었다. 속옷까지 벗고 알몸으로 욕실로 들어가 샤워기 조절기를 틀었다. 차디찬 물이 쏟아졌지만 느낌이 없었다. 온수로 늘 조절되어 있어 온수가 서서히 머리끝에서 발끝까지 흘러내렸다.

양성자 집사는 울고 있지만 흐르는 물에 눈물은 보이지 않았고 가끔 어깨만 들썩거렸다.

"어찌 잊으랴."

양성자 집사 가정에 일어난 가혹한 현실. 양성자 집사도 미쳐 버린 상황에서 그의 생명을 포기했다면 많은 사람이 이 가정 소식을 듣고 과연 누가 하나님을 믿으려 하며, 신앙의 길을 가겠는가. 양성자 집사의 가정은 하나님의 일에 정성을 다하고 자나 깨나 오직 하나님만 섬기는 믿음의 가정이 아니었나. 남에게 베풀기 좋아하고 착하게만 살아온 가정이다. 누가 이 가정에 대해 비평하겠는가. 아무리 악한 사람이라 할지라도 같은 동네 사람이라면 이 가정에 대해 불쌍하다고 눈물은 보이지 못해도 한탄 섞인 비평 소리는 있었을 것이다.

아이, 불쌍해! 하나님이 어디 있어. 그렇게 하나님만 섬겼는데 하나님도 양성자 집사 가정을 지키지 못했어. 누가 하나님을 믿어. 할 일 없는 나부랭이들의 집단이지. 나같이 아무 신도 믿지 않아도 이렇게 잘 먹고 잘 살아. 죽으면 끝이지. 안 그래? 현실이 중요하다고. 착하게 남들 도와주면서 욕 안 먹고 살면 되는 거잖아. 무엇이 더 필요해? 무슨 천국이 있다고. 하나님이 어디 있어. 지금 이 땅이 천국이지. 내가 누리고 내 가정이 화목하게 잘 살면 복 아니겠어. 내 복을 내가 지키겠다는데 누가 필요하겠어. 사후 그것은 개나 주라고 해. 지금 내 행복도 지키기 힘든 삶인데 사후는 무슨 사후? 한 가정이 이 땅에서 사라졌어도 슬픔은 잠시. 그저 명복을 빌어 주고 조의로 끝나는 것이 세상사이다.

양성자 집사는 검은 원피스를 입고 화장을 했다.

장례식장에 예복이 준비되어 있지만 양성자 집사는 아예 정장으로 단장을 하고 집을 나섰다. "딩동! 딩동!" 별장 인터폰이 울렸다.

새벽 5시쯤 된 것 같다. 혜원은 인터폰을 들었다. 화면에 양성자 집사 모습이 보였다.

혜원은 깜짝 놀랐다. 미쳐 있던 양성자 집사가 단정히 정장을 입고 별장 문 앞에 서 있는 것이 아닌가. 혜원은 문 열어 주는 것도 잊고 별장 현관문으로 달려 내려갔다.

"은혜 아빠! 일어나요! 양 집사님이 왔어요." 방문 쪽을 향해 말했다.

의천도 인터폰 소리에 깨어 있었다.

혜원은 현관문이 열리자 그대로 양성자 집사 어깨 품을 끌어안았다.

"오, 하나님! 감사합니다! 감사합니다! 으흑흑." 혜원은 울며 말했다.

"사모님! 저 왔어요." "그래요. 아, 감사합니다. 하나님!"

혜원은 양성자 집사를 거실 소파에 앉게 하고 늘 끓여 놓는 작두 차를 컵에 따랐다.

"집사님! 이 차 드세요. 몸이 따듯해질 거예요." 혜원은 찻잔을 전해 주며 말했다.

차를 마시는 양성자 집사의 모습을 바라보는 혜원의 눈에 눈물이 고여 흐르고 있다.

이 층에서 의천이 내려오고 있었다.

"사장님! 저 왔어요. 부탁이 있는데 장례식장에 데려다주세요." 양성자 집사가 말했다.

"네, 집사님. 준비하고 내려올게요." 의천은 다시 이 층으로 올라가며 말했다.

아직 동이 트지 않아 장례식장 주위는 아직도 어두움에 있었다.

의천과 양성자 집사는 장례식장 안으로 들어갔다.

빈소는 목사님과 교회 성도가 발인을 준비하고 있었다.

여전도사의 연락을 받은 목사님은 바로 입관하라고 전하고 양성자 집사가 오면 발인 예배로 장례를 진행하는 것으로 준비했다.

목사님 인도로 발인 예배가 끝나고 바로 영구차에 고인들을 모시고 승화원으로 출발했다.

장례식장을 나서는 3대의 영구차. 하늘이 대신 슬퍼하는가. 가는 길에 하얀 눈꽃이 날리며 영구차가 가는 길에 소복이 쌓이고 있었다.

양성자 집사는 차마 영구차에 타지 못하고 영구차를 인솔하는 승용차에 타고 있었다. 의천이 운전하고 있다. 목사님과 장로님들의 권면으로 양성자 집사는 영구차에 타지 않았다.

아무래도 양성자 집사의 심적 변고가 생길까 걱정되었다. 장례의 모든 절차 승화원. 납골당 장례 예식 순서는 하지 않았다.

그렇게 납골당에 고인들을 모셔 두고 집으로 돌아오는 길에도 눈은 그치지 않았다.

그 일이 있고 며칠이 지났다.

양성자 집사는 집으로 들어가지 않고 별장 아래층 방에 거주했다.

양성자 집사는 따로 방을 얻어 나가겠다고 했다. 그러나 혜원이 그냥 별장에서 함께 살자고 간곡히 부탁해서 그대로 있기로 했다.

의천이 양성자 집사가 살았던 집을 철거하자고 했다. 양성자 집사가 그냥 그대로 두자고 해 집 안의 가구들을 치우고 빈 곳은 창고로 쓰기로 했다.

고인들이 쓰던 물건을 치운다고 흔적들이 없어지지는 않겠지만 양성자 집사 마음에 조금이라도 도움을 주고자 했다.

부모를 잃은 아이들

✳

그 일 후 혜원의 신체에 변화가 생겼다. 오른쪽 젖가슴이 뻐근하고 기운이 없었다. 그런 상태에도 은혜는 젖 먹는 것을 그치지 않았다. 혜원은 자신의 상태를 알고 있었다.

은혜가 젖을 물 때면 자기 피가 빠져나가는 것을 알면서도 젖을 물리는 것은 은혜가 젖 아니면 아무것도 입에 대지 않았기 때문이었다.

백 일이 지나고부터 이러한 현상을 알고 있었지만, 누구에게도 말할 수가 없었다.

그때는 피의 재생도 활발하여 크게 걱정하지 않았다.

하지만 은혜가 크면서 먹는 피도 많아졌다. 이에 피의 재생이 따라 주지 못했다.

혜원은 얼굴이 수척하고 혈색이 없어 늙어 가고 있었다. 이제 글 쓰는 일도 하지 못했다.

혜원은 햇살이 따듯하다고 양성자 집사에게 부탁하여 잔디 마당 파라솔 의자에 앉았다.

이제 거동도 불편할 정도로 쇠약해져 갔다.

양성자 집사는 차를 가져와 탁자 위에 내려놓고 혜원과 마주 앉았다.

"사모님! 이 차를 들어 보세요." 차를 내밀며 말했다.

"집사님, 고마워요." 혜원은 수척해진 얼굴에 미소 지으며 말했다.

불과 몇 달 사이에 혜원이 이렇게 늙어 버릴 수가 있단 말인가?

이젠 은혜도 먹을 피가 없는지 젖을 물지 않았다.

하지만 혜원은 피가 부족하여 말라 가고 있다. 병원에서 피를 공급받아 보았지만, 부작용으로 피를 공급받지 못했다. 전문의에게 의뢰해 보았지만, 몸은 이상이 없다고 진단을 내렸다. 혜원이 이렇게 말라 가고 기운이 떨어지는

데 처방할 방법이 없단다.

이제 말하는 것도 불편할 정도다.

"집사님, 아마 내가 얼마 가지 못할 것 같아요." 혜원이 양성자 집사를 쳐다보며 말했다.

"아니! 무슨 소리 하세요. 사모님은 곧 회복될 거예요."

양성자 집사는 겉으론 위로의 말을 하지만 안타깝기 그지없다.

"집사님, 부탁이 있는데 들어주세요." 혜원은 양성자 집사의 손을 잡으며 말했다.

"네! 사모님, 말씀하세요."

혜원은 자신에게 일어나고 있는 일을 양성자 집사에게 말해 주었다.

"은혜 아빠에게도 말을 안 했어요. 이것은 누가 알아서도 안 되는 일입니다. 집사님만 아시고 만약에 내가 잘못되면 아이들을 따로 키워 주세요. 은혜는 본가에 보내고 은성이는 집사님이 키워 주세요. 꼭 부탁드릴게요."

혜원은 양성자 집사에게 간절히 말했다. 떨리는 손에 힘이 들어갔다.

쌍둥이 자매는 잘 걷고 서로 장난하며 잘 커 갔다.

누구의 기도인가? 간절하고 갈급한 탄식의 소리였다.

"하늘의 신들이여, 말해 보라!

양성자 집사님 가족 세 사람으로 부족했는가. 데려간 지도 얼마 지나지 않았는데 혜원이마저 데려가려는가. 저렇게 쇠약한 모습이라니 이 별장 터가 안 좋은가, 아니면 신의 심판인가? 아름다운 마음을 가진 자에게 시기하는 악령들의 시샘인가? 하늘의 신이여, 입이 있으면 말해 보라! 왜 나에게 이런 고난을 주는가? 하늘의 신이 저 생각 없이 이생을 떠도는 악령 하나 어찌하지 못해서 하나님을 의지하고 살아가는 사람들을 저 악령의 놀리기로 내어 주는가. 하늘의 신들은 하나님을 의지하는 자들의 고통을 즐거워하는가. 저 악령들과 내통하고 죽어 가는 하나님의 사람들을 무시하는가. 입이 있으면 말을 해 보라. 억울하다. 억울하다. 하늘의 신에게 바친 시간이 억울하다. 하늘의 신 천사들이여, 나의 이 억울함을 하나님께 전해 다오. 하늘이 원하는 것은 다 하리라. 내 생명도, 내 사랑하는 아내를 위해 내놓으라면 주리라. 하늘의 신들이여, 그대들도 알지 않는가. 네가 하나님에게 어찌했는지. 하늘의 신들이여, 울지 말라. 울음으로 대신 위로하지 말라. 나의 위로는 내 진심을 하나님께 전해 다오. 진정으로 원하오니 전해 다오. 더 이상 나의 입으로 원망하지 않게 도와 다오."

의천은 서재에서 기도하고 있다.

혜원이 걱정할까 봐 소리 죽여 기도하고 또 기도하다 그대로 잠이 들었다.

의천은 회사 본부장 직함도 사직하고 별장에 온 지 한 달이 지나갔다.

오늘은 화사한 날씨에 별장 여기저기 피어 있는 철쭉들이 별장 식구들을 반겼다.

잔디 마당에서 쌍둥이 자매는 연신 이리 쫓고 저리 쫓아가며 깔깔거리고 놀고 있다.

별장 문이 열리고 혜원이 의천에게 부축을 받으며 나왔다.

오늘 서울 병원에 예약이 되어 있어 서울로 가는 날이다.

"집사님, 다녀올게요." 혜원은 아이들을 바라보며 말했다.

"네! 사모님! 아이들은 걱정하지 마시고 잘 다녀오세요." 양성자 집사는 은성을 안으며 말했다.

"여보! 그만 가요." 혜원은 힘없이 걸으며 말했다.

"그래. 집사님, 부탁해요." 의천은 혜원의 어깨를 안으며 말했다.

의천이 혜원을 부축해서 차 뒷좌석에 태우자 혜원이 말했다.

"여보! 나, 당신 옆에 타고 갈래." "괜찮겠어?"

"응, 괜찮아요. 모처럼 당신 곁에 타는 것 같은데." 혜원은 미소 지으며 말했다.

의천은 혜원이 미소 짓는 것도 똑바로 볼 수가 없었다. 그동안 흘린 눈물로 이제 다 말랐거니 생각했는데…. 혜원이 미소 짓는 얼굴을 보면 눈물을 감출 수가 없다. 복받쳐 오르는 눈물을 삼키며 혜원의 안전벨트를 매어 주었다.

차가 움직이며 언덕길을 내려갔다.

양성자 집사는 차가 보이지 않을 때까지 손을 흔들어 주었다.

양성자 집사의 가슴이 멍하니 허전해 오는 것은 왜일까.

의천은 운전을 하면서 혜원을 주시했다. 혜원은 피곤한지 차에 타자마자 잠이 들었다.

사랑하는 아내 혜원. 의천은 혜원의 얼굴을 보았다.

오늘따라 더 수척해진 모습에 마음이 무너지는 것 같다. 그 아름답던 얼굴은 어딜 가고 이렇게 변할 수가 있단 말인가. 혜원의 모습을 볼 때마다 의천 마음에 있던 불신의 그림자가 자신의 영혼을 덮어 오는 것을 느꼈다. 이제 하나님을 원망하는 것도 지쳤다.

"여보! 미안해. 내가 미안해."

의천은 혜원에게 미안한 마음, 미안한 생각밖에 나지 않았다.

"내가 조금 더 당신 곁에 있었어야 했는데…. 여보, 정말 미안해."

이들 부부는 별장으로 오면서 주말 부부로 살았다. 같이 산 날보다 헤어져 산 날 수가 더 많았다. 아이들이 태어나기 전에는 휴가 때가 되면 해외로 여행을 갔었다.

영국 런던에서 혜원의 미모에 길을 가던 여성들이 연신 사진을 찍던 모습이 생각났다.

의천은 최고 미녀들이 모이는 곳에서 혜원의 아름다운 미모에 찬사를 보내는 사람들을 보면서 행복했었다.

세상에서 가장 행복한 사람, 세상을 다 가진 사람이라고 자신에게 칭찬했었다.

혜원은 천사도 부러워하고 악령도 부러워할 만큼 아름답고 사랑받을 만한 여인이다.

알 수 없는 질병으로 이렇게 쇠퇴해 가는 혜원. 지켜보고만 있어야 하는 의천. 참으로 안타까운 마음뿐이다.

자리가 불편한지 혜원이 눈을 떴다.

"은혜 아빠, 아직 멀었어요?" 혜원이 살며시 눈을 뜨며 물었다.

"응, 한참 더 가야 해. 어디 불편해?" "아니, 괜찮아요."

혜원은 자세를 고쳐 잡고 다시 깊은 잠에 빠져들었다.

도로는 평일이라 한산했다.

병원 진료 예약 시간도 여유가 있어 의천은 저속으로 운전했다.

멀리 터널이 보였다. 의천의 차는 터널 속으로 모습을 감추었다.

차가 터널로 들어간 지 얼마 지나지 않아 터널 안은 아무것도 보이지 않았다.

시커먼 연기가 터널을 가득 메우며 뿜어져 나오기 시작했다.

소방차, 앰뷸런스, 레커차들이 터널 사고 현장에 모여들었다.

아직도 뿜어져 나오는 연기 속으로 소방대원들이 소방 무장을 하고 거침없이 뛰어 들어갔다.

터널은 그리 길지 않았다.

소방대원들이 터널 안으로 들어가 화재를 진압한 지 얼마 지나지 않아 연기는 터널 환풍기를 통해 빠져나가고 있었다. 화재 현장의 모습은 참혹했다.

현장을 수습하는 소방대원들은 분주하게 움직이며 혹시 살아 있는 사람이 없는지 구석구석을 살피며 구조 활동을 하고 있었다.

사고는 서울로 올라가는 방향에서 난 게 아니었다. 반대편에서 오던 탱크로리 유조차 엔진 쪽에서 불길이 솟아오르며 운전석 전체에 불이 붙은 상태로 터널 안으로 들어갔다.

서울 쪽으로 향하는 터널 안 도로를 점령하며 달리던 유조차는 마주 오는 차량과 충돌했다. 탱크로리가 차체에서 이탈되어 도로를 막았고, 유조차 기름 탱크에서 흘러나오는 기름에 불이 붙어 폭발했다. 그리고 충돌한 상대 차를 불길로 덮었다. 의천의 차는 불길이 솟은 차의 연쇄 충돌된 차량 열다섯 번째에 있었다. 의천에 차량 뒤에도 여러 대가 충돌되어 있었다.

소방대원들이 화재 진압을 시작할 때 전소되어 가던 앞차의 불길이 의천의 차에 옮겨붙었다. 불길이 있는 곳만 희미하게 비칠 뿐 사방은 연기로 덮여 암흑 속이다.

의천의 차는 소방대원들에 의해 화재가 진압되었지만, 생존자는 없었다.

다만 의천의 부부와 후속 차들에 있던 시신은 손상되지 않았다.

모두 연기에 질식되어 사망한 것으로 판명되었다.

의천은 캄캄한 차 안에서 혜원을 찾았다. 의천의 더듬는 손길에 혜원의 얼굴이 만져졌다.

차 안은 열기로 뜨거운데, 혜원의 얼굴은 싸늘하다.

"아, 하나님!"

의천이 이생에서 남긴 마지막 말이었다.

사고 화재 수습 후 의천의 차 안 모습은 보는 이로 하여금 눈물을 흘리게 했다.

다른 시신들은 차 안에서 탈출하지 못해 몸부림치며 죽은 모습, 차에서 탈출했어도 여기저기 쓰러져 몸부림치다 죽은 모습이었다.

의천은 혜원을 안고 있었다. 두 사람의 얼굴은 편안히 잠든 모습이었다.

이 모습을 현장 기자들은 앞다투어 TV 뉴스 속보로 보도했다.

여진주는 아들 의천과 통화했었다.

병원 진찰이 끝나면 집에 오겠다고 했다. 혜원을 위해 무엇을 준비해야 할까 분주했다.

"무엇을 해 주나. 혜원이가 잘 먹는 것이 뭘까?"

여진주는 주방을 서성이며 냉장고 문을 여러 번 열어 보았다.

여진주는 혜원이 몸 상태를 모른다. 그저 몸이 안 좋다고만 들었다.

아무 이상이 없어야 할 텐데. 여진주는 기도했었다.

"따르릉! 따르릉!" 전화 소리가 연신 들려오지만 여진주는 서둘러 받지 않았다. 이 시간에 오는 전화는 쓸모없는 전화가 많았다.

계속 울리는 전화에 짜증스러운 표정으로 전화기를 들었다.

"엄마! 왜 이렇게 전화 안 받아! 아~ 씨! 엄마! 의천이 어떡해. 의천이와 혜원이가 교통사고로 죽었어! 엄마, 어떡해." 의숙은 울면서 말했다.

여진주는 딸 의숙이 전해 주는 의천의 소식에 그만 정신 줄을 놓고 말았다.

"엄마, 엄마! 아, 어떡해!"

의숙은 바로 119에 연락해서 여진주를 병원으로 옮겼다.

혜원이 어머니 김해정 또한 뉴스 속보를 보고 쓰러져 병원으로 옮겨졌다.

양가 집안뿐 아니라 양 회사 회사원 전체가 초상으로 슬픔에 잠겼다.

혜원이 진료를 받으려던 병원이 장례식장으로 바뀌었다. 빈소는 서의천 집사, 김혜원 집사. 위패도 따로 만들어졌다.

"삼가 고인의 명복을 빕니다."

조문객이 끊임없이 이어졌고, 쌍둥이 자매는 장례에 참여하지 않았다.

삼일장으로 장례는 마쳤고 의천과 혜원의 영혼은 천국으로 들어가고 육신은 한 줌의 흙이 되어 땅으로 돌아갔다.

이별 20년

✳

그 일 후 서울에서 서의숙과 여진주 사모가 별장을 찾아왔다.

"안녕하세요, 사모님." 양성자 집사는 인사를 했다.

여진주는 양성자 집사의 어깨를 감싸 안았다.

"양 집사님, 마음고생이 많았지?" 여진주는 양성자 집사 손을 잡으며 말했다.

양성자 집사 얼굴을 바라보는 여진주의 눈에 눈물이 고였다.

거실 소파에 마주 앉은 세 사람은 양성자 집사가 가져온 찻잔의 피어오르는 열기만 바라보고 있었다.

"사모님, 힘드셨지요? 아기씨들 때문에 가 보지도 못하고 죄송해요." 양성자 집사는 눈물을 훔치며 말했다. "아니야. 양 집사님이 큰일을 했어요." 여진주는 말했다.

여진주는 쌍둥이 자매가 거실에서 놀고 있는 모습을 바라보며 의천이, 혜원이 모습이 떠올라 눈물을 흘리며 흐느끼기 시작했다.

"아! 불쌍한 것들을…. 으흑흑."

"엄만, 왜 또 울어. 안 울기로 해 놓고. 아이, 나까지 눈물이 나네." 의숙은 눈물을 닦으며 말했다. 의숙은 엄마의 어깨를 안으며 위로했다.

"은혜, 은성이 불쌍해서 어떡하니." 엄마는 의숙을 끌어안고 말했다

여진주는 마음을 달래며 양성자 집사를 바라보며 말했다.

"양 집사님! 아이들은 저희가 데리고 갈게요." 여진주는 아이들을 쳐다보며 말했다.

"네, 사모님! 그렇게 하세요. 그런데 사모님, 혜원 사모님이 제게 부탁하신 말씀이 있었는데…. 말씀드려도 될지?" 양성자 집사가 여진주를 바라보며 물었다.

"아~ 그래요. 혜원이가 무슨 부탁을…. 말씀해 보세요." 여진주는 재촉하며 물었다.

양성자 집사는 혜원이 자신에게 부탁했던 일을 자세히 여진주와 서의숙에게 말했다. 하지만 은혜가 엄마의 피를 먹고 자랐다는 말은 하지 않았다.

여진주도 혜원의 유언 같은 이야기를 들으면서 도저히 믿지 못하는 표정이다. 혜원의 부탁이라고 하니 여진주도 자신의 주장만 내세울 수는 없었다.

"엄마! 그렇게 해요. 은혜는 내가 잘 키울게." 의숙은 말했다

"너는 시집가야지." 여진주는 버럭 소리 지르며 말했다.

"나, 시집 안 가! 오늘부터 은혜 고모 엄마로 살 거야. 나 말리지 마, 엄마!" 의숙은 은혜를 쳐다보며 말했다.

"은혜야, 이리 와. 고모한테 와 봐." 의숙은 은혜를 불렀다.

은혜는 알아들었는지 뒤뚱거리며 의숙의 품에 안겼다.

"아이, 고것 왜 이리 예뻐." 의숙은 은혜를 가슴으로 안으며 말했다.

여진주는 양성자 집사를 바라보며 손을 잡았다.

"양 집사님! 감당할 수 있겠어요?" 진주는 눈시울이 뜨거워지며 물었다.

"사모님, 괜찮습니다. 은성 아가씨는 제가 잘 키울게요." 양성자 집사도 손을 꼭 잡으며 대답했다. 여진주는 은성이를 무릎에 앉히고 가슴으로 끌어안았다.

"참! 그리고 양 집사님, 이 큰 집에서 혼자 지내기 힘들 것 같은데 사시던 집을 마땅한 사람에게 주세요. 아무래도 주위에 사람들이 있으면 덜 힘들지 않을까 해서요." 여진주는 말했다.

"네, 사모님. 그렇게 하겠습니다." 양성자 집사는 은혜를 바라보며 대답했다.

의숙은 은혜를 안고 밖으로 나갔다. 여진주도 은성을 안고 뒤따라 나왔다. 밖에는 정 기사가 차를 대기하고 있었다.

"양 집사님, 그럼 은성이 잘 부탁해요." 여진주 양성자 집사를 바라보며 말했다.

여진주 건네주려던 은성을 다시 끌어안았다.

"잘 있어, 은성아. 할머니 은성이 보러 자주 올게."

여진주는 눈물을 흘리며 말했다. 그리고 양성자 집사에게 은성을 넘겨주었

다.

의숙은 은혜를 안고 양성자 집사와 마주 보았다. 은혜와 은성이 이별의 손을 흔들었다. 아이들은 그저 까르르 웃고 있다. 이제 헤어지면 언제 만날지 기약은 없었다.

"잘 있어, 은성아! 고모도 자주 올게." 의숙도 손을 흔들며 말했다.

여진주는 차창 너머로 양성자 집사가 안고 있는 은성이 보이지 않을 때까지 보고 있었다. 이별이란 슬픔을 넘어 괴로운 것이다.

여러 해가 지나 봄이 찾아왔다.

별장 주위로 철쭉들이 만개했다. 붉은색, 흰색, 연분홍색 꽃들은 서로 자신들의 꽃잎을 더 활짝 펴기 위해 기지개를 켜고 있었다.

뒤채에는 주성령 여전도사 부부가 이사와 살고 있다.

여전도사는 41세로 양성자 집사보다 3살이 많았다.

남편은 38세로 주성령 여전도사보다 작았다. 자녀는 없었다. 남편은 늦깎이 신학생으로 전도사로 섬기는 교회는 없고 인테리어 일을 하며 공부하는 김재동 신학생이다. 재주가 많아 별장의 어려운 일은 맡아 해 주니 양성자 집사는 늘 고마움 속에서 살았다.

오늘도 여전도사는 심방을 가기 위해 준비를 하고 있었다.

서은성은 6살로 교회에서 운영하는 유치원에 다니고 있었다.

일 년에 한두 번씩 서의숙과 여진주 사모가 다녀가지만, 은혜는 데려오지 않았다.

"전도사님, 심방 가세요?" 양성자 집사는 뒤채에서 걸어오는 여전도사를 보며 물었다.

"네, 집사님. 오늘은 이레 정육점 하시는 김인희 권사님 병원으로 심방 가요. 집사님도 같이 가면 좋을 텐데." 양성자 집사를 바라보며 물었다.

"아, 그래요? 은성이 때문에 힘들겠네요. 잘 다녀오세요." 양성자 집사가 대답하며 인사했다.

여전도사는 소형 승용차를 타고 언덕길을 내려갔다.

이레 정육점 김인희 권사님은 췌장암을 선고받고 병원에 입원 중이시다. 여선교회 회장을 오랫동안 역임하시면서 많은 선교 업적을 남기셨다. '그렇게 활동이 왕성하시던 권사님이신데 악한 병으로 자리에 누워 투병하고 계시니 얼마나 답답하실까?' 양성자 집사는 생각했다.

교회는 권사님을 위해 기도 중이다. 교회는 만민이 기도하는 곳이다. 그래서인지 순복음 기적교회도 어려움이 지나가나 싶으면 더 큰 어려움이 와 기도가 바람 잘 날이 없었다.

빵 가게를 하시는 김정숙 집사님 큰아들이 서울에 살았다. 이웃 집사님이 성경 공부를 하자고 하도 쫓아다니면서 귀찮게 해서 며느리는 그 정성에 못 이겨 '한 번만 가 주자.'라는 생각으로 성경 공부를 하는 곳에 갔다. 그곳에서 악한 귀신이 며느리의 영혼에 들어왔다. 그때부터 며느리는 밤낮없이 소리를 질렀다. 귀신의 악행이 날이 갈수록 더해만 갔다. 살고 있는 아파트 이웃들이 '시끄럽다. 소음 공해다. 정신 나간 사람이다. 병원에 데려가라.' 성화였다. 마침 시댁이 한적한 곳에 있어 데리고 왔다.

그날부터 김정숙 집사님 온 가족은 귀신의 공포에 떨며 살았다. 소식을 들은 교회 구역 식구들이 저녁마다 모여 귀신을 쫓아내려고 기도하고 목사님, 여전도사님이 수시로 찾아가 기도를 했다. 귀신은 더욱 포악해져서 찾아오는 사람들에게 공포의 소리를 질러 댔다.

"네놈이 목사냐! 한번 해 보자! 오늘도 장난감들이 왔네. 잘 왔다. 놀아 보자!"

귀신의 포악성은 날이 가면 갈수록 더해 갔다. 김정숙 집사님 며느리의 예쁜 얼굴을 사정없이 마귀의 모습으로 만들어 가면서 귀신이 추악함을 드러내고 있었다.

　오늘도 목사님, 장로님, 권사님, 집사님, 여전도사님이 함께 김정숙 집사님 집으로 향했다. 양성자 집사도 은성이가 유치원에 있는 동안 충분히 다녀올 수가 있겠다 싶어 따라갔다.

　악한 귀신은 교회에서 많은 성도가 온다는 소식에 큰 기대를 하고 있었다. 넓은 거실에 예배드릴 장소가 준비되었다. 목사님, 장로님, 권사님, 집사님의 순으로 들어오자 거실 중앙에 앉아 기다리고 있던 귀신 들린 며느리가 소리를 질렀다. 그 얼굴에 차디찬 미소를 짓고 있으니 그 모습을 보는 이로 하여금 공포에 떨게 했다. 성도들은 귀신 들린 며느리의 눈을 차마 마주하지 못하고 자리에 앉았다. 다행히 귀신은 소리만 질러 대지 사람들에게 달려들진 않았다.

　"야! 오늘은 잔칫날이구나! 오라! 네가 목사냐? 네놈들이 그 잘난 장로구나. 어서 와라, 어서 와. 으흐흐! 오늘은 끝내주는군. 좋아! 이 정도는 되어야지! 다 모였냐? 시작하자고." 귀신 들린 며느리는 굵은 목소리로 소리 내어 말했다.

　"자, 어서 시작해 봐." 며칠째 기도하러 왔던 장로들도 귀신의 악행에 치를 떨었다.

　찬송이 시작되었다. 귀신 들린 며느리도 따라 찬송을 불렀다.

　여전도사와 양성자 집사는 김정숙 집사와 이야기를 나누느라 예배가 시작되고 집 안으로 들어갔다. 여전도사가 먼저 들어가 자리에 앉고, 양성자 집사도 따라 들어가며 귀신 들린 며느리를 보았다. 신나게 찬송을 부르던 며느리도 양성자 집사를 보았다. 순간 눈이 마주치며 귀신 들린 며느리는 찬송을 멈추었다. 양성자 집사는 여전도사 옆에 앉아 예배를 드렸다.

　귀신 들린 며느리는 더 이상 아무 소리도 없었다. 양성자 집사는 귀신 들린 며느리를 쳐다보았다. 며느리는 떨고 있었다. 양성자 집사는 그 모습을 눈여겨보았다. 며느리는 양성자 집사와 눈을 마주치지 않으려고 더욱 고개를 숙이며 눈동자를 뱅글뱅글 돌렸다. 예배를 마치고 모두 돌아갔다.

김정숙 집사님 가정은 예배가 끝나고 평안이 찾아왔다.

귀신 들린 며느리가 귀신이 나갔다고 날아갈 듯이 기뻐했다.

이러한 광경을 처음부터 지켜보았던 김정숙 집사님 남편이 하나님은 살아 계신다고 고백하며 하나님을 믿기로 작정했다. 온 가족이 예수님을 영접하고 교회를 잘 섬기고 있다.

며칠 후 귀신 들렸던 며느리가 별장으로 양성자 집사를 찾아왔다.

두 사람은 거실 탁자에 마주 앉아 커피를 마시며 대화를 나누었다.

"집사님, 고마워요." 김정숙 집사 며느리는 말했다.

"왜요? 제가 고마움을 받을 만한 일이 없는데." 양성자 집사는 며느리를 바라보며 말했다.

"아니에요, 집사님 때문에 악한 귀신이 나갔어요." 며느리는 힘 있게 말했다.

"아니, 나 같은 사람이 무슨 능력이 있다고 그러세요." 양성자 집사는 손사래를 치며 말했다.

"제 이름은 이영숙입니다. 예수님을 섬긴 지 6개월밖에 되지 않았어요. 성경 공부를 할 때 내 영혼에 귀신이 들어와서 악행을 벌이는 모습을 다 보았어요. 내 정신은 멀쩡한데 10일 동안 악한 영이 내 영혼을 지배하고 행동하는 모습을 보면서 아무것도 할 수 없는 나 자신이 얼마나 괴로운지 이것이 지옥이라고 생각했어요. 아무리 몸부림을 쳐도 소용없고 내가 말하는 소리는 입 밖으로 나오지 않았어요. 무기력한 내 모습이 얼마나 불쌍한지 울다가 차라리 죽었으면 하는 충동이 계속 일어났어요. 조금만 더 귀신의 악령이 내 영혼에 있었다면 아마 내 생명은 견디지 못하고 끝났을 겁니다."

이영숙 자매는 그때 일을 생각하면 치가 떨리는지 몸을 움츠리며 말을 이어 갔다.

"교회 목사님, 장로님, 권사님, 집사님들이 저녁마다 기도하시는 것을 다 보고 듣고 있었어요. 귀신이 교회 사람들에게 하는 행동이며 말까지 다 듣고 있었습니다. 10일째 되는 날이었지요. 예배드리러 오신 목사님, 장로님, 권사님, 집사님들과 뒤에 들어오신 여전도사님을 보고 귀신은 모두 해 볼 만하다고 소리를 지르며 기뻐하고 환호했어요. 귀신은 마지막으로 양성자 집사님이 들어오시는 모습을 보며 '아직도 남았어?'라고 말했지요. 그런데 귀신은 집사님을 보는 순간부터 자기 머리를 붙들고 무서워 벌벌 떨기 시작했어요. 그러면서 예배가 끝날 때쯤 견디지 못하고 내 영혼에서 빠져나갔어요. 도망가는 귀신의 악령이 제 모습과 똑같았어요."

이영숙 자매는 양성자 집사의 손을 잡으며 말했다.

"하나님은 집사님과 동행하고 계세요. 이번에 저는 보았어요. 악한 귀신은 자기보다 무서운 상대가 있으면 도망간다는 것을."

이영숙 자매는 양성자 집사의 손을 더욱 굳게 잡으며 말했다.

"저는 믿어요. 하나님이 살아 계신 것을. 고마워요, 집사님."

이영숙 자매의 눈가에서 눈물이 흐르고 있었다.

"그래요. 하나님이 자매님을 사랑하세요. 우리 기도합시다." 양성자 집사는 이영숙 자매의 손을 잡고 함께 기도했다. 이영숙 자매는 양성자 집사 마음속에 큰 여운을 남기고 돌아갔다.

양성자 집사는 마당에 여전도사 차가 세워져 있어 여전도사가 집에 있겠지 생각하며 현관문을 두드렸다. "전도사님, 계세요?" 문이 열리며 여전도사가 양성자 집사를 반겼다.

"집사님, 어서 오세요. 들어와요." 양성자 집사는 자신이 살던 곳이라 낯설지는 않았다. 거실 소파에 앉아 집 안을 둘러보았다.

옛 흔적은 전혀 찾아볼 수가 없었다. 온통 벽이고 천정이고 말씀으로 도배가 되어 있었다.

"전도사님, 온 집 안을 왜 말씀으로 도배를 했어요?" 양성자 집사가 말씀들을 보며 물었다.

"아, 그거…. 집사님, 우리 남편이 늦게 공부를 시작했잖아요. 인테리어 일하랴 공부하랴 아주 힘들어해요. 그러다 보니까 집에서 성경책만 보면 졸아요. 그래서 제가 앉아 있어도, 누워 있어도, 눈을 뜨고 있으면 말씀을 보라고 도배를 했어요. 아주 좋아하더라고요." 여전도사는 말씀을 보며 말했다.

양성자 집사는 집 안을 보다 한 구절의 말씀이 눈에 들어왔다. 양성자 집사는 소리 내어 읽었다.

"두려워하지 말라. 내가 너와 함께함이라. 놀라지 말라. 나는 네 하나님이 됨이라. 내가 굳세게 하리라. 참으로 너를 도와주리라. 참으로 나의 의로운 오른손으로 너를 붙들리라(이사야 41:10). 아멘."

"전도사님, 가끔 이 말씀이 내 귀에 들려요." 양성자 집사는 벽에 있는 말씀을 보며 말했다.

"집사님, 그때 일이 생각이 나는구나?" 여전도사가 물었다.

"잊을 수가 없지요. 주님이 나와 함께하심을 날마다 느끼며 사는데."

여전도사도 집 안에 도배된 말씀을 둘러보았다.

"저도 기도가 힘들 때면 그때를 생각해요. 하나님을 만난 사람으로서 하나님의 여종으로 지금 잘하고 있는지, 남편이 신학을 하고 있으니까 과연 이 길이 옳은 길인지, 신학을 안 하겠다고 버티는 남편에게 강권적으로 신학을 하게 하는 내가 과연 잘한 것인지…. 아직도 하나님의 위로가 없어요. 그래도 나는 믿어요. 잘한 일이라고. 남편도 이제 적응이 되는지 잘 따라 주고 공부도 열심히 해요. 건강하게 성령 충만한 목회자가 되길 기도하고 있어요, 집사님." 여전도사는 말했다.

이때 유치원 차가 들어오는 소리가 들렸다.

"전도사님, 은성이가 왔어요. 가 볼게요." 양성자 집사는 여전도사 집을 나왔다.

은성이 친구들과 인사하고 돌아서며 양성자 집사를 보았다.

"이모! 전도사님 집에 있었어?" 은성이 양성자 집사 품에 안기며 물었다.

"응, 그래. 오늘도 수고했어요, 꼬마 아가씨." 양성자 집사는 은성이 엉덩이를 도닥거리며 말했다.

양성자 집사는 은성이 손을 잡고 별장으로 들어갔다.

은성은 양성자 집사를 이모라고 불렀다. 6살인 은성은 벌써 뚜렷한 이목구비를 갖추고 있어 유치원에서도 인기가 최고였다.

비록 부모가 없는 은성이지만 인기에 가려 누구도 은성을 부모 없는 아이라 놀리지 못했다.

은성이 10살 되던 가을날, 신화증권 서영철 회장이 지병으로 소천하셨다.

"은성아, 어서 내려와. 기사 아저씨 기다리신다."

"이모, 내려가." 은성이 뛰다시피 이 층에서 내려오며 말했다.

"천천히 내려와. 넘어질라." 계단을 바라보며 양성자 집사가 말했다.

"알았어, 이모. 이모는 안 가?" 은성이 대답하며 물었다.

"응, 이모도 갈 거야. 전도사님에게 인사하고 올게."

은성은 서울 나들이가 처음이다. 첫 나들이가 할아버지 장례식장이라니….기구한 운명이라 말할 수 있다.

은성과 양성자 집사는 병원 장례식장으로 들어갔다.

빈소에는 미소 짓고 있는 서영철 회장 초상화가 국화꽃으로 둘러싸여 있었다. 아래쪽 단엔 서영철 장로 위패가 있었다. 은성은 첫돌 때 이후로 한 번도 뵌 적 없는 할아버지 빈소에 국화 한 송이를 드리고 기도했다. 서의숙은 옆에 서 있다. 의숙은 은성을 끌어안았다.

"은성아, 잘 왔어. 인사해야지. 큰아빠란다." 의숙은 큰아빠를 가리키며 말했다.

"안녕하세요, 큰아빠." 은성이 허리 굽혀 인사했다.

"그래. 은성아, 잘 왔다." 큰아빠는 은성의 손을 잡으며 말했다.

은성이 큰아빠의 두 아들 서세은과 서세형 오빠들과도 인사를 했다. 끝에 검은 한복을 입고 서 있는 얼굴이 예쁜 여자애와 마주 섰다.

"네가 은성이구나! 나는 은혜." 은혜는 미소 지으며 말했다.

은혜는 은성의 손을 잡아당기며 빈소 옆방으로 데리고 들어갔다.

쌍둥이 자매는 얼굴을 마주하고 바닥에 앉았다. 그때까지도 은혜는 은성의 손을 놓지 않았다. "은성아! 나 은혜야. 네 언니."

은성은 빤히 은혜를 쳐다볼 뿐 말이 없었다.

"뭐라고 말을 해 봐." 은혜는 재촉하며 말했다.

"내가 뭐라고 불러야 되냐?"

은성이 큰 눈을 껌뻑거리며 물었다. 은혜는 팔짱을 끼며 말했다.

"그야 언니라고 불러야지, 안 그래?"

"듣기론 내가 너의 발을 잡고 나왔다는데 무슨 언니야. 안 돼! 나는 언니라고 못 불러."

"야~ 그럼 그냥 은혜라고 불러." 은혜는 손을 흔들며 말했다.

"야, 그런데 우리 쌍둥이 맞아? 너는 왜 나보다 예쁘냐?"

"그거야, 내가 언니니까." "야, 또 그 소리 할래?"

이때 의숙이 과일과 음료를 들고 들어왔다.

"아니, 얘들이 만난 지 얼마나 됐다고 싸워? 너희 엄마 배 속에 있을 때 얼마나 싸웠는지 알아?" 의숙이 화난 표정으로 말했다.

"고모 아니야. 지금 우리 친해지는 중이야." 은혜는 은성의 팔을 흔들며 말했다.

"고모도 여기 앉아 봐." 은성이 말했다.

"어머! 얘들 좀 봐."

치맛자락을 잡아끄는 아이들 손에 이끌려 의숙은 앉았다. 그리고 사랑스러운 은혜와 은성이 어깨를 감싸 안았다. 이때 여진주 할머니가 들어왔다. 여진주 할머니는 아이들을 보듬어 안고 슬피 울었다. 할머니의 울음에 합세해서 의숙과 은혜, 은성이도 한참을 함께 울었다.

서영철 회장 장례는 가족이 슬퍼하는 가운데 잘 마쳤다.

집으로 돌아온 가족들은 심신이 다 지쳐 있었다.

큰아들 가족들은 자신들의 집으로 돌아갔다. 본가의 넓은 집이 너무도 조용했다.

집에서 일을 도와주는 분들이 있었지만 그분들도 조심해서인지 너무도 조용했다.

여진주도 하루 종일 방에서 나오지 않고 서의숙도 방에서 나오지 않았다.

그러나 이 층 은혜 방은 달랐다.

베개가 공중을 날아다니고 서로 붙들고 구르고 치고받고 그러다가 침대에 함께 누워 무슨 말이 그리 우스운지 웃음이 끊임없이 이어졌다.

내일이면 또 이별을 해야 하는 아이들. 10년이란 세월을 헤어져 살았던 아이들의 회포는 단 며칠 사이로 풀 수는 없었다.

그렇게 부산을 떨던 쌍둥이 자매는 서로 꼭 안고 깊은 잠에 빠져 각자 꿈나라 여행을 떠났다.

많은 풍파 속에 10년이 지나갔다.

별장도 많이 변했다. 별장 주위로 흰색 펜스로 울타리를 쳤다. 울타리 안 별장 마당은 푸른 잔디가 깔려 있다. 별장 양 모퉁이에 별장 높이만 한 소나무가 심겨 있다. 울타리 안으로 드문드문 큰 감나무가 심겨 있고 사월의 봄꽃들이 피어 있었다. 아름다운 별장으로 새롭게 조경이 되었다. 낚시를 하러 오신 분들이 즐겁게 사진을 찍어 갔다.

저수지도 변했다. 5년 전부터 시에서 허가를 받아 정식 낚시터로 운영하고 있다. 저수지 쪽에 낚시 좌대들이 설치되어 있었다.

이 지역은 신도시로 개발되면서 인구가 늘어났다. 서의숙이 저수지 개발에 뛰어들면서 시에서 낚시터 운영 허가를 받았다.

저수지로 들어가는 입구에 40평 남짓 관리 사무소가 설치되고 관리실 안에서 낚시 도구며 잡화들을 팔고 식당도 운영하고 있었다. 관리인은 별장 여전도사가 사용하던 뒤채의 중년 부부였다.

관리인 김호영은 55세이고 부인되는 김소영은 50세로 키가 크고 날씬한 몸매를 하고 있었다. 양성자 권사도 올해 53세로 김소영이 "행님아!"라고 불렀다.

양성자 권사는 3년 전에 권사 임명을 받았다.

주성령 여전도사는 러시아 선교사로 나가 자주 양성자 권사에게 선교의 근황을 전해 오고 있다. 여전도사의 남편 김재동 목사님은 고향으로 내려가 전라북도 익산시 왕궁면에서 개척교회를 시무하고 있다.

순복음 기적교회도 신도시 개발과 함께 신축하여 대지 1,000평에 300평 예배당을 삼 층으로 지었다.

좌석을 1,000명으로 배치했는데 몰려오는 성도를 감당하지 못하고 예배 횟수를 늘려 예배를 드리고 있다. 공식적인 재적 인원이 3,000명을 넘고 있었다. 시무하시던 유진호 담임 목사님은 퇴임하시고 훌륭한 후배인 52세 되신 서재원 담임 목사님이 시무하고 계신다.

이 지역은 옛 모습은 찾아볼 수가 없다. 지금도 여기저기 아파트 신축 공사를 진행하고 있었다.

양성자 권사 얼굴에는 주름살이 별로 없어 변한 모습이 없고 나이만 먹은 것 같다.

은성이 아리따운 여인으로 성장해 경기도 S 대 인문학과에 올해 입학했다.

은성이 실력으로 서울로 진학할 수도 있었지만 별장을 떠나기 싫다고 가까운 S 대를 택했다.

은성은 엄마처럼 문학의 길을 가겠다며 인문학을 선택했다.

은혜는 서울 K 대 경영학과에 올해 입학을 했다.

세월은 많은 것을 변화시켰다.

화창한 날씨였다. 햇볕은 따갑지 않았지만 낚시터의 낚시꾼들은 벌써 파라솔로 그늘을 만들었다.

낚시터는 씨알이 좋은 붕어들이 많이 잡혀 입소문이 났는지 주말이면 예약을 하지 않으면 자리를 잡을 수가 없었다.

오늘은 금요일 오후부터 낚시꾼들이 몰려들어 좌대를 다 채웠다.

"4번, 10번 손님은 식사 준비되었습니다. 매점 식당으로 오세요."

스피커에서 상냥한 목소리가 울렸다.

"아주머니, 깍두기 좀 더 주세요. 이 집 깍두기는 정말 맛있습니다."

김소영은 깍두기를 손님에게 드리며 말했다.

"여기 음식들은 저기 우리 행님이 만드신 것입니다."

"네, 그래요. 잘 먹겠습니다." 손님은 양성자 권사를 쳐다보며 인사말을 했다.

이게 무슨 소린가? 양성자 권사가 음식을 잘하다니? 소원이 기도가 응답을 했나? 양성자 권사가 별장에 기거하면서부터 양성자 권사의 음식 맛이 달라졌다. 은성이도 이모가 만든 음식이 맛있다고 이야기하곤 했다. '나의 입맛이 변한 것일까?' 양성자 권사가 생각해도 알 수가 없는 일이 일어났다.

그 맛은 날이 가면 갈수록 좋아져 이젠 낚시꾼들이 양성자 권사의 음식 맛에 길들었는지 끼니를 이곳에서 해결했다.

하나님께서는 사소한 기도도 응답해 주신다. 양성자 권사는 늘 감사하고 있었다.

별장 주차장으로 흰색 소형 승용차가 들어와 섰다.

회색 바지에 흰색 재킷을 입은 어여쁜 아가씨가 내렸다.

이목구비가 크고 비율이 완벽한 여인의 아름다움은 여배우라 칭해도 부족함이 없었다. 여인은 낚시터 매점으로 향했다.

"이모, 나 왔어." 은성이 양성자 권사를 쳐다보며 말했다.

바쁘게 주방에서 일하는 양성자 권사는 돌아보았다.

"왜 집으로 들어가지 않고 이리 왔어?"

"이모 보고 싶어서 왔지. 오늘따라 왜 이모가 보고 싶었는지 몰라!" 은성이 미소 지으며 말했다. "아니, 저 내숭은 못 말린다니까 정말!" 양성자 권사는 웃으며 말했다.

"진짜 보고 싶었어. 왜 못 믿을까? 내가 도울 일은 없어요, 소영 아줌마?"

소영은 식탁을 정리하다 은성을 바라보며 다가왔다.

"은성 아가씨, 참으세요. 그 흰옷같이 고운 손에 어찌 물을 묻혀. 어서 집에 들어가세요."

이때 정육점 한수영 집사 아들 한지수가 탄 오토바이가 매점 식당 앞에 섰다.

"권사님, 고기 배달 왔어요." 지수는 매점으로 들어가며 말했다.

"응, 어서 와. 지수야! 거기 식탁 위에 올려놓을래?" 양성자 권사는 지수를 보며 말했다.

"네, 권사님." 지수는 고기를 식탁에 놓으며 대답했다.

의자에 앉아 있는 은성을 보고 지수는 다가왔다.

"은성아! 오늘 일찍 왔네?" 지수는 밝게 웃으며 물었다.

"응, 지수야! 엄마 심부름하러 왔어. 우리 지수 착하네. 배달 심부름도 다 하고."

"야, 은성아! 너 자꾸 나를 어린애 취급할래?" 지수는 씩씩거리며 말했다.

"뭐가? 내가 틀린 말 했어?" 은성이 팔짱을 하며 말했다.

"어휴, 저걸 그냥!" 지수는 화난 표정을 하며 손을 들었다.

"그래, 어떻게 할래?" 은성이 혀를 내밀며 말했다.

"야! 이놈들이! 여기가 유치원이냐? 그만 나가서 놀아." 은성과 지수의 옥신각신하는 모습을 바라보던 양성자 권사는 웃으며 말했다.

은성과 지수는 유치원에서부터 친구다. 또한 지수는 은성이 힘들 때면 옆에서 늘 도와주는 둘도 없는 친구다. 한지수는 올해 경기도 S 대 공학과에 입학해서 다니고 있다.

"은성아! 장난 그만하고 나가자." 지수는 은성의 손을 잡으며 말했다.

"응, 그래." 이들은 매점 식당에서 나왔다.

"지수야! 집에 들어가서 차 한잔하고 갈래?" 은성이 지수를 쳐다보며 말했다.

"아니, 은성아! 날씨도 좋은데 좀 걸을까?" 지수는 둑길을 가리키며 말했다

"그래, 좋아." 둘은 천천히 저수지 둑길을 걸었다.

"지수야, 저길 좀 봐. 저 아저씨 큰 붕어를 잡았어. 월척은 되겠는데?" 은성이 말했다.

낚시꾼이 월척을 잡았는지 주위 낚시꾼들이 모여들었다.

"축하합니다. 요즘 월척이 많이 나와요." "어제도 두 마리 월척이 잡혔어요." "힘냅시다." 낚시꾼들은 저마다 칭찬과 격려를 아끼지 않았다.

은성과 지수도 가까이 가서 잡아 올린 붕어를 보았다. 낚시꾼은 줄자로 재어 보았다. 떡붕어에 38센티 월척이다.

"내 낚시 인생 30년 만에 찾아온 행운입니다. 가문의 영광입니다. 하하하."

너무 좋아하는 낚시꾼이었다. 붕어를 들고 사진을 찍으며 환한 미소는 그치지 않았다.

은성이 가자고 지수의 옷자락을 끌었다.

"지수야, 가자." "그래, 가자."

하루의 모든 일과를 정리하며, 서산으로 퇴근하는 해를 바라보며, 그들은 둑길을 걸어 나왔다.

"지수야! 잘 가. 내일 교회에서 보자." "그래, 은성아! 갈게."

지수는 오토바이를 타고 언덕길을 내려갔다.

서울 K 대학교 지하 주차장.

수입 SUV가 주차장에 주차를 했다. 차의 문이 열리고 아름다운 여인이 내렸다. 그 미모는 천하일색, 경국지색이라 칭해도 부족함이 없다.

지나가던 사내들이 멈추고 갈 길을 잃을 정도로 움직임이 부자연스럽다.

사내들은 여인을 제대로 쳐다보지도 못했다.

키가 172센티의 큰 키였다. 걸을 때면 흔들리는 긴 머리의 뒤태를 보면서 사내들은 한숨을 내 쉬었다. 경영학과가 가까운 곳이라 외제 차가 많이 주차되어 있었다.

아무래도 기업 총수 자녀들이 경영학을 많이 공부하고 있어, 금수저 딱지가 붙은 학생들이 많이 있는 것은 당연한 일이다.

기업 총수 2세들이 경영을 이어받는 것은 당연시되어 있고 기업 승계는 자연스럽게 이루어지고 있다.

외국 유학으로 경영을 배우는 자녀도 많지만 국내 경영학도 만만치 않다.

우선 국내의 많은 인맥이 보장되기 때문에 아예 국내에서 경영학을 시작하는 학생들이 많았다.

그렇기 때문에 부라는 재력을 등에 업고 있는 학생들은 비록 학점은 떨어져도 경영의 인맥을 만드는 데 있어 사교와 동아리의 모임이 일반 학생들과 차원이 달랐다.

노는 물이 다르다고 해야 할까. 금수저는 금수저를 만드는 공부를 하고 있는 것이다.

이들에게 경영학의 개념은 입학과 졸업이면 끝이다.

졸업을 하면 금수저들은 본부장이나 상무 직함을 받는다.

그러니 학생 신분이지만 이들은 벌써 경영에 참여하고 있다. 같은 계열의 친목을 통해서 교류와 영향력을 행사하고 있는 것이다.

이러한 모임이나 행사를 학교에서도 적극적으로 추천하고 있다. 자녀들을 위해 기업에서 학교에 후원을 아끼지 않고 있었다.

여인이 걸어가는 앞을 주차하고 나오는 작은 키에 귀엽게 생긴 여인이 막았다.

"은혜야! 일찍 왔네. 차는 어디 세웠어?" 은혜를 올려다보며 물었다.

"응, 지원아! 저 아래."

은혜는 차를 세워 놓은 쪽을 손가락으로 가리키며 말했다. 지원은 은혜의 팔에 자신의 팔을 끼고 흔들면서 걸어갔다.

"은혜야, 어제는 왜 연락이 안 됐어?" 지원이 은혜의 얼굴을 보며 물었다.

"응, 어제 우리 고모 전무이사 취임식이 있었어. 그래서 연락을 못 했지." 은혜는 지원을 보며 살짝 웃으며 말했다.

"야! 그럼 나도 데려가지. 얼마나 심심했는데." 지원이 은혜의 팔을 흔들며 말했다.

"야! 다 큰 가시나가 할 일이 없어 심심하냐." 지원이 머리를 흔들며 말했다.

"제발, 착한 은혜야! 좋은 일이 있으면 나 좀 데려가라, 응?" 지원이 은혜에게 매달리며 사정하는 표정으로 말했다.

"야! 투정 그만 부리고! 강의 시간 늦겠다. 어서 가자."

지원과 은혜는 중학교, 고등학교, 대학교까지 함께하는 친구다.

지원은 서도방재주식회사 서영남 회장의 무남독녀 외동딸이다. 중학교 때부터 고등학교 졸업 때까지 부모들이 자가용으로 픽업을 할 정도로 귀한 딸이었다.

대학에 진학하면서 부모님들이 안심이 됐는지 혼자 차를 운전하며 다니게

했다. 서지원은 종교를 가지고 있지 않았다.

장충동 본가. 지금은 세 여인이 사는 곳이다.

여진주 할머니, 서의숙 고모, 서은혜 손녀, 삼대가 살고 있는 여인의 집이다.

여진주는 78세인데도 아직도 아름다운 고운 자태로 늙어 가고 있다.

서의숙은 52세로 결혼은 하지 않았다. 오직 증권사에 일생을 몸담고 있다.

본부장으로 오래 일하다 얼마 전 전무이사로 승진을 했다.

정 기사가 서의숙을 부축하며 거실로 들어왔다. 의숙이 술에 취해 흥얼흥얼 노래하며 거실 소파에 앉았다.

"엄마! 엄마! 어디 있어! 어디 있냐고!" 의숙은 손을 흔들며 엄마를 불렀다.

여진주는 방에서 나오며 의숙이 술에 취해 있는 모습을 보고 손사래를 쳤다.

"아니, 얘가 무슨 술을 이렇게 많이 마셨어? 정 기사님, 수고했어요. 그만 퇴근하세요."

"네, 사모님. 안녕히 계세요." 정 기사는 인사를 하고 나갔다.

"엄마! 나는 외롭다고, 외로워." 의숙은 엄마를 끌어안으며 말했다.

"그러니까, 시집을 가라고 했잖아. 아이고, 내가 못 살아." 여진주는 의숙이 등을 치며 말했다

"시집? 내가 왜 시집을 가? 누구 좋으라고! 난 안 가! 끝까지 혼자 살 거야. 나 말리지 마, 엄마! 말리지 말라고!" 의숙은 큰소리쳤다.

"알았어, 알았으니까 술주정 그만하고 들어가자." 여진주가 의숙을 일으켜 세우며 말했다.

"은혜, 어디 갔어? 은혜야, 고모 왔다!" 의숙은 은혜를 불렀다.

은혜는 이 층에서 흰색 롱 원피스 차림으로 거실로 내려왔다.

"고모! 이렇게 취한 모습은 처음 보네?" 은혜가 의숙을 보며 말했다.

의숙이 앞에 서 있는 은혜를 쳐다보았다. 깜짝 놀라 술이 깰 정도. 여자인 자신이 봐도 사람의 정신을 몽롱하게 할 만큼 천사 같은 미모를 하고 있었다.

"오! 나의 천사여! 왜 이제야 오셨나요! 오! 나의 여신이여!"

"고모! 왜 이래? 나 은혜야." 은혜는 고모를 흔들며 말했다.

"응, 은혜! 그렇지! 은혜지."

의숙은 은혜를 끌어안고 아직도 몽롱함 속에서 헤어 나오지 못하고 있었다.

"아이! 내가 미쳐! 정신 차려. 의숙아, 의숙아!" 엄마는 의숙을 흔들며 말했다.

"고모! 정신 차려 봐!" 은혜도 고모의 팔을 잡고 말했다.

"오, 나의 여신이여. 날 떠나지 마오."

여진주는 주방에서 생수병을 가져다 의숙에 머리에 부었다.

"어푸! 엄마, 왜 머리에 물을 붓고 그래!" 의숙은 놀라며 말했다.

"이것아! 정신 차려! 술주정은 그만하고 어서 가서 자." 여진주는 소리치며 말했다.

의숙은 정신이 돌아오는지 은혜를 쳐다보았다.

"아니, 내가 무슨 술주정을 했다고! 나 조금밖에 안 마셨어! 정말이야. 은혜야, 내가 무어라 술주정했냐?" 의숙은 머리를 흔들며 물었다.

"고모! 나보고 천사니 여신이니 그랬어." 은혜는 웃으며 말했다.

"그래, 이게 다 은혜 너 때문이야. 너의 미모에 홀딱 빠져서. 헤헤헤."

이렇게 세 여인은 한바탕 웃음으로 가족애를 더욱 친근감으로 채워 갔다.

오늘은 날씨가 우중충하다. 비는 내릴 것 같지 않다. 6월의 첫 주말을 맞는 날이다. 낚시터는 벌써 좌대 빈 곳을 찾아볼 수가 없다. 낚시를 하는 사람들은 화창한 날씨보다 이런 우중충한 날씨를 좋아한다.

수면의 온도가 떨어지면 물고기들이 수면 가까이 올라오기 때문에 낚시를 밤새워 하는 사람들도 많았다.

낚시터는 새벽부터 낚시꾼들이 몰려들기 시작해서 7시를 조금 넘긴 시간인데 벌써 만석이 되었다. 양성자 권사와 소영은 매점 앞에서 낚시터를 바라보고 있었다.

"행님아! 오늘도 되게 바쁘겠다." 소영은 낚시터를 바라보며 말했다.

"글쎄 말이야. 바쁘면 은성이에게 도와 달라고 하지 뭐." 양성자 권사가 말했다.

"아마 그렇게 해야 할 것 같아요." 소영은 양 주먹을 쥐며 말했다.

훤칠한 사내가 뛰어오며 양성자 권사에게 말했다.

"아주머니, 식사 다섯 분 준비해 주세요."

"몇 번인가요?" 소영이 물었다.

"네, 4~8번까지요. 부탁해요." 사내는 돌아서 가며 말했다.

오늘도 낚시터의 매점 식당은 식사 전쟁이 시작되었다.

은성이 모처럼 엄마가 쓴 단편집을 읽고 있었다.

'음, 이렇게 좋은 작품이 신춘문예에 당선이 왜 안 되었을까? 아무래도 제목에 문제가 있었나?' 은성은 생각했다.

은성이 엄마의 작품 <바다의 울음소리>라는 단편을 읽고 여러모로 비평을 해 보지만 스토리는 잘 구성되어 있다고 생각했다. 다른 단편을 보았다. <검정다리>라는 제목이다. 줄거리는 한 소년이 시골에서 올라와 왕십리, 용두동, 신설동을 잇는 검정 다리를 통해 시대의 역경을 이겨 내고 사랑과 성장을 하는 과정을 그렸다.

"이 작품도 괜찮은데. 마음에 들어." 은성이 흐뭇한 미소를 지었다.

이번에는 엄마가 쓰시다 완성을 못 한 원고를 보았다. <사울가의 부활: 므비보셋의 연대기> 이렇게 쓰여 있었다.

은성이 원고를 넘겨 보지만, 초안만 잡아 놓아서 자세한 내용은 알 수가 없었다.

"음, 내가 성경 공부 많이 해서 완성해 봐야지." 은성이 엄마의 원고지를 가슴에 안으며 말했다.

이때 휴대 전화의 벨이 울렸다.

"응. 이모, 왜?" 은성이 물었다.

"은성아! 급한 일 없으면 이모 좀 도와줄래?" 양성자 권사는 말했다.

"알았어, 이모! 금방 갈게."

오늘따라 연신 식사 손님이 대기 상태였다. 낚시꾼들은 숟가락을 놓자마자 낚시터로 달려갔다. 한 찌라도 놓칠까 봐 정신없이 좌대로 돌아갔다.

"20번 손님 매점으로 오세요." 은성의 고운 목소리를 아는지 저수지 수면이 흔들거렸다.

매점 식당은 해가 져서도 바쁘게 움직였다.

낚시꾼들 저녁 식사가 7시에 끝났다. 매점 식구들은 그제야 허리를 펴며 서로를 위로했다.

"행님! 수고 많았어요." "소영 동생도 은성이도 수고 많았어." 양성자 권사가 말했다.

이때 관리인 김호영이 매점 식당으로 들어왔다.

"수고들 많았어요. 이제 들어가 푹 쉬세요." 김호영은 밝게 웃으며 말했다.

이 시간 후로는 관리인 김호영이 매점을 지킨다. 밤낚시를 하는 분이 많이 있었기 때문이다.

"참, 여보! 동주가 제대해서 온다네." 김호영은 소영을 쳐다보며 말했다.

"진짜, 우리 동주가 와요?" 소영은 남편을 바라보며 물었다.

은성이 옆에서 듣고 있었다.

"진짜 동주 오빠가 와요?" 은성은 기뻐하며 물었다.

"그래, 은성아." 김호영은 말했다.

김동주 26세. 김호영 관리인의 외아들이다.

은성은 김호영 관리인이 5년 전 이곳에 이사 올 때 같이 왔던 김동주를 만났다. 그때 은성이 중학생이었고 동주는 대학에 진학하지 않고 군대에 지원해 입대를 기다리고 있었다. 늘 은성은 동주를 멋쟁이 오빠라고 불렀다.

키가 크고 어깨가 떡 벌어져 운동깨나 한 사람으로 보였다. 얼굴도 넓적하여 남자답게 생겼다. 동주는 특전사에 지원해 우수한 성적으로 입대를 했다. 작년에는 아랍에미리트(UAE) 해외 근무도 마치고 돌아왔다. 은성이도 못 본지 3년은 된 것 같다.

며칠 후 동주는 제대하여 집에 돌아왔다.

동주는 제대 후 친구도 만나고 지인들에게 인사하며 지냈다.

오늘은 서울 본사에서 중역이 동주를 만나기 위해 내려온다는 연락을 받았다.

가끔 신화 낚시터 관리 차원에서 오시곤 했지만, 오늘은 김동주를 만나기 위해 내려오신다.

아버지께 연락을 전해 들은 동주는 집에서 기다리고 있었다.

오후 4시경 은성이 집에 돌아왔다.

뒤채 마당을 쓸고 있는 동주를 발견한 은성이 동주에게로 걸음을 옮겼다.

"이게 누구신가요?" 은성이 뒷짐을 지고 걸어가며 물었다.

"누구세요? 어! 이게 누구야? 은성이! 은성이 맞지?" 동주는 은성이 바라보며 물었다.

"네, 동주 오빠. 나, 은성이." 은성이 손을 내밀며 말했다.

동주는 제대하고 집에 돌아와 은성과 처음 만났다.

"동주 오빠! 더 멋져졌어요!" 은성이 마주 잡은 손을 흔들며 물었다

"그런 소리 마라. 은성이 너는 몰라보게 변했어. 길에서 만났다면 몰라볼 것 같아. 더 예뻐지고 더 세련되어졌다. 이렇게 칭찬해도 될까?" 동주는 웃으며 말했다

"아이~ 몰라! 오빠, 놀리지 말고 이따 집으로 와요." 은성이 손을 놓으며 말

했다.

"그래, 마당 청소 끝내 놓고 갈게."

지수가 매점 배달을 왔다가 은성을 만나기 위해 별장으로 오고 있었다. 동주도 별장으로 오다 지수와 마주쳤다.

"동주 형! 언제 오셨어요?" 지수는 손을 흔들며 물었다.

"응, 지수야. 제대한 지 며칠 됐어. 지수도 많이 변했네?" 동주는 웃으며 말했다.

"동주 형, 반가워요." 지수는 동주의 손을 잡으며 말했다.

"은성이에게 가는 거죠? 같이 가요." 둘은 별장으로 들어갔다.

거실 탁자에 찻잔을 놓으며 은성은 자리에 앉았다.

"지수야! 동주 오빠, 멋있어졌지?" 은성이 지수를 쳐다보며 물었다.

"그래. 형, 나도 특전사 갈까 봐." 동주를 바라보며 지수가 말했다.

"야, 너 같은 약골을 나라에서 데려간대?" 지수의 어깨를 잡으며 은성이 말했다.

"은성아! 너 무슨 소리 하냐? 나 같은 건강한 체질을." 지수는 팔뚝을 걷으며 대답했다.

"야, 그래도 너는 아니다. 특전사 꿈도 꾸지 마. 특전사는 아무나 가는 줄 알아?"

은성이 새침한 표정으로 말했다.

"너 나 무시하는데 내가 특전사 가면 어떻게 할래? 나한테 시집오는 거다? 동주 형, 형이 증인 서 주는 거야." 지수는 동주에게 눈짓을 주며 말했다.

동주는 은성과 지수의 옥신각신하는 모습을 보며 흐뭇한 미소로 찻잔을 입으로 가져갔다.

"응, 그래. 증인 서 줄게." 동주는 찻잔을 내려놓으며 말했다.

"동주 오빠, 진짜 그러기야?" 은성이 자리에서 일어서며 말했다.

"야, 너희들은 지금도 만나면 옥신각신이냐? 그게 사랑이고 정이란다." 동주는 어른스럽게 말했다. "맞아! 은성아! 우리는 사랑하고 있는 거야. 암, 사랑이지."

"미친놈, 사랑은 얼어 죽을 사랑! 너 혼자 해라." 은성은 소파에 앉으며 말했다.

"하하하! 은성이 얼굴이 빨개졌는데?" 은성을 가리키며 동주가 말했다.

"동주 오빠!"

지수는 동주에게 엄지척을 해 보였다. 이때 별장 인터폰이 울렸다.

"어, 고모! 연락도 없이 웬일이야?" 은성이 물었다.

"응, 일이 있어서. 잘 지냈어?" 서의숙은 거실로 들어서며 물었다.

은성이 반갑게 서의숙을 맞이했다.

서의숙은 거실에 앉아 있는 동주와 지수를 바라보았다.

"은성아, 누구?" 서의숙이 물었다.

"응, 이분은 동주 오빠. 내 친구 지수야." 은성이 두 사람을 소개했다.

동주와 지수는 일어나 인사를 했다.

"안녕하세요, 김동주라 합니다."

"안녕하세요, 은성이 친구 한지수라고 합니다."

"아! 그래요, 앉아요. 그렇지 않아도 오늘 김동주 씨 만나려고 왔는데. 잘됐네요. 여기서 만나니 반가워요." 서의숙은 소파에 앉으며 말했다.

"고모가 왜 동주 오빠를?" 은성이 물었다.

서의숙은 핸드백에서 명함을 꺼내 동주에게 줬다. 동주는 명함을 봤다. 신화증권 전무이사라는 직함을 보고 동주는 일어나 다시 인사했다.

"처음 뵙겠습니다, 전무이사님. 잘 부탁드립니다."

동주의 아버지는 신화증권에서 스카우트 제의가 있을 거라 말씀하셨다. 오늘 전무이사가 내려올 줄은 생각도 못 했다.

"고모! 동주 오빠를 회사에 취직시켜 주게? 아, 잘됐다! 지수야! 일어나! 눈치도 없이. 우리는 나가자." 은성이 지수의 손을 잡아 일으키며 말했다.

"어~ 그래, 그래. 나가자." 지수가 따라 일어서며 말했다.

은성과 지수는 별장을 나왔다.

서의숙과 동주는 한참을 말이 없었다. 서의숙은 다시 핸드백에서 명함 박스를 꺼내 탁자 위에 올려놓았다. 신화증권 경호실 대리 김동주. 명함에는 이렇게 새겨져 있었다.

서의숙은 김동주가 제대한다는 소식을 듣고 미리 회사 경호실에 지시를 내렸다. 특별 경호 채용으로 신화 낚시터 담당 경호 대리로 발령을 한 것이다.

"김동주 씨, 세상은 많이 변했어요. 이 지역도 변해서 불순한 무리가 낚시터를 넘보는 것 같아요. 김동주 씨, 이곳 안보와 경호를 맡아 주셨으면 합니다." 서의숙은 부탁의 말을 했다. "네. 알겠습니다, 전무이사님." 동주는 대답했다.

"그리고 가장 중요한 것은 은성이를 보호해 주세요. 신변에 이상이 없도록 신경을 많이 써 주셔야 합니다. 지원은 아끼지 않겠습니다. 그림자같이 지켜주세요. 필요하시다면 언제든지 회사 경호실의 힘을 이용해 주세요." 동주를 바라보며 서의숙은 말했다.

"네, 알겠습니다. 최선을 다하겠습니다, 전무이사님." 동주는 일어서 인사하며 말했다. 서의숙은 동주와 대화를 마치고 매점에 들러 양성자 권사, 소영 부부와 인사를 나누었다.

"의숙 아가씨, 식사라도 하고 가시지요?" 양성자 권사는 말했다.

"아닙니다, 권사님. 오늘 제가 온 것은 다름이 아니라 잠깐만."

서의숙은 양성자 권사를 데리고 매점 밖으로 나갔다.

서의숙은 양성자 권사에게 앞으로 일어날 일들을 설명해 주었다. 김동주가 이곳의 보안과 경호를 맡게 되었으며 은성이 보호도 부탁했다고 양성자 권사에게 말해 주었다.

서의숙은 20년 전에 양성자 권사에게 들었던 일을 생각하며 양성자 권사의 손을 잡았다.

"권사님, 우리가 우려하는 일은 일어나지 않겠지요?" 서의숙은 양성자 권사를 보며 물었다. "네, 그런 일은 없어야지요. 의숙 아가씨, 저도 기도 많이 하고 있습니다."

"그래요, 그런 일은 일어나선 안 되지요. 은성이 잘 부탁해요." 서의숙이 양성자 권사의 손을 굳게 잡으며 말했다. 이때 은성과 지수가 낚시터 둑길을 걸어오고 있었다.

"고모, 이제 가게?" 은성이 물었다. 서의숙은 지수를 바라보았다.

"지수 씨, 우리 은성이 잘 좀 부탁할게요." 서의숙은 지수를 쳐다보고 미소 지으며 말했다.

"고모! 내가 어린애야? 지수에게 부탁하게." 토라진 표정을 하며 은성이 말했다.

"이것아, 너는 누굴 닮아 여자다운 구석이 없어?"

"그야, 고모를 닮았지. 그래서 그런가 봐." 은성이 웃으며 말했다.

"어휴, 저 능청을 정말 못 말려. 난 간다. 잘 있어."

"응, 고모! 잘 가!" "안녕히 가세요, 고모님." 지수는 차에 타는 서의숙에게 인사를 했다. 서의숙은 돌아보았다. 은성이 밝게 웃으며 손을 흔들었다.

김동주는 회사 연수원에 들어갔다.

관리인 김호영은 매점 식당 옆에 큰 컨테이너를 사무실로 설치했다. 낚시터 주변으로 CCTV를 곳곳에 설치했다. 또한 사무실에서 관리할 수 있도록 모든 보안 시스템을 설치했다.

연일 비가 왔다. 봄장마인지 여름 장마인지 모를 비가 내렸다.

6월 중순. 모처럼 화창한 날씨가 사람들의 모습을 밝게 했다.

K 대 경영학과 계단을 내려오는 두 여인을 보고 작은 체구의 남자가 가로막았다. 손에 노트와 사인펜이 들려 있다.

"저, 실례지만 사인을 부탁드립니다."

남자는 은혜에게 노트를 건네며 사정을 했다. 은혜는 마지못해 사인을 해 주었다.

"아, 영광입니다. 고맙습니다." 남자는 허리 굽혀 인사하며 말했다.

"저, 저두 해 드릴게요."

지원이 남자에게서 노트를 뺏으려 하자 남자는 노트를 잡아채며 말했다.

"됐거든요." 남자는 돌아서 달려갔다.

"야, 너는 나하고 달라. 이 짜리몽땅한 게 어디서."

지원이 씩씩대는 모습을 보는 은혜는 재미있다는 표정으로 말했다.

"야, 지원아. 그만해라. 사람들이 본다."

지원의 이러한 모습은 참 귀여웠다. 지원이가 키가 좀 작아서 그렇지, 얼굴은 귀엽게 생겨 화날 때나 웃을 때나 그 귀여움은 뭇 남성들에게 사랑받을 만했다.

"은혜야! 종강하면 어디 갈래? 우리 하와이 갈래? 내가 준비할게." 지원이 은혜를 올려다보며 말했다.

"안 돼, 올여름은 별장에 내려갈 거야. 은성이하고 지내기로 약속했어. 지원아, 너는 부모님하고 하와이 다녀와." 은혜는 지원의 얼굴을 바라보며 말했다.

"아, 싫어! 재미없어. 너하고 있을 거야. 나도 같이 가도 되지?" 지원이 미소 지으며 물었다. "지원아, 그곳은 재미없어. 산골이야." "안 돼, 이 껌딱지를 두고 어디 가. 이삿짐 싸서 너희 집으로 갈 거야. 은혜, 너는 내가 지켜야 돼." 지원이 양손에 힘을 주며 말했다. "알아서 해라." 은혜는 말했다. 두 사람은 주차장으로 향했다.

은혜는 남자 친구가 없다. 감히 용기 내어 은혜에게 사귀자고 말할 수가 있는 남자가 없었다. 설사 친구가 되었다 하더라도 뭇 남자의 눈총이 두려워 감히 은혜에게 접근을 하지 못했다.

　미녀는 외로운 것인가. 은혜는 낙천적이고 활달한 성격으로 누구든지 대시해 오면 받아 줄 그런 성격인데도 자신에게 다가오는 남자는 없었다. 멀리서 부러워하거나 두려워하는 시시한 남자들을 보면서 과연 용기 있는 왕자님은 언제 나타나는지 기대하고 있었다.

　장충동 본가. 거실 소파에 앉은 여진주와 서의숙이 과일을 먹으며 대화를 나누고 있었다.

　"의숙아! 요즘 증시가 하락해서 회사가 어렵지?" 여진주가 물었다.

　"응, 엄마. 언제 풀릴지 알 수가 없어 큰일이야. 엄마, 회사 생각하지 마. 골치 아파. 엄마! 이달 말경 세은이, 세형이 보러 오빠가 미국 들어간다는데 엄마도 같이 갈래요?" 서의숙은 과일을 찍어 엄마에게 주며 물었다.

　"그래, 세은이 형제 본 지도 오래됐구나. 같이 갈까?" 여진주가 말했다.

　"그럼, 내일 오빠 만나서 얘기해 놓을게." 서의숙은 과일을 먹으며 말했다.

　이 층에서 은혜가 거실로 내려왔다.

　"은혜야, 이리 와." 서의숙은 은혜에게 손짓하며 말했다.

　"무슨 이야기를 나누세요?" 은혜가 소파에 앉으며 물었다.

　"응, 할머니가 세은이 보러 미국 간대." 서의숙은 과일을 찍어 은혜에게 주며 말했다.

　"아, 그래요? 세은 오빠. 세형 오빠도 많이 변했을 거야. 나도 보고 싶은데." 은혜가 과일을 받으며 말했다. "그럼 은혜야, 너도 할머니하고 같이 갔다 올래?" 서의숙이 물었다.

　"그래, 은혜야. 할머니하고 같이 가자." 여진주는 은혜 손을 잡으며 말했다.

　"아니야, 할머니. 올여름은 별장에 가기로 했어." 은혜는 할머니를 바라보며 말했다.

　"은성이하고 연락했니?" "응, 고모. 연락했어. 은성이도 보고 싶어." 은혜는 말했다. "음, 그래. 그럼, 가야지." 서의숙은 한숨을 쉬며 말했다.

여진주와 서의숙은 은혜가 별장에 가는 것을 막고 싶었다. '이제 은혜와 은성이 성인이 되었는데 무슨 일이 있겠어.' 하고 생각하지만 20년 전 혜원의 유언을 생각하면 은혜와 은성을 영원히 떼어 놓고 싶은 마음뿐이다. 그러나 더 이상 막을 수도 없는 상황이다. 막는다고 막을 일이 아니다. 은혜가 마음먹으면 한나절이면 가는 거리에 은성이 있다. 여진주와 서의숙은 더 이상 아이들의 만남을 막지 말자는 생각을 했다.

"할머니, 고모! 나 별장에 가면 안 돼?" 은혜는 두 사람을 쳐다보며 물었다.

"아니야, 갔다 와. 은성이 좋아하겠다." 여진주는 일어서며 말했다.

여진주는 방으로 들어갔다. 방으로 들어온 여진주는 침대보를 움켜잡고 흐느껴 울었다.

"의천아, 혜원아, 어떡하니. 이제 내가 할 일은 여기까지인 것 같다. 너희가 은혜와 은성이 지켜 주렴. 20년을 떨어져 마음고생을 한 아이들을 이제 할미가 지킬 힘이 없다. 으흑흑."

"하나님, 우리 아이들을 지켜 주세요. 저는 저 아이들을 더 이상 도울 수가 없어요. 하나님은 아시잖아요. 아이들에게 악령의 간섭이 예정된 일들이 일어나지 않도록 도와주세요. 하나님은 전능하시잖아요. 부모 없이 자란 아이들 불쌍히 여기시고 하나님의 말씀으로 자란 아이들 하나님이 보호해 주세요. 이 여종도 불쌍히 여기시고 여종의 기도에 응답하시고 아이들을 위해 기도하는 여종이 기도를 쉬지 않도록 도와주세요. 예수님의 이름으로 기도합니다, 아멘."

신화 낚시터 경비실. 동주는 모니터 CCTV 화면에 집중하고 있었다. 낚시터 전경과 주차장, 별장 주위의 CCTV가 모니터 3대 화면에 잘 보이고 있었다.

오늘은 평일이라 낚시하는 손님도 얼마 되지 않아 매점 식당도 한산하다.

양성자 권사는 보이지 않고 소영만 매점을 지키고 있었다.

양성자 권사는 여전도사와 같이 병원 심방을 다녀온다고 했다.

낚시터 주차장에 고급 승용차가 섰다. 세 사람의 건장한 사내가 낚시터 입구로 들어왔다. 낚시 도구도 없이 매점 쪽으로 걸어와 여기저기 살피며 휴대전화로 사진 찍고 있었다. 이 모습을 모니터로 지켜보고 있던 동주가 밖으로 나왔다.

"어떻게 오셨습니까?" 동주가 사내들에게 물었다.

세 사람 중 조금 나이가 든 사내가 동주를 쳐다보았다.

"참 좋은 낚시터군. 손님은 많습니까?" 사내는 비웃음 섞인 표정으로 물었다.

"그건 왜 물어보십니까? 낚시하러 오신 분들이 아닌 것 같은데 그만 나가주시지요."

"가야지. 경비원이 꽤 야무지네. 얘들아, 다 끝났냐?" 사내가 부하들에게 물었다.

"네, 소래 형님. 가시지요." 그들은 돌아서 낚시터 밖으로 나갔다.

소래는 내려가다 별장에 차를 주차하고 내리는 은성을 보았다.

소래는 은성의 미모에 빠져 걸음을 옮기지 못했다.

"아, 저런 천사 같은 여인이 있다니."

멍하니 바라보고 있는 소래의 귓속으로 천둥 같은 소리가 들린다.

"소래 형님, 어서 가요." 부하가 말했다.

"뭐? 아, 가야지."

소래라는 사내는 언덕을 내려가며 별장으로 들어가는 은성의 뒷모습을 쳐다보았다.

이런 모습을 모니터로 보고 있는 동주는 생각에 잠겼다.

"왜 저런 건달들이 이곳에 왔지?"

서의숙 전무이사의 말이 떠올랐다.

"이곳의 불순한 무리가 낚시터를 넘보고 있습니다."

동주는 아무래도 방어용 무장을 해야겠다고 생각하며 철저한 계획을 세우기 시작했다.

"전무님이 이곳을 나에게 맡긴 이유는 나의 실력을 믿기 때문이야. 이것은 신화 회사만의 일이 아니다. 전무님은 내 부모, 은성이, 양 권사님을 지키기 위해 나를 선택한 거야. 와 봐라, 이놈들. 내 따끔한 맛을 보여 주리라."

동주는 방어 계획을 세우기 시작했다.

1인실 병동 침대에 산소 호흡기를 얼굴에 착용하고 호흡기에 의존하여 생명을 이어 가고 있는 90세의 할머니. 쌍태목장의 이옥분 권사님이시다. 남편 되시는 왕웅 장로는 3년 전에 하나님의 부르심을 받아 천국에 가시고 혼자 살아오시다 노환으로 하나님의 부르심을 기다리고 있었다.

양성자 권사는 눈물을 흘리고 있었다. 이옥분 권사는 양성자 권사의 손을 잡았다. 얼굴도 가누지 못하는 이옥분 권사는 미세한 소리로 말했다.

"성자야, 울지 마. 이제 나, 하나님 품으로 돌아가게 기도해 줄래?"

"네, 권사님. 기도해야지요. 으흑흑." 양성자 권사는 말끝을 흐리며 울음을 터트렸다.

"울지 마, 성자야. 나는 장로님도, 권진석 집사도, 서원이, 소원이 만날 생각에 기쁘기만 해. 울지 마."

언제 왔는지 이옥분 권사 침대 주위로 모인 가족들이 눈물을 흘리고 있었다.

"권진석 집사가 성자 보고 오라고 내 영혼을 기다리게 했나 봐."

이옥분 권사는 눈동자를 돌리며 사방을 보았다.

사랑하는 아들, 딸, 손주까지 온 가족이 보고 있었다.

이옥분 권사는 양성자 권사의 손을 놓지 않았다.

"밝은 빛이 보여. 모두 잘 있어."

이옥분 권사는 양성자 권사의 손을 놓았다. 이옥분 권사의 영혼이 천국으로 떠났다.

귀향(별장으로 돌아온 은혜)

✳

장충동 본가. 은혜는 차에 캐리어를 실었다.

"은혜야, 잘 다녀와." 서의숙은 은혜의 등을 쓰다듬으며 말했다.

"응, 고모. 고모도 시간 되면 내려와." 은혜는 돌아보며 대답했다.

"그래, 시간 내 볼게." 서의숙은 은혜를 배웅하고 있었다.

여진주 할머니는 손자들을 보기 위해 아들 내외와 함께 미국으로 떠났다.

혼자 남을 서의숙을 걱정하는 은혜는 고모를 끌어안았다.

"고모 혼자 심심해서 어떡하지?" 은혜는 서의숙의 등을 다독거리며 물었다.

"내 걱정은 하지 말고 은성이랑 잘 지내다 와." "알았어, 고모. 갔다 올게."

은혜는 차에 올랐다. 집 주차장을 돌아설 때까지 서의숙은 은혜를 쳐다보고 있었다. 은혜에게 아무런 일도 생기지 않기를 마음속으로 기도하고 기도했다.

장충동 집을 떠나 경부 고속도로에 진입해 부산 방향으로 달려 나가는 은혜는 창밖을 내다보며 생각해 본다.

은성이 어떻게 변했을까. 10살 때 보고 처음 보는데 날 보고 시샘하면 어떡하지. 자기보다 예쁘다고 엄청나게 질투할 텐데. 그 성격 그대로일까. 우리만남은 왜 이럴까. 아무리 부모님이 일찍 돌아가셨다고 해도 우리 쌍둥이 자매를 20년 동안 따로 살게 한 것은 무슨 이유일까. 아무도 쌍둥이 자매에게 이유를 말해 주지 않았다. 지금도 이유를 모르는 이별의 아픔은 진행 중이다. 그래도 쌍둥이 자매는 잘 견디어 왔다. 어른들이 하시는 일인데 아무렴 우리 잘못되라고 이런 결정을 하진 않았을 것이다.

흙수저도 아니고 금수저라는 행운을 가지고 태어난 쌍둥이 자매인데, 한마디로 헤어질 이유가 없는 것이다. 그러나 쌍둥이 자매는 어른들 결정에 잘 따라 주었고 잘 성장하여 국내에서 존귀함을 받을 정도로 미모를 갖춘, 세상 사람들이 부러워하고 사랑받는 여인들이 되었다. 은혜는 미스코리아 출전 추천을 받았지만, 거절했다. 세상 매스컴에 보이는 것이 싫었다. 그저 사랑받는 여자로 살고 싶은 마음뿐이다.

"인천 방향으로 우회전하세요." 내비게이션이 방향을 알려 주었다.

은혜는 인천 방향 쪽으로 달려 나갔다.

별장 이 층은 서재 및 방이 두 개 있었다.

하나는 은성이가 쓰고 있었고 부모님이 쓰시던 방이 비어 있었다. 은성이 부모님이 쓰시던 방을 정리하고 있다. 은혜가 오면 쓸 수 있도록 준비하고 있었다.

양성자 권사가 이 층으로 올라왔다.

"은성아, 준비됐어?" 양성자 권사가 방 안을 둘러보며 물었다.

"응, 이모. 은혜 마음에 들어야 하는데." 은성은 침대 시트를 만지며 말했다.

"괜찮은데? 도배한 지 얼마 되지 않아 깨끗하다." 양성자 권사는 벽을 만져 보며 말했다.

"응, 이모 깨끗해. 침대 시트 색도 예뻐." 은성은 침대에 누우며 말했다.

"은성아! 연락은 된 거야?" 양성자 권사는 시계를 보며 물었다.

"아까 고모가 전화했어. 은혜 출발했다고." 침대에서 일어서며 은성이 대답을 했다.

별장 주차장에 수입 SUV 차량이 주차했다.

차량에서 내리는 여인은 흰색 미니스커트에 체크무늬 반팔 재킷을 입었다.

긴 머리에 검은색 선글라스를 낀 모습은 아름답다기보다는 황홀한 분위기를 주위에 만들었다.

이 모습을 모니터로 보고 있던 동주는 그만 영혼이 떠나가는 줄 알았다.

"아, 세상에! 저렇게 아름다운 여인이 있다니."

이때 별장 문이 열리고 또 하나의 미모의 여인이 뒷짐을 지고 천천히 잔디를 밟으며 걸어왔다. 잔디 마당에 마주 선 두 여인. 은혜와 은성의 10년 만의 재회다.

은혜는 선글라스를 머리 위에 걸치며 자기 얼굴을 드러냈다.

두 사람 다 큰 키에 미모는 무어라 평가할 수가 없지만 경쟁한다면 진과 선이 될 것이다. 은성이 손을 내밀며 인사했다.

"어서 와, 은혜야! 나 은성." 은혜는 활짝 웃으며 은성이 손을 잡았다.

"괜히 걱정했네." "뭐가?" 은성이 눈을 크게 뜨며 물었다.

"너보다 내가 예쁘다고 할까 봐. 너도 만만치 않은데." 은혜는 미소 지으며 말했다.

"너는 어린애냐. 아직도 그 말을 기억하게. 잘 왔어."

쌍둥이 자매는 손을 잡고 한참을 서 있었다.

놓지 않는 손. 마주 보는 눈에 눈물이 고였다. 곧 '끌어안고 울어야지.' 하는 충동이 앞서지만 쌍둥이 자매는 서로 참고 있다.

구세주가 나타났다. 별장 문이 열리고 양성자 권사가 나오며 은성을 부른다.

"은성아! 안 들어오고 뭐 해?"

"알았어, 이모. 은혜야, 들어가자." 은성이 손을 놓지 않고 말했다.

"어서 오세요, 은혜 아가씨. 반가워요." 양성자 권사는 말했다.

양성자 권사는 어릴 때 자신의 품에서 자랐던 은혜를 끌어안아 보고 싶었지만 참았다. 그저 별장으로 들어가는 은혜의 등을 어루만져 주었다.

경비실. 동주는 별장으로 들어가는 두 여인을 모니터로 보면서 넋이 나간 사람처럼 있었다.

핸드폰이 울렸다. 화면에 서의숙 전무님이라 쓰여 있다.

"안녕하세요, 전무님." 동주는 인사를 했다.

"안녕하세요, 서의숙입니다. 거기 우리 은혜 도착했나요?" 서의숙은 물었다.

"아~ 예. 어떤 여인이 별장으로 들어갔습니다." 동주는 대답했다.

"잘 도착했군요. 동주 씨, 그 애가 은성이 쌍둥이 언니입니다. 은혜도 동주 씨가 철저히 지켜 주어야 해요. 은성이도 잘 보호해 주셔야 하지만 은혜는 특히 잘 보호해 주셨으면 고맙겠어요." 서의숙은 부탁의 말을 했다.

"네, 알겠습니다. 전무님." 동주는 대답했다.

"그리고 낚시터에 이상은 없나요? 낯선 사람들이 출입한다든지?"

"네, 얼마 전 건달들이 왔었습니다. 조용히 돌아갔어요."

"조심하세요. 그 지역이 이권 다툼이 심각하다고 하네요." 서의숙은 걱정스러운 목소리로 말했다.

"네, 전무님. 철저히 준비하고 있습니다."

"그럼 수고하세요." "네, 전무님. 들어가십시오." 동주는 인사하며 전화를 끊었다.

지수가 고기 배달을 왔다. 매점에 들어서며 양성자 권사를 찾았다.

"권사님, 고기 가져왔어요. 어? 안 계시네."

"어, 지수 총각 왔어?" "네, 권사님은 어디 가셨어요?"

"응, 서울에서 손님이 오신다고 했어. 별장에 가 봐." 소영은 고기를 받으며 말했다.

"네, 알았어요. 아줌마, 갈게요." 지수는 인사를 하고 별장으로 향했다.

"딩동!" 인터폰 화면에 지수의 모습이 보이자 은성이 문을 열었다.

"지수야! 오늘 모임에 간다고 했잖아? 왜 안 갔어?" 지수를 들어오라 하며 물었다. "응, 모임이 연기됐어. 권사님은 어디 계셔?"

지수는 양성자 권사가 주방에 서 있는 것을 보고 다가갔다.

"권사님! 엄마가 이것 권사님 갖다 드리래요." 지수는 주머니에서 봉투를 꺼내며 말했다.

"그래, 지수야! 싱크대 위에 놔 줄래?" 양성자 권사는 지수를 보며 말했다.

지수는 거실에 손님이 있는 것을 발견하고 은성의 뒤로 갔다.

지수의 눈이 놀란 토끼 눈이 됐다. 아름다운 여인이 소파에 앉아 있었다.

은혜는 짐 정리를 하고 거실로 내려와 은성이와 과일을 먹고 있었다.

"은성아, 누구니?" 지수는 은성이 뒤에서 물었다.

"야! 왜 자꾸 숨고 그래. 지수야, 이리 와. 여기 앉아 봐. 소개해 줄게."

은성은 지수를 자기 옆에 앉게 했다. 지수도 180cm 큰 키에 얼굴이 곱상하고 콧날이 오똑한 미남형인데 얼굴을 붉히며 안절부절못하는 모습을 보니 우스운지 은혜는 손으로 입을 가리고 웃었다.

"지수야, 얘는 쌍둥이 내…. 은혜야." 은성은 은혜를 바라보며 말을 흐렸다.

"은성아! 너 언니야, 동생이야?" 지수가 두 자매를 번갈아 보며 물었다.

"야, 우리는 언니고 동생이고 없어. 그냥 쌍둥이야. 지수, 너도 은혜라 불러. 우리가 친구니까 은혜도 친구가 되는 거야. 알았지? 은혜야, 너도 지수라고 불러. 내가 허락한다."

은혜는 은성과 지수의 행동을 바라보다 박장대소가 터졌다.

"하하하! 은성아! 이게 소개냐? 아주 강짜지! 너희 이렇게 노냐?"

"은혜 아가씨, 저 애들은 만나면 저래요." 양성자 권사가 웃으며 말했다.

은혜는 손을 내밀며 지수에게 악수를 권했다.

"자, 이제부터 우리는 친구야! 지수야!" 은혜는 미소 지으며 말했다.

"어, 그래. 은혜야! 반갑다." 지수는 은혜를 쳐다보며 말했다.

"은성이가 욕심이 많아. 오죽하면 내 발목을 잡고 나왔겠어." 은혜가 은성

96

을 가리키며 말했다.

"무슨 소리야, 은혜야. 네가 내 자리를 뺏어 갔지. 언니 자리는 내 건데 네가 먼저 나오니까 억울해서 발목을 잡고 나왔지. 얼마나 억울하겠냐? 그건 욕심이 아니라 내 권리를 찾자는 것이지. 지수야, 내가 욕심이 많냐? 네가 증인 좀 서라." 은성은 지수를 바라보며 말했다.

"야! 왜 어려운 문제를 나한테 묻냐? 난 몰라." 지수는 손사래를 쳤다.

"은성이가 그래. 순 억지야. 하하하."

지수와 은혜의 만남은 행복한 웃음으로 시작되었다.

마귀의 출현

✳

오늘은 화창한 주말 아침이다.

낚시터 주차장은 벌써 만차로 주차할 곳이 없었다.

좌대는 빈 곳이 없이 손님이 채워졌다. 경비실에서는 동주와 지수가 모니터에 열중하고 있다.

지수는 여름 방학을 이용해 주말에 낚시터에서 알바를 하고 있었다.

"15번, 20번, 28번 손님! 매점 식당으로 오세요."

은성의 고운 목소리가 낚시터 주위를 메아리쳐 울렸다.

매점 식당 식구들은 밝은 얼굴로 각자의 일을 즐겁게 해 나갔다.

은혜는 잠자리가 바뀌어서인지 도통 밤에 잠을 자지 못하고 새벽녘에 잠이 들었다 해가 중천에 있을 때 잠자리에서 일어났다.

샤워를 하고 간단한 옷차림으로 별장을 나섰다.

은혜는 매점 식당에 들렀다. 손님들이 식사를 하고 있었다. 은성이 식당 서빙을 돕고 있었다. 은성은 은혜를 발견하고 손짓으로 들어오라고 했다. 은혜가 식당으로 들어서자 식사하던 손님 모두가 쳐다보았다.

"예쁜 아가씨! 아가씨보다 더 예쁜 이 아가씨는 누구야?"

"아저씨! 그걸 말이라고 해요!"

"아니, 나는 하도 예뻐서 나도 모르게…. 미안, 미안!"

"은혜야! 들어오지 마. 내가 나갈게. 에이! 나 참."

은성이 씩씩대며 나오는 모습이 너무도 귀엽다.

식사를 하던 손님들은 두 미녀가 나가자 서운한지 그녀들 뒷모습에서 눈을 돌리지 않았다.

"은혜야! 이리 와 봐. 소개할 사람이 있어." 은성이 말했다.

은성이 은혜를 데리고 경비실 안으로 들어갔다.

경비실 안 책상 위에 세 대의 모니터가 설치되어 있었다. 그 앞에 등을 돌리고 앉아 열심히 모니터를 주시하고 있는 두 남자. 동주와 지수는 은성과 은혜가 들어오는 줄도 모르고 모니터에 집중하고 있었다.

"어험! 제군들! 아주 열심히 하고 있군. 좋아. 아주 좋아." 은성이 팔짱을 끼며 말했다.

은성이 목소리에 지수가 돌아보았다.

"은성이 왔어? 은혜도 왔네! 어서 와." 지수는 일어서며 말했다.

"동주 오빠, 나. 왔어." 은성이 동주에게 인사를 했다.

"응, 어서 와." 동주는 일어서며 은혜를 보았다.

"동주 오빠, 소개할게. 우리 쌍둥이 자매 은혜. 은혜야, 인사해. 동주 오빠."

"안녕하세요, 서은혜라고 합니다." 은혜는 허리 굽혀 인사했다.

"아~ 그래요. 김동주라 합니다." 동주는 떨리는 목소리로 말했다.

"오빠, 왜 그래. 오빠답지 않게. 은혜야, 여기 좀 앉아." 은성은 의자를 가리키며 말했다. 은혜의 살짝 미소 짓는 모습은 과히 살인적이다.

뭇 남성이 이 모습에 오금을 추리지 못할 정도니, 동주라고 오죽하겠는가. 동주는 특전사 정신 교육을 철저하게 특수 훈련받은 특전사다. 곧 정신을 차리고 현실로 돌아왔다.

"전무님에게 은혜 아가씨 말씀 잘 들었습니다. 저를 보디가드로 생각하시고 편안하게 지내십시오."

"네, 감사합니다. 잘 부탁드릴게요."

동주와 은혜는 이렇게 만났다.

별장 언덕길. 양성자 권사가 천천히 올라오고 있었다. 새벽 기도회를 마치고 돌아오는 길이다.

"어! 저게 뭐지?"

별장 지붕 위로 검은 구름이 띠 모양을 하고 있다. 지붕 위를 가리고 서서히 아래로 내려오고 있었다. 양성자 권사가 잔디 마당에 서서 그 이상한 현상을 한참 보고 있어도 사라지지 않았다.

"도대체 뭐지? 이런 모습은 처음인데."

양성자 권사는 이상한 마귀 같은 현상을 바라보다 두 팔을 들었다.

아무 말도 없이 마귀를 몰아내듯 팔을 흔들었다.

그 마귀 같은 모습은 가운데서 갈라지며 사방으로 흩어져 사라졌다.

양성자 권사는 자신의 손을 쳐다보았다. 아무 변화도 없었다. 별장의 모습이 밝은 모습으로 변했다. 양성자 권사는 이상하다고 생각하며 집으로 들어갔다.

은혜가 잠들어 있는 방에서 검은 연기 같은 것이 사라지고 있었다.

양성자 권사는 집으로 들어와서 집 안을 둘러보았다. 별다른 현상은 보이지 않았다. 이 층으로 올라갔다. 은혜가 잠들어 있는 방문을 열어 보았다. 아무런 변화도 없고 은혜가 침대에서 곤히 잠들어 있었다.

양성자 권사는 조심스럽게 방문을 닫았다.

"이상하네. 마음이 왜 편안하지 않지?" 양성자 권사는 알 수 없는 무게감을 가지고 마음을 추스르며 이 층에서 내려왔다.

오늘은 평일이라 낚시터도 한산하다.

파라솔 그늘 속에 앉아 있는 낚시꾼들은 열심히 찌를 주시하고 있다. 지금은 한낮이라 물고기들이 깊이 들어가 잘 잡히지 않는다. 하지만 낚시를 하는 분들은 세상을 낚는지 마음 수양을 하는지 낚시를 통해 평안을 누리는지 오직 수면에서 흔들리는 찌에 집중하고 있었다. 지수가 오토바이를 매점 옆에 세웠다.

"형! 나 왔어." 지수가 동주에게 손을 흔들며 말했다.

"지수 왔어? 어쩐 일이냐?" 동주가 탁자 의자에 앉으며 물었다.

"응, 은성이하고 약속이 있어서 시내 갈 건데 필요한 거 있어?"

"아니, 잘 다녀와." 동주는 웃으며 말했다.

지수는 잔디 마당에서 큰 소리로 불렀다.

"은성아! 은성아!"

이 층 창이 열리고 은성이 내다보았다.

"지수야! 잠깐만 기다려. 금방 내려갈게." 은성이 대답했다.

은성과 지수는 시내 서점에 왔다. 서점 안을 돌아다니며 필요한 책들을 각자 찾았다. 은성이 소설책들이 진열된 책꽂이를 천천히 살펴보았다. 《잃어버린 보라색》 제목이 눈에 들어왔다. 은성은 책을 뽑아 표지를 보았다. '저자 김혜원'이라 쓰여 있었다. 표지 사진을 보았다. "엄마!" 사진은 엄마 사진이다. 은성은 별장 거실에 걸려 있는 첫돌 사진 속 엄마의 모습을 기억하며 책 표지의 사진을 보고 또 보고 있었다. 지수가 은성의 곁으로 다가왔다.

"은성아, 책 다 골랐어?" 지수는 은성의 어깨에 팔을 올리며 물었다.

은성은 엄마의 책을 보고 있었다.

"야! 은성아! 왜 그래?" 지수는 어깨를 툭 치며 다시 물었다.

"응, 지수야. 여기 좀 봐. 우리 엄마 사진 봤지? 여기 엄마 사진이 있어. 엄마가 책을 출간했었나 봐." 은성은 엄마 사진을 손가락으로 가리키며 말했다.

"응, 그래. 맞네. 너희 엄마 사진이야." 지수는 환호성을 내며 말했다.

20년 전에 출간한 엄마의 책이 은성이 손에 들어왔다. 이것은 은성과 엄마의 인연이다. 서재에도 없었는데 여기서 만나다니 정말 꿈같은 일이었다.

은성은 돌아오는 차 안에서도 엄마의 책을 가슴에 꼭 안고 있었다.

은혜는 별장 뒤 오솔길을 걷고 있었다. 옷깃을 스치는 작은 잎들을 쳐다보며 손으로 만져 보았다. 오솔길은 등산객들이 만들어 놓은 좁은 길이다. 양옆으로 큰 나무들이 그늘을 만들어 시원한 미풍이 은혜의 얼굴을 시원하게 했다. 은혜의 발걸음은 쉬지 않고 오솔길 깊이 들어갔다. 은혜의 산책을 방해하는 것은 없었다. 앞에서 길을 안내하는지 청설모가 이리 뛰고 저리 뛰어다니며 사방을 살폈다. 멀리서 낙엽을 힘차게 밟으며 다가오는 소리가 들렸다. 아마 등산을 하고 내려오는 사람인가 보다 생각했다.

'음, 이제 돌아갈까.' 은혜는 걸음을 멈추고 생각했다.

등산객의 모습이 은혜의 눈에 들어왔다.

'어떡하지?' 은혜는 속으로 말했다.

등산객은 급하게 오던 중 은혜와 마주치며 얼굴을 보았다. 등산객은 놀라며 그대로 몸이 굳었다. 귀신을 본 것 같은 표정이다. 은혜도 놀라기는 마찬가지였다. 좁은 오솔길에서 서로 비껴가야 하는 상황에 마주 선 것이다. 등산객은 은혜를 빤히 보고만 있었다.

"죄송합니다." 남자는 말했다. "악한 자를 만났군."

은혜는 말을 하고 있지만 자신의 목소리가 아니다. 은혜의 귀에 들리는 음성은 중저음에 굵고 칼칼한 남성의 목소리다. 등산객은 이 소리를 들었는지 몸을 바들바들 떨고 있다. 50세 중반으로 보이는 남자는 겁에 질려 있었다.

"아저씨! 피하세요. 어서요." 은혜는 말했다.

"후후, 나의 첫 소산이라니. 반갑구나! 악한 인간아!"

은혜가 말을 하지만 나오는 목소리는 마귀의 목소리다. 은혜의 몸도 은혜의 생각에 따라 주지 않았다. 은혜는 등산객에게 다가서며 그에 얼굴을 양손으로 잡았다. 등산객은 자신에게 다가오는 아름다운 얼굴에 그만 정신이 몽롱해졌다. 은혜도 등산객도 자신의 통제에서 벗어나 있었다.

"아, 안 돼! 오! 하나님, 안 돼."

은혜의 입술은 등산객의 입술에 포개졌다. 마귀는 등산객의 영혼의 기를 빨아들였다. 순간적이다. 등산객은 자신의 기가 빠져나가는 줄도 모르고 은혜의 미모에 빠져 정신을 차리지 못했다. 마귀는 등산객의 기를 충분히 빨아들였는지 은혜의 입술을 거두었다.

등산객의 생명은 빼앗지 않았다. 등산객은 아직도 황홀경에서 벗어나지 못했다. 그러나 등산객은 서서히 죽어 갈 것이다. 생명의 8할은 기로 빠져나갔으니 그 생명은 몇 시간이 될지 며칠이 될지 모른다. 등산객은 그 자리에 풀썩 주저앉았다.

마귀는 은혜에게 말했다.

"흐흐흐, 오늘은 즐거웠다. 나의 아름다운 동반자여. 하하하."

은혜는 자신에게 들려오는 마귀의 소리에 귀를 막고 오솔길을 달려 내려갔다.

은혜는 방 안 침대에 엎어져 슬피 울었다.

"그분은 어떻게 되었을까? 흑흑."

은혜는 이 상황에서도 등산객을 걱정했다. 자신의 영혼에 악한 영이 들어와 자신을 지배했다는 생각에 몸서리를 쳤다.

"아, 은혜야!" 은혜는 자신을 불러 봤다. 자신의 목소리가 뚜렷하게 들려왔다.

"어? 마귀가 어디 갔지? 아, 무서워."

은혜는 침대에서 뒹굴며 침대보를 움켜쥐고 몸서리를 쳤다.

등산객은 52세에 사채업을 하는 사람이다. 많은 연약한 사람에게 돈을 빌려주고 고리대금을 받는 악덕 사채업자였다. 피해를 본 사람들의 눈물과 한숨은 이루 말할 수 없었다. 돈을 못 갚은 사람들은 생명도 포기했다. 자기 몸을 팔아 매춘부가 된 여성도 있었다. 인간의 약점을 이용해서 삶의 질서를 파괴하는 인간쓰레기. 악한 죄를 마귀도 인정한 추악한 인간이었다. 그는 삼 일 동안 자신이 모아 놓은 돈다발을 세다가 영혼이 떠나갔다.

만남의 의미(사단의 딸)

＊

오후 세 시경 주차장에 검은 세단이 주차했다. 전에 왔던 소래 일당이 낚시터로 들어왔다. 동주와 지수는 이들을 모니터로 주시하고 있었다.

소래라는 우두머리는 매점을 둘러보고, 같이 온 네 명은 낚시터 좌대 주위를 어슬렁거리며 낚시를 하는 사람들의 신경을 거슬렀다.

매점에서 나오는 은성을 바라보며 소래는 그 자리에 멈추어 섰다.

"식사하러 오셨나요?" 은성이 소래를 쳐다보고 물었다.

"아니요, 아니요." 소래는 얼굴을 들지 못하고 대답했다.

소래는 당황하여 자신의 머리를 양손으로 쓸어 올렸다.

은성이 별장으로 걸어갔다.

소래는 은성의 뒷모습을 바라보며 자기 얼굴을 감싸고 한숨을 쉬었다.

"아, 내가 이렇게 용기 없는 놈인가. 세상 무서운 것 없는 내가 왜 이러지? 한낱 계집 앞에서 이렇게 초라하다니 한심하군. 소래야, 정신 차려! 인마!"

"왜 또 와서 행패를 부리지?" 동주는 날카로운 목소리로 물었다.

소래는 등 뒤에서 들리는 목소리에 놀라 돌아보았다.

"행패는 무슨 행패? 내가 지금 행패 부리는 걸로 보여?" 소래는 큰소리치며 말했다.

"당신하고 같이 온 저 사람들이 행패를 부리고 있잖아." 동주는 낚시터에서 행패를 부리는 소래 일당을 가리키며 말했다.

동주의 거친 말에 소래는 낚시터를 보았다.

"우리 애들이 잘하고 있네. 이봐! 경비 당신이야말로 우리 일에 참견하지 마. 다치니까."

소래는 주먹을 불끈 쥐어 올리며 말했다.

"뭐야? 이 자식이! 다시 말해 봐." 동주가 달려들 듯이 말했다.

"넌 모르면 가만히 있어. 서 전무에게 전해. 우리 조건에 사인하라고. 안 그러면 큰일을 당한다고. 꼭 전해, 애송아." 소래는 눈을 부라리며 말했다.

소래는 휘파람을 불었다. 소래 부하들이 소리를 듣고 매점으로 올라왔다.

"경비, 내 말 잘 전해. 알았어?" 소래는 돌아서며 말했다.

소래 일당은 협박을 했다. 소래는 거들먹거리며 돌아갔다.

동주는 서의숙 전무에게 전화했다.

"안녕하세요, 전무님. 저 김동주입니다."

"안녕하세요, 동주 씨! 어쩐 일이이세요?"

동주는 소래 일당이 낚시터에 와서 행패를 부리고 협박한 일들을 보고드렸다.

서의숙 전무는 한숨을 쉬며 말했다.

"동주 씨, 그 사람들이 우리 낚시터를 헐값에 팔라고 협박하고 있어요."

"아, 그렇군요. 알겠습니다. 더 조심하겠습니다."

"동주 씨, 더 신경 써야 할 것 같아요."

"네, 알겠습니다. 이곳은 저에게 맡겨 주십시오."

동주는 낚시터 주위를 둘러보고 저수지 둑길을 걸으며 생각에 잠겼다.

오늘은 아침부터 비가 내렸다. 세차게 내리던 비는 이슬비로 바뀌었다.

이러한 날은 낚시꾼들이 더욱 몰려오는 날이다.

매점 식구들은 더욱 바빠졌다. 날씨는 우중충해도 식구들은 밝은 미소로 즐거운 마음으로 각자의 일을 해 나갔다.

동주와 지수도 모니터에 열중하고 있다. 은성의 고운 목소리는 쉴 틈이 없었다.

은혜는 이 층 서재에서 창문으로 보이는 저수지의 전경을 바라보고 있었다.

날씨가 흐려 서재 안은 어두워져 있었다. 어두운 서재 안이 갑자기 대낮같이 밝아졌다.

밝은 빛 속에서 또 하나에 빛이 나타났다. 빛이 갈라지며 한 사람이 나왔다.

이 모든 과정이 순식간에 일어났다. 은혜는 그저 놀란 표정으로 서 있었다.

빛 가운데 나온 사람은 백색 의상을 입고 있었다. 얼굴은 빛으로 알 수가 없고, 머리에는 띠를 하고 있었다. 가운데 금박으로 타원형이 새겨 있고 그 안에 200이란 글씨가 쓰여 있었다.

"총감은 나와라." 이백은 은혜를 향해 말했다.

은혜가 몸을 부르르 떨었다. 검은색 정장을 입은 건장한 남자가 나왔다. 인상은 눈썹이 길고 눈이 일자로 찢어져 눈동자는 거의 보이지 않았다. 날카로운 코에 입술은 두꺼웠다. 얼굴은 백색에 길쭉한 모습이다.

"이백님, 오셨습니까." 총감은 공손히 말했다.

"오랜만이오, 총감. 고생이 많네." 이백은 총감을 바라보며 말했다.

"네. 감사합니다, 이백님. 열심히 하겠습니다."

이백은 은혜를 바라보며 총감에게 말했다.

"총감! 은혜는 사단의 딸이야. 우리의 여신이지. 또한 우리의 희망이네."

"네, 잘 알고 있습니다." 총감은 허리 숙인 그대로 대답했다.

"그리고 일러 준 대로 악하고 악한 인간들을 사냥하게. 이 일은 하늘의 신이 허락하셨네. 만약 일이 잘못되면 총감이나 나는 영혼 자체가 없어질 걸세." 이백은 심각한 어조로 말했다. "네. 알겠습니다, 이백님." 총감은 감히 고개를 들지도 못하고 대답만 했다.

"은혜 주위 사람은 건들지 말게. 특히 이 집 사람들을 조심하고. 총감이 상대할 상대가 아니야. 이것을 잊어서는 안 돼. 그리고 은혜의 눈에서 눈물 나게 하지 말라. 은혜의 눈물이 호소한다면 총감뿐 아니라 너희 그룹을 내가 용서하지 않을 것이야. 잘 명심하도록." 이백은 손을 들어 총감의 어깨를 도닥거리며 말했다.

"네, 명심하겠습니다." 총감은 큰 소리로 대답했다.

이들의 대화를 은혜는 움직이지 못하고 다 듣고 있었다. 눈만 껌벅일 뿐 아무 행동도 하지 못했다.

"뭐? 내가 사단의 딸이라고? 미친것들 아니야?" 은혜는 말했다.

이백은 이 소리를 들었다. 이백은 손을 들어 은혜에게 향했다. 능력의 빛이 은혜에게 쏟아져 들어갔다. 온몸이 빛으로 변했다. 이백은 흐뭇한 미소를 지으며 손을 거두었다.

"사랑하는 딸아, 두려워 마라. 지금은 믿지 못하지만, 곧 알게 될 것이다. 총감은 너의 시종이니 마음껏 활용하도록 해라. 너는 사단의 여신이라는 자부심을 잊지 말아라. 부디 사단의 영광이 영원하도록 최선을 다해 주리라 믿는다." 이백은 은혜를 바라보며 말했다.

총감은 아직도 고개를 들지 못했다. 이백은 총감을 바라보았다.

"총감을 믿고 부탁하네. 이제 들어가라!" 이백은 명령을 내렸다.

"네, 이백님. 안녕히 가십시오."

총감은 이백에게 깍듯이 인사하고 은혜의 속으로 들어왔다.

"여신이여, 종을 잘 부탁드리겠습니다." 마귀 총감은 은혜의 영혼에 숨었다.

이백도 은혜에게 작별의 손을 흔들었다. 빛이 나타났고 이백은 빛 가운데로 들어갔다. 빛은 사라지고 밝은 빛도 사라졌다. 은혜는 꿈을 꾼 것 같아 자기 몸을 만져 보았다. 아무런 변화도 없었다. 마귀 총감이 나왔다가 들어온 흔적을 찾을 수가 없었다.

"귀신이 곡할 일이네. 내가 사단의 딸이고 마귀 총감이 내 속에 있다는 사실을 믿으라고? 지원이가 이 말을 듣는다면 배꼽 잡고 백 일은 웃겠다." 은혜는 피식 웃으며 생각했다.

그렇다고 믿지 않을 수도 없는 것 아닌가. 눈으로 보았고 귀로 들었지 않았는가. 며칠 전 등산객 일도 있었고, 은혜는 두려웠다. 하지만 누구와 의논할 수 없는 일이다.

은혜는 마음에 우선 담아 두자고 생각했다. 아직 아무 일도 일어나지 않았는데 괴로워하기는 이르다. 또한 사단이 말한 대로 마귀는 내가 다스리면 된다. 내가 동의하지 않으면 아무 일도 일어나지 않을 것이다.

이렇게 사단과 마귀와 은혜의 만남은 이루어졌다. 만남의 의미는 더 지켜보아야 할 것만 같다.

며칠 아무 일 없이 지나갔다.

소래 일당도 오지 않았다. 은혜의 영혼에 숨어 있는 마귀 총감도 나타나지 않았다.

오늘은 별장이 시끄럽다. 은성은 은혜의 방문을 열고 소리쳤다.

"은혜야, 일어나! 오늘 교회 바자회 따라간다며." 은성은 아직도 자는 은혜를 깨웠다.

"알았어, 금방 준비할게." 은혜는 기지개를 켜며 대답했다.

은성이 아래층으로 뛰어 내려왔다. 양성자 권사는 교회에 가져갈 물건 박스를 현관 앞으로 옮기고 있었다.

"이모! 가져갈 물품이 이렇게 많아?" 은성은 허리춤에 양손을 얹고 물었다.

"응, 끄집어내 보니 꽤 많네. 어떻게 싣고 가지?" 양성자 권사는 작은 박스를 들고 가며 물었다.

"이모, 지수가 봉고 밴을 가져올 거야. 올 때가 됐는데." 은성이 거실 창으로 마당을 내다보았다. 잠시 후 지수가 도착해서 클랙슨을 울렸다. 은성이 현관문을 열고 지수에게 물품 박스를 차에 실으라고 손짓했다. 동주네도 두 박스의 물품을 후원했다.

은혜가 이 층에서 내려왔다.

"벌써 다 실었네? 지수 왔어?" 은혜는 지수를 보며 인사했다.

"은혜야, 너무 예쁜 것 아니냐? 바자회에서 너 팔라고 하면 어떡하지?" 지수가 물었다.

"지수야, 나 사 갈 사람 있으면 제발 좀 팔아라." 은혜는 살짝 미소 지으며 말했다.

"야, 너희! 쓸데없는 소리나 할래? 빨리 차에 타." 은성은 차에 타며 말했다.

"아저씨, 아줌마! 다녀올게요."

지수는 배웅하는 소영 부부에게 인사말을 남기고 언덕 아래로 내려갔다.

낚시터 주차장에 승용차가 주차했다. 동주는 주차장 CCTV 모니터를 보고 있었다.

한 여자가 캐리어를 끌고 별장으로 올라오고 있다.

"아니, 이 망할 가시나! 나한테 연락 한 통을 안 해? 나 껌딱지를 어떻게 보고!"

여자는 투덜거리며 캐리어를 끌고 올라오고 있었다.

"내가 가만히 두나 봐라. 얼굴을 꼬집어 줄까? 안 돼. 얼굴에 상처 나면 안 돼. 옆구리를 꼬집어 줄까? 아니야, 은혜가 아파하면 어떡해. 아, 어쩌라고. 이 가시나, 주소를 안 가르쳐 준다고 내가 못 찾을까 봐? 다 아는 수가 있지. 저 별장인가?"

지원이 눈을 들어 바라봤다. 별장 문 앞에 건장한 사내가 서 있었다.

"누굴 찾아오셨습니까?" 동주는 올라오는 지원을 막고 물었다.

"저, 은혜를 찾아왔는데요." 지원이도 동주를 올려다보며 말했다.

"지금은 별장에 아무도 없습니다." 동주는 양팔을 펴며 지원을 막았다.

"저 마당에서 기다리면 안 될까요?" 지원이 사정하는 표정으로 말했다.

"안 됩니다. 들어갈 수 없습니다." 동주는 지원을 외면하며 대답했다.

동주가 완강히 반대하자 지원은 캐리어에 앉아 동주를 빤히 쳐다보았다.

"은혜, 이것을 가만두나 봐라. 확 이렇게!" 지원이 닭 목을 비트는 행동을 해 보였다.

지원은 지금 자신을 막고 있는 동주를 쳐다보았다. 너무도 남자답게 건장하고 잘생겼다. 자신을 막고 있지만 밉지는 않았다. 입고 있는 제복 가슴에 있는 김동주란 이름이 지원의 눈에 들어왔다.

"동주 오빠! 나 들어가게 해 주세요. 나 은혜 친구라고요." 지원이 가슴에 손을 얹고 상체를 흔들며 말했다. 동주는 지원이 투정을 부리며 사정하는 모습이 너무도 귀여웠다.

"안 됩니다. 어떻게 숙녀를 잔디밭에서 기다리게 합니까?" 동주는 팔짱을 끼며 말했다.

"그럼 나보고 어떡하라고요? 차에서 기다릴까요? 아니, 세상에 나같이 예쁜 숙녀를 문전 박대를 해도 되냐고요." 지원이 캐리어를 탁탁 치면서 말했다.

"저, 그게 아니라…. 실은 제 사무실에서 기다리시면 안 되나 물어보려고 했는데…."

"아니, 그런 건 왜 물어봐요? 싱겁긴." 지원이 캐리어에서 일어나자 동주는 캐리어를 낚아채듯 들고 사무실 쪽으로 걸어갔다.

"어, 괜찮은데…. 동주 오빠, 고마워요. 헤헤헤."

지원은 벌어진 입을 다물지 못하고 종종걸음으로 동주를 따라갔다.

경비 사무실. 지원은 사무실에 설치되어 있는 시스템들이 신기한지 이곳저곳을 만져 보고 모니터를 들여다보며 신이 났다.

"동주 오빠! 이곳에서 낚시터, 주차장, 별장까지 다 관리하는 거야?"

지원이 모니터 화면들을 가리키면서 물어보았다.

"네, 맞습니다. 이곳에서 다 관리하고 있습니다." 동주는 모니터를 바라보며 말했다.

"동주 오빠! 나 봐! '지원아~' 하고 불러 봐. 내가 오빠라고 부르는데 왜 말을 높여서 하고 있어. 듣는 사람 기분 나쁘잖아. 빨리 불러 봐. 지원아." 지원이 화난 표정을 지으며 말했다. 화난 표정이나 억지 쓰는 표정이 다 귀엽기만 하다. 동주는 마지못해 귀여운 악동의 억지에 따를 수밖에 없었다. "지원아!" 동주는 어색한 표정으로 지원을 불렀다.

"오, 하나님! 부처님! 알라신이여! 감사합니다. 감사합니다. 미천한 저에게 오빠를 주시다니요. 이제 더 착하게 살겠습니다. 야호! 이제 나는 부러울 게 없어, 오빠!"

지원이 사무실에서 콩콩 뛰며 기뻐했다. 지원은 태어나서부터 오빠라는 단어를 사용해 본 적이 없었다. 여중, 여고를 다녀 오빠라는 단어가 어색했는데 오늘 동주를 만나면서부터 자연스럽게 오빠라는 단어가 입에 붙었다. 아마도 동주를 보는 순간 이성에 눈을 뜬 것 같다.

지원은 은혜의 생각은 깡그리 잊고 있었다. 그저 일에 몰두하고 있는 동주를 쳐다보며 쓸데없이 자꾸 불렀다.

"동주 오빠! 동주 오빠! 저기 저 사람은 낚시 되게 못한다. 내가 여기 온 지 몇 시간이 지났는데 한 마리도 못 잡았어."

"응, 지원아! 그럴 때도 있어," 동주는 지원이가 물어보는 질문에 다 대답해 주었다.

지원이 그런 동주를 바라보면서 세상에서 자신이 가장 행복한 사람이라고 생각했다.

동주와 지원의 만남은 서로 사랑의 눈을 뜨는 계기가 되었다.

교회 마당. 대형 천막이 여러 개 설치되어 있었다.

부스마다 바자회에서 팔 물품들이 진열되어 있었다. 성도들은 한곳에 모였다. 담임 목사님 기도로 심장병 어린이 후원 바자회 행사를 선언함으로써 바자회가 시작되었다.

잔잔한 찬양이 교회 주위로 울려 퍼졌다. 성도들뿐 아니라 이웃 주민들도 몰려오기 시작했다. 한쪽에서는 오시는 손님들에게 식사를 대접하고 있었다. 양성자 권사 주축으로 별장 식구들이 잔치국수를 배식하고 있었다.

"양성자 권사님, 저 아가씨는 누구야? 탤런트 아니야?"

은혜를 가리키며 정육점 오미자 집사가 물었다.

"응, 집사님. 은성이 쌍둥이 언니야. 잠깐 왔어." 양성자 권사는 웃으며 말했다.

"엄마! 뭐 해? 얼른 이것 저쪽에 갖다 드려요."

지수는 국수 그릇이 담긴 쟁반을 내밀며 오미자 집사에게 말했다.

"알았어, 아들." 오미자 집사는 쟁반을 들고 가면서도 은혜를 곁눈으로 보았다.

잔치국수 부스에는 은혜의 아름다운 미모를 가까이에서 보려고 국수를 두 그릇째 먹는 청년들이 많았다. 은혜에게 한마디 말도 못 해 보면서도 그저 실실대며 청년들은 좋아했다.

오후 5시가 넘어가는데도 손님들은 바자회 행사장을 찾았다. 행사장 부스마다 준비한 물품들이 얼마 남지 않았다.

이때 건장한 청년들이 부스 주위를 서성이고 있었다. 물건을 사지도 않으면서 이곳저곳 기웃거린다. 은성, 은혜가 있는 부스에 다가와 옷걸이를 건들기도 하고 부스를 발로 차기도 하며 은성의 주위를 맴돌다 사라졌다. 은혜는 동네 불량배인가 생각했다.

바자회를 마쳤다. 7시가 넘었는데 주위는 환했다.

부스는 정리가 되었고 봉사하시던 성도들도 돌아가고 있었다.

"은성아, 나 엄마 집에 모셔다드리고 올게." 지수는 은성을 향해 말했다.

"알았어, 조심히 갔다 와. 집사님, 오늘 수고 많으셨어요. 안녕히 가세요."

은성이 오미자 집사에게 손을 흔들며 인사했다.

"그래, 은성이도 수고했어. 양성자 권사님 잘 가세요."

오미자 집사는 차창 밖으로 인사하며 교회 주차장을 빠져나갔다.

은성, 은혜는 주차장 벤치에 앉아 커피를 마시고 있었다. 양성자 권사는 목사님 사모님을 만난다고 갔다.

지수가 사는 아파트는 교회에서 멀지 않았다. 오미자 집사를 아파트 입구에 내려 드리고 돌아서 교회로 향했다.

은성이 지수를 기다리고 있었다. 그때 검은색 스타렉스가 달려와 은성이 앉아 있는 벤치 앞을 막아섰다.

문이 열리며 건장한 건달들이 은성을 붙잡고 차에 태웠다. 은혜가 저지하자 건달들은 은혜마저 차에 억지로 태워다. 은성, 은혜는 발버둥을 쳐 보지만 소용이 없었다.

마침 지수가 주차장으로 들어오다 이 모습을 발견했다.

검은색 스타렉스는 출발했다. 지수는 할 수 없이 그 차를 뒤쫓아 갔다.

검은색 스타렉스는 아파트 단지를 벗어나 한적한 공장 단지로 들어갔다.

지수는 조심스럽게 그들의 뒤를 쫓아 그들이 들어간 공장 근처에 몸을 숨겼다.

경비 사무실. 동주와 지원이 커피를 마시고 있었다.

"따르릉! 따르릉!"

동주의 핸드폰이 울렸다.

"지수야! 안 오고 뭐 해? 아직도 안 끝났어?" 동주가 커피를 마시며 물었다.

"형! 큰일 났어. 은성이, 은혜가 납치당했어." 지수의 다급한 목소리가 들렸다.

"뭐라고? 납치?" 동주는 그만 커피를 쏟으며 일어섰다.

"응! 형, 내가 그들의 본거지에 와 있어. 형이 와."

지수의 다급한 목소리는 동주의 마음을 급하게 했다.

"그래, 지수야. 잘 지켜보고 있어. 금방 갈게." 동주는 밖으로 나가려고 했다.

"동주 오빠! 누가 납치됐어?" 지원이 놀라 나가는 동주의 옷을 잡고 물었다.

"지원아, 은성이, 은혜가 건달들에게 납치당했어. 그러니까 이곳에 있어. 오빠가 갔다 올게." 동주는 지원의 손을 잡으며 말했다.

"동주 오빠! 무슨 소리야! 당연히 나도 가야지!" 지원이 일어서며 말했다.

"아니야! 지원아, 위험해! 내가 은성이, 은혜 데려올게." 동주는 지원을 안심시키며 말했다. 지원이 팔을 들어 올리며 돌려 차기를 해 보였다. 동주가 봐도 보통 실력이 아니다.

"동주 오빠! 나 태권도 유단자야. 내가 동주 오빠도 지켜 줄 수 있어. 아니 내가 가장 아끼는 은혜를 납치해? 이것들이 죽으려고 환장을 했구먼." 지원이 사무실 문을 밀치며 달려 나갔다.

"지원아! 같이 가!" 동주가 쫓아가며 말했다.

지원이가 벌써 차에 타서 시동을 걸고 있었다.

사방은 어두움에 덮여 있었다. 지수와 동주, 지원이 조심스럽게 그들의 본거지 공장에 도착했다. 공장 안은 환하게 불이 켜져 있었다. 동주는 공장 창가로 가 안을 보았다.

공장 안 스탠드형 에어컨 주위로 네 명이 의자에 앉아 있었다. 은성과 은혜는 보이질 않았다.

네 명은 낚시터에 와서 행패를 부리던 놈들이다. 동주와 말을 섞었던 소래라는 우두머리는 보이지 않았다. 아마 공장 안 사무실이 따로 있는 모양이다.

동주는 지수가 있는 곳으로 돌아왔다. 공장 출입문은 다행히 잠겨 있지 않았다.

은성이, 은혜는 사무실 안 의자에 묶여 있었다. 소래는 휴대 전화로 계속 협박을 하고 있다. 상대는 서의숙 전무다. 서의숙은 미리 동주에게 연락을 받았다. 무슨 일이 있어도 저들과 타협하지 말라고. 은성이, 은혜가 있는 곳도 알고 있으니 자신에게 맡겨 달라고 연락을 받았다.

"야! 서 전무! 정말 이렇게 나올 거야? 당신 조카들 죽어도 괜찮아?" 소래는 소리를 지르며 협박을 했다. 은성이, 은혜는 해를 당하진 않은 것 같았다. 소래라는 우두머리의 협박에 겁이 났지만, 이모가 무슨 계획이 있으니까 저렇게 나오는 거라고 생각했다.

동주는 팔 길이만 한 각목을 손에 들었다. 지수, 지원에게 신호를 보내고 공장 출입문을 열었다. 천천히 공장 안으로 들어오는 세 사람을 본 건달들은 일어서며 비아냥거렸다.

"야! 이게 누구야? 경비 자식 아니야? 뭐야? 지금 막대기 들고 강아지 잡으러 왔냐? 하하하. 정신 나간 놈이네. 우리가 누군 줄 알고. 또 저 계집은 뭐야? 그렇지 않아도 숫자가 부족했는데 계집을 바치다니. 고마워. 아주 귀여운데? 이 아저씨가 잘해 줄게."

그들은 동주에게 가까이 오며 우롱 섞인 말을 쉬지 않았다. 동주 옆에 있던 지원이 공중으로 날아올랐다. 지껄이는 건달의 면상을 돌려 차기로 날려 버렸다. 한 놈이 쓰러지자 세 놈이 동시에 달려들었다. 동주의 손에 들린 막대기가 춤을 춘다. 저들이 아무리 싸움을 잘하는 건달들이라 할지라도 동주는 특공 무술을 익힌 인간 살인 병기다. 또한 동주는 검도 5단이다. 비록 막대기지만 한 번 맞으면 사망할 수도 있다. 달려들던 세 놈은 정수리에 각목을 정통으로 맞고 쓰러졌다. 사무실 밖의 사정은 싱겁게 끝났다. 지수는 밧줄로 네 명의 건달을 묶어 놓았다.

밖의 상황도 모르고 소래는 계속 서의숙을 협박하고 있었다.

동주와 지원이 사무실로 들어서며 말했다.

"이봐! 그만하지." 동주는 소래에게 가까이 다가서며 말했다.

"아니, 경비 네 놈이 어떻게 왔지?" 소래는 큰 덩치의 자기 힘을 믿고 거들먹거리며 말했다. 소래는 동주를 마주 보며 자기 주먹을 들었다. 소래가 공격해 왔다. 좁은 공간에서는 덩치가 큰 사람이 유리하다. 동주는 교묘하게 피하며 소래를 밖으로 유인했다. 소래는 힘은 좋지만, 생각은 약했다. 소래는 사무실 밖으로 나왔다.

지원이 사무실 안으로 들어가 은혜와 은성이를 풀어 주었다.

"야! 은혜야! 이게 무슨 꼴이냐! 괜찮아?" 지원이 은혜를 끌어안고 말했다.

"지원이 네가 웬일이냐? 여긴 어떻게 알고." 은혜는 지원을 안고 물었다.

"너는 내가 없으면 안 돼. 나를 버리고 가더니 이런 수모를 당하잖아. 엉엉."

"야! 울지 마. 알았어. 이제 안 버릴게." 은혜는 지원의 어깨를 다독거리며 말했다.

"이제 안 버릴 거지?" "그래, 이 껌딱지야." 은혜는 웃으며 말했다.

"얘가 네 동생이냐?" 지원이 은성을 바라보며 물었다.

"그래, 은성아! 내 친구 지원이야."

지원이 은성을 빤히 바라봤다.

"나 은성이야. 반가워, 지원아." 은성이 지원의 손을 잡으며 말했다.

"야, 너희 쌍둥이 맞냐? 얼굴이 다른데? 아, 내가 이러고 있을 때가 아니야. 동주 오빠, 동주 오빠를 구하러 가야 해." 지원이 사무실 문을 열고 나가며 말했다.

"아니, 지원이 쟤는 동주 씨를 언제 봤다고 오빠야. 하여간 못 말려."

은혜는 은성과 사무실 밖으로 나오며 말했다.

밖의 상황은 소래는 쫓아다니고 동주는 피하는 모습이다. 고양이가 잡은 쥐를 갖고 놀듯이. 동주는 들고 있는 각목으로 소래를 툭툭 건드릴 뿐 좀처럼 공격하지 않고 있다.

"야! 이 자식이! 덤벼! 피하지 말고!" 소래는 씩씩거리면서 주먹을 허공에 휘두르며 말했다.

"동주 오빠, 뭐 해! 빨리 끝내고 가야지. 우리 먼저 갈게. 얼른 끝내고 와."

지원이 은혜와 은성을 데리고 밖으로 나오며 말했다.

이 말을 들었는지 동주의 동작이 멈추었다. 각목을 잡고 있는 팔이 머리 위에서 파르르 바람을 갈랐다. "팍! 팍! 팍!" 세 번의 소리가 들렸다.

"으악! 아!" 소래는 어깨를 움켜잡고 바닥에 쓰러지며 비명을 질렀다.

쇄골에 금이 갔다. 늑골이 부서지고 허벅지 뼈에도 금이 갔다. 아마 몇 개월은 병원 신세를 져야 할 것 같다.

동주는 소래 부하들을 쳐다봤다. 다들 공포에 떨고 있었다.

"다시는 낚시터에 나타나지 마라. 우리 신화에도 수작 부리지 마라. 알겠어?"

동주는 들고 있는 각목을 바닥에 던지며 말했다.

"지수야, 그만 가자." 동주는 멍하니 서 있는 지수의 손을 잡으며 말했다.

돌아오는 차 안에서 동주는 서의숙 전무에게 전화를 했다.

"전무님, 이제 안심하셔도 됩니다. 잘 처리했습니다." 동주는 서의숙 전무에게 상황 보고를 했다. 서의숙 전무의 안도의 한숨이 들렸다.

"수고했어요. 은혜와 은성이도 무사하지요?" 서의숙은 조카들의 안부를 물었다.

"네, 다 무사합니다. 지금 집에 가 있습니다. 그럼 들어가십시오."

지수는 동주에게 엄지척을 해 보였다.

연속되는 간접 살인

*

늦은 밤 별장 거실. 탁자를 두고 온 식구가 모여 앉았다. 동주도 지원이 옆에 앉아 과일을 먹고 있다. 지수는 거실에 서서 한 편의 연극을 연출하고 있다. 이 모습에 모두 놀라기도 하고 박장대소를 터트리며 화기애애한 분위기였다.

"은성아, 너 중국 영화 봤지? 악당들을 물리치는 장면들, 그건 가짜야. 오늘 동주 형이 보여 준 검술은 말이야. 잘 봐." 지수는 휙휙 소리를 내며 동주가 했던 검술을 재현했다.

"동주 오빠 싸울 때 너는 뭐 했냐?" 은성이 의문의 눈초리로 물었다.

"어…. 흠! 나도 한바탕했지. 그놈들을 밧줄로 묶느라 얼마나 고생했는데." 지수는 머리에 손을 얹고 쑥스러운 표정으로 말했다.

"아, 그리고 지원이 그 돌려 차기 아주 일품이었어. 은성아, 네가 봤으면 완전히 반했을걸."

지수는 되지도 않는 돌려 차기 시범을 보이며 말했다.

"야, 그만하고 여기 와서 앉아." 은성은 자신의 옆자리를 가리키며 말했다.

양성자 권사는 모두를 둘러보며 무사한 것에 감사했다. 말로는 다 표현 못해도 모두가 다 귀한 자녀들이다. 그런 쓰레기 같은 인간들이 있다니 무서운 세상이다.

"지원아! 너 동주 씨를 언제 봤다고 오빠가 됐냐?" 은혜가 물었다.

"아, 그거! 야! 내가 오빠라고 하고 싶으면 하는 거지! 누구 허락을 받아야 하냐? 은혜, 너는 동주 오빠한테 오빠라고 하지 마. 내 오빠니까. 알았어?" 지원이 새침한 표정으로 말했다.

"정말 고마워요. 동주 씨 아니었으면 아마 우리 자매 끔찍한 일을 당했을 거예요. 감사합니다." 은혜는 일어나 정중하게 감사 인사를 했다. 은성이도 일어나 인사했다.

"아, 아니야. 이러지들 마. 내 할 일을 했을 뿐인데." 동주는 양팔을 흔들며 말했다.

"동주 오빠! 큰일 했어. 내가 사람을 잘 봐. 동주 오빠는 큰일을 해낼 줄 알았어."

지원이 동주의 어깨를 주무르며 말했다. 동주도 싫지는 않은지 가만히 있었다.

"자, 동주와 지수는 집에 가고 은성이, 은혜는 이 층으로 올라가. 참 지원이는 어디서 지낼까? 아래층 빈방이 있는데 거기서 지내는 게 어떨까?" 양성자 권사는 자신이 쓰고 있는 옆방을 가리키며 말했다.

"아니에요. 저는 은혜하고 같이 있을 거예요. 이모님, 걱정하지 마세요."

지원이 벌떡 일어나 자신의 캐리어를 들고 가며 말했다.

지원은 은혜와 떨어지는 것이 두려운지 먼저 이 층으로 올라갔다.

"내일 주말이라 바쁠 거야. 그만 들어가 쉬어. 오늘 일은 다 잊어버리고. 다들 잘 자."

양성자 권사는 자신의 방으로 들어가며 말했다.

동주와 지수를 배웅하고 은성이, 은혜는 이 층으로 올라왔다. 지원이 캐리어에 앉아 기다리고 있었다.

"은혜야, 내 방이 어디냐? 여기? 저기?" 지원은 은성과 은혜의 방문을 손가락으로 가리키며 물었다.

은혜는 방문을 열었다. 문이 열리자 지원이 캐리어를 끌고 들어갔다.

"얘들아, 잘 자." 은성은 방으로 들어가며 말했다.

"지원아, 좁지 않을까?" 은혜가 침대를 가리키며 물었다.

"무슨 소리야. 좁으면 둘이 끌어안고 자면 되지." 지원이 침대에 벌렁 누우며 말했다.

침대는 킹사이즈라 둘이 써도 불편하지 않았다.

은혜와 지원은 침대에 누웠다. 은혜는 지원을 꼭 안아 주었다. 지원은 피곤한지 금방 잠이 들었다. 은혜는 육신은 피곤한데 잠이 오질 않았다. 오늘 있었던 끔찍한 일이 떠올라 몸서리를 쳤다. 건달들에게 납치될 때 마귀 총감이 나타났었다.

"여신님, 저들을 다 죽일까요? 말씀만 하십시오." 마귀 총감은 입가에 미소를 지으며 말했다. 은혜는 납치되어 가면서 보았다. 지수가 납치되어 가는 은혜와 은성을 보고 차로 따라오고 있었다. 지수가 우리를 구할 수 있다는 믿음이 있었다.

"아니요, 조금만 기다려 주세요." 은혜는 총감에게 말했다.

마귀 총감은 씁쓸한 표정을 지으며 영혼 속으로 숨었다.

은혜는 사단 이백의 말이 생각났다.

"두려워 마라. 지금은 믿지 못하지만, 곧 알게 될 것이다."

은혜는 현실이 무서웠다. 저 사람 같지 않은 인간이 얼마나 많을까 생각했다.

사단의 계획에 순응해야 하나. 지금도 많은 사람이 악한 인간들에게 합당치 않은 방법으로 유린당하고 있다. 이 땅에 정의의 사도는 없는 것 같았다. 악한 인간이 인간 사냥을 하는 데 합법적인 법을 만들고 있다. 죄를 짓고도 자신의 정당함을 공연히 자축하는 인간들이다. 악한 것을 알면서도 구렁이 담 넘어가듯 하는 인간들, 돈의 노예로 만들어 생명도 정신도 뺏어 가는 인간들이 있다. 모든 것이 조직적으로 움직인다. 민중의 지팡이라는 사람들도 악한 인간의 검은돈에 눈이 멀어 자신의 잘못된 판단을 팔아먹는다. 믿을 수 없는 세상이다.

인간이냐, 사람이냐?

"하나님이 창조하신 사람이 돼라. 선악과를 먹고 죄에 빠진 인간이 되지 말고."

"아! 나도 몰라. 여신은 얼어 죽을 여신. 너희가 알아서 해."

은혜는 자는 지원을 끌어안고 중얼거리며 잠에 빠져들었다.

휴가철이라 그런지 평일에도 낚시터의 빈 좌대는 보이지 않았다. 낚시꾼들은 한번 자리를 잡으면 며칠씩 낚시터 좌대에서 텐트를 치고 기숙했다.

지원은 일어나면 아예 경비 사무실로 출근했다. 그리고 동주 옆에 딱 붙어서 생활했다. 동주와 사랑에 빠진 것 같다. 은혜를 잊어버린 지 한참이 되었다.

은혜만 자유인이다. 누구도 구속하는 사람이 없다. 늘 일어나는 시간은 해가 중천에 뜰 때다. 은성이, 양성자 권사, 소영은 늘 식당에서 즐겁게 일하고 있다. 누구도 힘들다고 짜증 부리는 일이 없었다. 지원은 동주 어머니와도 친해져 식당과 사무실을 다람쥐 쳇바퀴 돌듯 돌아다니며 에너지를 소비했다.

"딩동! 딩동!" 별장 인터폰이 울렸다.

은혜는 거실에 내려와 있었다. 인터폰 화면에 서의숙 고모가 보였다.

"고모! 어쩐 일이야?" 은혜는 문을 열며 물었다.

"응, 이 근방에 일 보러 왔다 시간을 냈어." 서의숙은 소파에 앉으며 말했다.

사실 서의숙은 쌍둥이 자매가 걱정이 되어 일부러 찾아온 것이다.

"은성이는 어디 갔어?" 서의숙은 집 안을 둘러보며 물었다.

"은성이 아주 바빠. 식당 일 도우미로. 고모는 잘 지냈어?"

은혜는 서의숙을 바라보며 미소 지으며 물었다.

"회사도 휴가잖아. 여행이라도 가지?"

"휴가라고 내가 한가한 사람이냐? 시간의 전쟁터가 증권 시장인데."

서의숙은 거실 천장을 바라보며 말했다.

"그런가? 그래서 시간이 없어서 고모가 연애를 못 했나." 은혜는 미소 지으며 말했다.

"너! 또 그런 소리 할래? 고모를 놀리고 있어." 서의숙은 자리에서 일어서며 말했다.

은혜는 서의숙과 별장을 나와 매점 식당으로 향했다.

매점 식당은 30여 평 조립식 건물로 4인용 식당 테이블이 10여 개가 놓여 있다.

식탁 2곳에서 낚시꾼이 식사를 하고 있다. 은혜와 서의숙은 주방 가까운 곳에 앉았다.

"고모! 연락도 없이 왔어?" 은성이 찻잔을 내려놓으며 물었다.

"은성아! 고모가 너희 보고 싶으면 오는 거지! 무슨 연락을 하고 오냐?" 서의숙은 찻잔을 들며 말했다.

"양성자 권사님, 고생이 많으세요. 소영 씨도 수고 많으십니다."

서의숙은 주방에서 열중하고 있는 양성자 권사를 바라보며 말했다.

식사가 차려지고 별장 식구 관리인 김호영 식구 지수와 지원이까지 8명이 함께 식사했다.

"지원이 집에 자주 연락하니? 여기 오더니 더 예뻐졌어." 서의숙은 지원을 바라보며 물었다. "그럼요. 나는 전화 안 하는데, 엄마가 시간마다 전화해 다 큰 딸 감시를 해서 피곤하다니까요." 지원이 뾰로통한 표정을 지으며 말했다.

"고모, 지원이 요즘 연애하고 있어. 내가 요즘 지원이 얼굴을 잠잘 때나 본다니까."

은혜는 아름다운 얼굴로 혀를 쏙 내밀며 지원을 보고 말했다.

"야! 은혜, 너! 진짜 그러기야? 나 밥 안 먹는 수가 있어!" 지원이 일어서서 허리춤에 양손을 얹고 씩씩대며 말했다. 그 모습이 얼마나 귀여운지 식사하던 모두가 웃음을 터트렸다.

"동주 씨, 식사 끝나고 나 좀 만나요." 서의숙은 동주를 바라보며 말했다.

서의숙과 동주는 저수지 둑길을 걸었다. 무더운 날씨에 저수지 둑 아래서 불어오는 산들바람이 얼굴에 부딪혔다. 조금의 시원함이 아쉬운 미련을 남겼다.

"동주 씨, 고생하셨습니다." 서의숙은 동주를 바라보며 말했다.

"전무님, 그놈들 연락은 없었지요?" 동주는 물었다.

서의숙은 한숨을 쉬었다. 앞으로 천천히 걸어가며 고민했다. 이 일을 말을 해야 하나, 그냥 본사에서 해결해야 하나 생각했다.

"동주 씨, 그 양아치 같은 놈들은 연락이 오지 않는데 더 큰 조직이 움직이나 봐요."

서의숙 전무는 걸음을 멈추며 말했다.

"전무님! 걱정하지 마세요. 이곳은 저에게 맡겨 주십시오."

동주는 양 주먹을 불끈 쥐며 말했다. 동주는 자신 있었다. 어느 조직이 움직인다 해도 대항할 자신과 힘이 있다. 또 동주에게는 많은 동료와 선배가 있다. 악을 물리치는 일이라면 물불 안 가리고 달려올 전우들이 있었다.

동주의 자신감 있는 모습을 보고 서의숙 전무는 안심이 됐다. 서의숙 전무는 핸드백 속에서 봉투 하나를 꺼냈다.

"동주 씨, 이것 받으세요. 회사에서 드리는 금일봉입니다." 서의숙은 봉투를 건네며 말했다.

"네, 감사합니다." 동주는 봉투를 받고 인사하며 말했다.

두 사람은 매점 식당으로 돌아왔다. 서의숙은 별장 식구, 관리인 부부, 지원이, 지수에게 수고해 달라는 인사를 했다. 은혜는 서의숙과 함께 주차장으로 왔다.

"고모, 조심해서 가. 이달 말경 올라갈게." 은혜가 서의숙의 손을 잡으며 말했다.

"빨리 와. 고모 외로워." 서의숙은 차에 오르며 말했다.

서의숙의 차가 언덕으로 내려갔다. 차가 모퉁이를 돌아갈 때까지 은혜는 배웅했다.

낚시터 식구들은 자신들이 해야 할 일에 충실했다.

은혜는 할 일 없이 혼자 있다. 잔디 마당을 한 바퀴 걷다가 오솔길로 들어섰다.

날씨가 무덥다. 은혜는 오솔길로 들어서며 지난번 등산객을 생각했다. 은혜는 등산객이 죽었는지 살았는지 모른다. 그저 자신이 등산객에게 입맞춤을 한 것밖에 기억이 없다.

오솔길 깊이 들어갔다. 언제부터인지 은혜는 두려움이나 무서움이 없어졌다.

등산을 하고 내려오는 사람들과 몇 번을 스쳤다. 등산객들이 은혜의 미모에 감탄을 하며 찬사를 보내고 다시 뒤돌아보며 내려갔다.

너무도 아름다운 여인. 흰색 반소매 긴 원피스를 입은 천사다.

은혜는 등산로 중턱에서 걸음을 멈추었다. 앉을 만한 바위에 앉았다.

저수지 전경이 한눈에 들어왔다. 은혜는 양팔을 활짝 펴고 "야호~!" 소리를 질렀다.

마음이 상쾌했다. 바람이 솔솔 불어왔다. 바람은 무더위로 달아오른 얼굴을 식혀 주었다.

모처럼 행복한 시간이다. 그렇게 멍하니 저수지를 바라보며 앉아 있었다.

항상 행복을 시샘하는 악동이 있다. 은혜의 영혼이 밝아지면서 마귀 총감이 나타났다.

"여신님이여! 평안한지요?" 총감은 은혜의 눈치를 보며 인사했다.

"아니, 총감이 왜 나왔지요?" 은혜는 놀라며 말했다.

"네, 여신님. 급히 상의드릴 일이 있어 나왔습니다. 노여워 마시고 들어 주시옵소서."

마귀 총감은 손으로 허공을 쓸었다. 영상들이 나타났다. 그곳은 은혜와 은성이 납치되었던 곳이다. 다섯 명의 건장한 사내가 밧줄로 묶인 남자를 구타하고 있었다. 한쪽 구석에는 한 여인이 벌거벗겨진 채로 널브러져 있었다. 몸은 여기저기 멍 자국이 있고 얼마나 겁탈당했는지 하혈하고 있었다. 사무실에서 한 여인이 끌려 나왔다. 이 여인도 마찬가지로 하의가 벗겨져 두 사내가 부축하며 축 늘어진 채 끌려 나오고 있었다. 사내들은 여인을 공장 바닥에 집어 던졌다. 사람을 짐승처럼 집어 던지고 사내들은 서로 낄낄거렸다. 다른 사내들은 무어라 소리를 지르며 묶인 사내를 구타하고 있었다.

인간도 아니다. 인간이기를 포기한 영혼들이다.

"그만! 그만 보고 싶어요." 은혜는 눈을 가리며 말했다.

아, 어쩌란 말인가. 이 밝은 세상에서 악령이 아닌 악한 인간들로 인해 처참히 당하는 사람들.

외면해야 하는가, 징계해야 하는가. 은혜는 갈등으로 심히 괴로웠다.

마귀 총감은 은혜가 갈등하는 모습을 봤다. 자신이 맡은 일을 충실하게 잘하고 있다고 자찬하며 흐뭇한 미소를 지었다.

은혜는 결단을 내려야 한다. 저 인간 같지도 않은 인간쓰레기를 청소해야 한다는 쪽으로 마음이 움직였다.

"총감! 어떻게 해야 하나요?" 은혜는 자리에서 벌떡 일어서며 물었다.

"예! 여신님! 제가 인도하겠습니다. 여신님은 그저 따라 주시면 됩니다."

마귀 총감은 힘 있게 말했다. 은혜는 정의로 온몸과 마음이 불타오르고 있었다.

"여신님! 여기서 먼저 처리할 일이 있습니다. 지금 저 위에서 내려오는 악한 인간이 있습니다. 저자는 마약 수입업자로 수많은 사람의 인생을 파탄시킨 자입니다."

마약 수입업자는 은혜 가까이 왔다. 무섭게 우락부락하게 생긴 사람이었다.

마약 수입업자가 은혜의 미모에 감탄하며 수작을 부렸다.

"아니, 어여쁜 아가씨가 혼자 오셨습니까?" 마약 수입업자는 은혜에게 바싹 다가서며 말했다.

은혜는 바위에 앉았다. 이 염치없는 마약 수입업자는 은혜 옆에 앉았다. 은혜는 싫은 모습을 보이지 않았다. 이 자는 서서히 수작을 부리기 시작했다. 은혜의 손을 잡고 몸을 더듬었다. 은혜는 미소 지으며 황홀경에 빠져 있는 자의 얼굴을 마주 보았다.

"흐흐흐, 어리석은 인간아. 너의 생명을 가져가리라." 마귀 총감은 말했다.

은혜는 인간 같지 않은 자의 입술을 덮었다. 마귀 총감은 순식간에 인간의 기를 흡수해 버렸다. 마약 수입업자는 은혜에게서 떨어지며 바닥에 나뒹굴었다. 사내의 생명은 바로 거두질 않았다.

사내는 아름다운 여인의 키스로 생명을 잃어버린 보상을 받았다.

사내는 집으로 돌아가 욕실에서 싸늘한 시체로 발견되었다.

은혜는 자신의 차를 타고 별장을 빠져나갔다. 매점 식당 앞에 서 있던 은성이 달려왔다.

"은혜야! 너 어디가?" 은성이 은혜를 부르며 달려왔지만, 은혜는 듣지 못하고 언덕을 내려갔다. 은혜는 차를 자신이 납치되었던 공장 앞에 세웠다.

은혜는 공장 문을 열었다. 공장 안은 영상에서 본 그 모습이다. 처참했다. 묶인 사내는 온몸이 피투성이로 바닥에 널브러져 있었다. 겁탈당한 여자들은 아직도 정신을 못 차리고 있었다.

은혜는 그곳으로 천천히 걸어갔다. 은혜를 납치했던 자가 돌아보았다. 그 자는 동주와 함께 온 줄 알고 놀라며 몸을 부르르 떨며 은혜의 뒤를 보았다. 은혜의 뒤에는 아무도 보이질 않았다. 그자들은 안도의 한숨을 쉬며 자리에서 일어나 건들거렸다.

"야! 네년이 어쩐 일이냐? 스스로 찾아오고. 우리가 보고 싶었냐? 소래 형님이 없으니 오늘 재미를 볼 수가 있겠는데. 하하하. 어서 와라. 오빠가 잘해줄게."

시끄러운 소리에 사무실에 있던 사내들도 밖으로 나왔다. 앞의 사정을 모르는 사내들은 은혜의 미모에 얼이 빠지고 군침을 흘리고 있다. 8명의 사내가 은혜 주위로 모여들었다. 은혜는 미소를 지으며 그들 속으로 한 걸음 다가갔다.

"흐흐흐, 악한 인간아! 너희의 생명을 거두러 왔다." 마귀 총감은 말했다.

은혜의 아름다운 입을 통해 나오는 마귀 총감의 목소리에 소래 일당은 한 걸음 물러났다.

"너는 누구냐?" 말하던 자는 그대로 무릎을 꿇었다. 뒤로 물러나던 사내들도 하나씩 목을 움켜잡고 쓰러졌다. 은혜는 무릎을 꿇고 있는 자에게 죽음의 키스를 했다. 마귀 총감은 악한 인간의 기를 흡수하기에 바쁘다. 이들의 생명도 조금은 남겨 놓았다.

은혜는 마음의 부담을 느끼지 못했다. 저들은 곧 죽을 것이다. 간접 살인을 했음에도 마음의 동요가 나타나지 않았다. 저들은 죽을 죄악의 인간들이기에 죽는 것이 마땅하다고 여겼다.

쓰러져 있는 사내의 휴대 전화로 은혜는 경찰서에 연락했다. 곧 경찰들이 도착했다. 현장을 목격한 경찰들도 참혹한 현장에 혀를 찼다. 겁탈당한 여자들을 수습하고 구타당한 남자를 병원으로 이송했다. 소래 일당은 유치장에서 하나하나 그 영혼이 떠나갔다. 경찰들도 이런 일이 왜 생기는지 몰랐고 아무 상해 없이 죽어 가는 소래 일당을 보고 이 일을 어떻게 처리해야 할지 고민이었다. 가족들에게 연락했지만 한 사람도 찾아오지 않았다. 누가 인간 같지 않은 인간 말종을 찾아오겠는가. 경찰은 이들을 무연고자로 처리하고 화장했다.

소래가 입원해 있는 병원. 특실에서 소래는 온몸에 깁스를 하고 누워 있었다.

"야! 왜 이리 전화를 안 받아?" 소래는 아무 소리도 들리지 않는 휴대 전화를 집어 던졌다.

소래는 병원에 있으면서도 모든 일을 지시했었다. 부하들이 은혜에게 당한 줄은 생각도 못 하고 있었다.

병실 문이 열리고 한 여인이 들어왔다. 소래는 눈을 들어 여인을 보았다.

여인은 꼼짝을 하지 못하는 소래 곁으로 다가갔다. 소래는 놀라며 눈이 동그래졌다.

"네가 여긴 왜?" 소래가 움직이지 못하는 몸을 꿈틀거리며 물었다.

여인은 소래 얼굴 가까이 다가갔다.

"이 인간 같지 않은 쓰레기, 이 땅에서 사라져라." 마귀 총감은 싸늘한 말을 했다.

서서히 여인의 입술을 통해 소래의 기는 흡수되었다. 몸부림을 쳐 보지만 소용없는 일이다.

다음 날 소래의 영혼은 지옥문으로 들어갔다.

자정이 넘은 시간. 한 여인이 길을 걷고 있었다. 도로는 한산하지만, 가끔 차들이 속도를 높여 지나갔다. 아름다운 여인 은혜다.

은혜 앞에 스포츠카가 멈추어 섰다. 차창이 열리고 30대의 잘생긴 남자가 보였다.

"야! 어디 가?" 남자는 아주 친근감 있게 물었다.

은혜는 아무 대꾸 없이 걸음을 옮겼다. 마귀 총감이 나타났다.

"여신님, 저자는 마약 공급책입니다." 마귀 총감이 차 안의 남자를 바라보며 말했다.

남자는 은혜가 반응이 없자 차 밖으로 나왔다.

"야! 이야기 좀 하자고." 남자는 은혜를 돌려세우며 말했다.

순간 남자는 놀라며 한 걸음 물러섰다. '세상에 이렇게 아름다운 여인이 있다니….'라고 생각했다.

그러나 남자는 수많은 여자를 다루어 온 선수다. 자신의 외모와 고급 차의 재력을 과시하며 은혜를 차로 인도했다. 은혜는 순순히 차에 올랐다. 남자는 안전벨트를 매어 주는 척하며 수작을 부렸다. 남자는 은혜의 입술을 덮어 왔다. 은혜의 입술로 남자의 기가 흡수되었다.

남자는 은혜의 몸에서 떨어졌다. 은혜는 말없이 차에서 내렸다. 남자는 기가 빠진 혼미 상태에서 차를 몰고 출발했다. 차는 눈에 보이는 거리 길옆 옹벽에 충돌했다. 차에서 불길이 솟으며 폭발했다.

은혜는 마귀 총감과 많은 악의 무리의 현장을 답사하고 새벽에 별장으로 돌아왔다.

은혜는 차에서 내려 별장으로 향했다. 때마침 양성자 권사는 새벽 기도회가 끝나고 집으로 오고 있었다. 차에서 내리는 은혜를 보았다. 양성자 권사는 은혜를 부르려고 했지만, 은혜의 뒷모습이 매우 지쳐 보였다.

양성자 권사는 뒤에서 천천히 따라갔다. 그러다 발걸음을 멈추었다. 은혜의 머리 위로 검은 연기가 오르락내리락하고 있었다. 양성자 권사는 머리를 쇠망치로 맞은 듯 몸을 비틀거렸다.

양성자 권사는 집으로 들어가지 않고 매점 식당으로 들어갔다. 야간에 근무했던 김호영이 나오며 양성자 권사를 보았다.

"권사님, 어쩐 일이세요? 조금 쉬었다 나오시지요?" 김호영은 말했다.

양성자 권사 귀에는 아무 소리도 들리지 않았다. 마치 혼이 빠진 사람처럼 그렇게 식탁 의자에 앉아 있었다.

"어찌해야 하나." 마귀들은 벌써 시작했는데, 나는 무엇을 하고 있었나. 그때 별장에 나타났던 검은 마귀가 은혜의 영혼에 침투했단 말인가.

"혜원 사모님, 어떡해요. 저에게 힘을 주세요. 은혜를 지킬 수 있게 도와주세요."

양성자 권사는 하나님께 기도했다. 은혜를 지킬 수 있는 것은 오직 하나님밖에 없다.

지금은 아무 일도 일어나지 않았지만 언제 악령들의 역사가 이루어질지 알 수가 없는 것이다.

"아무래도 내가 집을 지켜야 할 것 같아." 양성자 권사는 서의숙에게 전화를 걸었다.

"권사님, 아침 일찍 웬일이세요?" 서의숙은 물었다.

"의숙 아가씨, 우리가 우려하던 일이 일어나고 있어요." 양성자 권사는 울먹이며 말했다. 일간 일어났던 별장 일, 은혜에게 나타나는 현상들을 상세히 설명해 주었다.

"권사님, 지금 은혜에게 이상한 행동이 있나요?" 의숙은 물었다.

"아니요, 아직까지는 걱정할 정도의 일은 일어나지 않았어요." 양성자 권사는 말했다.

"권사님, 더 지켜보세요. 만약 악한 영의 모습이 보이면 바로 병원이라도 입원시켜야겠지요. 권사님이 힘들겠네요. 죄송합니다." 서의숙은 말했다.

"네, 알겠습니다. 의숙 아가씨." 양성자 권사는 전화를 끊었다.

누구에게도 말할 수 없는 이 일을 우선 자신만 알고 있어야겠다고 생각했다.

오늘도 낚시터는 만석이다.

매점 식당은 분주하게 움직였다.

경비실도 동주와 지원이가 지키고 있다. 지수는 볼일이 있다고 오후에 온다고 연락이 왔다.

지원이 자리에서 일어나 동주에게 다가갔다.

"동주 오빠, 잠시 눈을 감아 봐! 내가 선물을 주려고 그래." 지원이 동주 뒤에서 어깨를 짚으며 말했다. "또 장난하려고 그러지?" 동주는 돌아보며 물었다.

"아니야, 어서 눈 감아 봐." 지원이 동주 얼굴을 양손으로 잡으며 말했다.

"장난하기 없기. 흠!" 동주가 눈을 감고 있는 사이, 지원이 입술이 동주의 입술을 덮었다.

동주는 달콤한 지원이 입술이 느껴지자 그만 지원의 허리를 감아 안았다. 둘은 그렇게 뜨거운 포옹을 했다. 지원의 얼굴은 홍시같이 붉게 달아올랐다.

둘은 떨어져 각자 자리에 앉았다. 동주는 아직도 여운이 남았는데 지원은 자기 자리에 앉았다. 둘 다 키스를 해 보기는 처음이다. 지원은 처음치고는 잘했다고 생각하면서도 정신이 달아났는지 아무 생각이 없었다. '다시 가서 한 번 더 할까. 아니야, 동주 오빠가 헤픈 여자라 생각하면 어떡해.' 지원이 곁눈질로 동주를 보았다. 동주도 아무 생각이 안 나는지 모니터만 주시하고 있었다. '이걸 어떡하지. 괜히 했나. 크게 용기 내서 했는데 동주 오빠가 이상하게 생각하면 어떡하지.' 지원의 홍조는 쉽게 사라지지 않았다.

이때 구세주가 나타났다. 은혜가 사무실 문을 열고 들어왔다.

"지원아! 바쁘냐?" 은혜는 지원의 곁에 와 물었다.

"안녕하세요, 동주 씨."

"아, 네. 어서 오세요, 은혜 씨." 동주도 은혜를 보며 인사했다.

은혜는 지원을 바라보았다. 이 말괄량이가 아주 점잖은 모습으로 있는 것이 이상했다.

"지원아! 너 무슨 일이 있냐?" 은혜는 지원의 어깨를 짚으며 물었다.

"아, 아니야. 일은 무슨. 우리 아무것도 안 했어. 어머!" 지원이 입을 막으며 말했다.

"지원아, 네 얼굴에 다 쓰여 있거든?" 은혜는 미소 지으며 말했다.

"그래! 동주 오빠랑 뽀뽀했다! 됐냐?" 지원이 고개를 들며 말했다.

"잘했네. 축하한다. 우리 지원이, 나도 못 해 본 뽀뽀도 다 하고." 은혜는 재미있다는 표정으로 말했다. 동주는 옆에서 "험험, 음!" 하며 안절부절못했다.

"동주 씨도 축하해요. 이제 낚시터 커플로 인정할게요. 지원아, 식기 전에 한 번 더 해. 난 간다." 은혜는 지원의 어깨를 주물러 주며 나갔다.

"야! 그래도 되는 거냐…" 지원은 피식 웃으며 말꼬리를 흐렸다.

동주는 진짜 못 말리는 아가씨들이라고 생각했다.

은혜는 별장으로 돌아와 침대에 벌렁 누웠다. 천장이 대형 스크린 영화관처럼 나타났다.

"여신님, 오늘 처리해야 할 일이 있습니다." 총감은 천장을 가리키며 말했다.

한 중년 남자가 나이가 있는 여자와 이제 10살 정도 된 여자애와 그보다 작은 남자애를 두들겨 패고 있었다. 아마도 남매인 것 같았다. 애들은 무릎을 꿇고 빌고 있는데도 남자는 계속 때리고 있다. 옆에 있는 여인이 말리지만 남자는 여인을 집어 던져 버렸다. 여인은 벽에 부딪혔고 이마에서 피가 흐르고 있었다. 진짜 인간 같지 않은 자다. 어떻게 저렇게 무자비하게 폭력을 가하는지 은혜는 바라보며 자리에서 벌떡 일어났다.

"총감, 가시지요." 은혜는 화가 머리끝까지 올라 곧 터질 것 같은 표정으로 말했다.

"네, 여신님. 안내하겠습니다."

은혜는 차를 몰고 별장을 떠났다.

도박꾼 박봉식(회심)

✳

도착한 곳은 축사로 지금은 사용하지 않고 있는 곳이었다. 한쪽 구석에 살림집이 있었다.

은혜는 문을 열고 안으로 들어갔다. 아직도 방 안에서 폭행하는 소리가 들렸다.

여인의 울음소리, 아이들의 울음소리가 비명처럼 들렸다.

"총감, 나오세요." 은혜는 총감을 불렀다.

"네, 여신님. 어떻게 할까요? 지금 죽일까요?" 총감은 말했다.

"총감, 저자의 영혼에 들어갈 수가 있나요?" 은혜는 총감에게 물었다.

"네, 여신님. 저자의 영혼에 들어갈 수 있습니다." 총감은 놀라며 대답했다.

저 인간 같지 않은 자를 죽여 버리면 되지, 그 영혼에 들어가라니 총감은 시큰둥한 표정으로 은혜를 바라보았다.

"그럼 들어가세요. 그곳에서 저와 교감할 수가 있나요?" 은혜는 급하게 물었다.

"네, 그럼요. 어디에 있어도 여신님과 한 몸입니다."

"그럼 저자의 영혼에 들어가세요." 은혜는 방문을 열며 말했다.

방 안은 비참했다. 방바닥은 피투성이다. 여인도 아이들도 방바닥에 널브러져 있었다. 남자가 은혜를 바라보았다. 담배를 물고 있는 남자는 멍하니 들어오는 은혜를 보고도 아무 소리도 하지 않았다.

"총감은 들어갔나요?" "네, 들어왔습니다."

은혜에게 총감의 소리가 똑똑히 들렸다.

"지금 상태가 어떤가요?" "아주 심각합니다. 이대로 놔두어도 오늘 밤을 못넘기겠습니다. 너무 자신의 자책에 빠져 있습니다. 우리 악령의 지배는 없습니다."

"영혼의 치료는 할 수가 없을까요?" 은혜는 물었다.

"여신님, 왜 이런 인간을 구제하려고 하십니까?" 총감은 알 수 없다는 표정으로 물었다.

"총감도 좋은 일 한 번 하세요. 저 아이들이 불쌍하잖아요." 은혜는 아이들을 가리키며 말했다. "여신님, 이것은 우리 마귀 세계에서는 있어서는 안 되는 일입니다." 총감은 심각한 표정으로 말했다.

"그래도 총감은 할 수가 있잖아요. 부탁드릴게요." 은혜는 멍하니 바라보고 있는 남자를 바라보며 말했다.

"그럼, 여신님의 부탁이시니 한번 해 보겠습니다. 잘못돼 죽을 수도 있습니다." 총감은 말했다. "어쩔 수 없는 일이지요." 은혜는 아이들을 일으키며 말했다.

"여신님, 그럼 이자와 잠시 여행을 다녀오겠습니다." 총감은 남자의 영혼을 데리고 캄캄한 어두운 세계로 갔다.

　남자는 50세 박봉식이다. 남자의 집안은 대대로 이곳에서 축사를 운영했었
다. 잘나가던 축사 사업도 부친이 돌아가시고 기울기 시작했다. 박봉식은 어머
니와 아내, 남매와 행복한 삶을 살았다. 3년 전부터 박봉식은 생활은 뒷전이고
오직 도박에 빠져 헤어 나오지 못했다. 아내는 도박 빚을 견디지 못하고 남매
를 남겨 두고 집을 나갔다. 홀로 계신 어머니가 오시어 남매를 보살피고 있었
다. 오늘 박봉식은 어머니에게 품팔이 돈을 내놓으라고 폭행을 한 것이다.
　도박이라는 악한 우상은 영혼을 병들게 하고 정신을 어지럽힌다.
　모든 것을 돈으로밖에 보지 않는다. 가족도 돈의 가치로 팔아 버리는 인간
들이다.
　박봉식 영혼이 총감과 함께 떠나 육신은 빈껍데기로 그저 벽에 기대어 있다.
　은혜는 박봉식의 어머니와 남매를 추스르고 치료해 주었다.

　어두운 블랙홀은 끝이 없었다. 얼마를 갔을까. 어둠을 가로막는 벽이 나타
났다. 총감은 박봉식을 바라보았다. 박봉식은 아무런 표정이 없었다. 어둠의
공포와 자신에게 닥친 환경을 깨닫지 못했다. 더 가까이 갈수록 어둠의 벽에
서 꿈틀거리는 것들이 박봉식 눈에 들어왔다. 인간의 형상을 한 영혼들이 어
둠의 벽을 오르고 있다. 영혼들이 끝이 없는 벽을 오르고 있었다. 어둠의 벽
아래로 검붉은 용암이 흐르고 있었다. 박봉식은 놀라 눈을 돌렸다. 벽을 오르
다 영혼들이 용암에 떨어져 다시 튀어 오르고 벽에 오르다 떨어지고 또 튀어
오르고 그렇게 영혼들은 반복된 불의 형벌을 받고 있었다.
　"이곳은 어디인가요?" 박봉식은 총감을 바라보며 물었다.
　"이곳은 지옥. 불의 강이다. 네놈이 올 곳이다." 총감은 말했다.
　"아, 안 돼. 왜 내가 이곳에 와야 합니까?" 박봉식은 영혼의 몸을 감싸 안으
며 물었다.

"왜? 무서운가? 이것은 아무것도 아니다. 이보다 더 큰 형벌이 준비되어 있다. 보겠느냐?"

총감은 박봉식을 쳐다보며 물었다.

"아, 아닙니다." 박봉식은 총감의 팔을 잡으며 대답했다.

"아니, 죽어서 지옥에 온 놈이 무슨 권한이 있다고 아니라고 하느냐?" 총감은 팔을 뿌리치며 말했다.

"아, 아닙니다. 제가 잘못했습니다. 아, 아니야. 이것이 아니야. 아, 아, 어떡해. 저를 도와주세요." "내가 잘못한 거는 아니냐?" "네, 압니다. 알고말고요. 저곳에만 보내지 말아 주십시오." 박봉식은 간절히 총감의 팔을 붙들고 말했다.

"이곳은 지옥이다. 한번 들어오면 영원히 나가지 못하는 곳이다. 이생에서 네 어머니와 남매들이 너의 영혼을 돌려 달라고 간절히 부르짖는구나. 자, 보아라. 이생을." 총감은 어두운 벽을 손으로 쓸었다. 방 안에서 자신은 벽에 기대어 있고, 어머니는 머리에 붕대를 감고 누워 있다. 어린 남매는 온몸이 피투성이가 되어 벽에 기대어 있었다. 방바닥은 여기저기 피로 물들어 있었다.

"보았느냐? 무슨 일을 했는지. 이대로 지옥으로 들어가는 것이 좋겠다."

총감은 박봉식을 포기하는 쪽으로 생각했다.

"아, 제가 어떻게 하면 되겠습니까?" 박봉식은 불의 강을 바라보며 말했다.

"아, 이 사람아! 당신은 죽었어! 이제 뭘 어떻게 해. 지옥에 와서 후회한다고 영혼의 심판이 바뀌는 것이 아니야. 이생에서 잘 살아야지. 당신은 차라리 불의 강으로 들어가는 게 좋아. 그래야 당신 어머니와 자식들이 행복해져." 총감은 짜증스럽다는 표정으로 말했다.

"아닙니다. 이생에 갈 수만 있다면 어머니와 자식들의 종으로 살겠습니다."

박봉식은 간절함으로 말했다.

"아닌데? 당신은 이생에 간다고 해도 다시 이곳에 올 것 같은데?" 총감은 불의 강을 바라보며 말했다. 박봉식은 이때다 싶어 총감의 손을 붙들고 늘어졌다.

"총감! 내 목소리 들리나요?" 은혜의 목소리가 들렸다.

"네, 들립니다." 총감은 대답했다.

"이제 돌아오세요." "네, 알겠습니다." 총감은 대답했다.

박봉식의 영혼이 돌아왔다. 박봉식은 감고 있던 눈을 뜨며 방 안을 둘러보았다.

"아, 하나님 감사합니다." 박봉식의 입에서 뜻밖의 말이 나왔다.

"나의 악령은 네 속에 있을 것이야. 잘 알겠지? 만약에 또다시 이런 일이 있으면 바로 불의 강에 던질 것이다." 총감은 말을 하고 은혜에게 돌아왔다.

"네, 네. 감사합니다. 감사합니다." 박봉식은 벌떡 일어나 은혜에게 인사하며 말했다.

박봉식은 어머니와 자식들에게 엎드려 절을 했다.

"어머니, 잘못했습니다. 잘못했습니다. 용서해 주세요. 얘들아, 아빠가 잘못했다. 잘못했어.

용서해라. 용서해!" 박봉식은 눈물로 회개하고 용서를 빌었다.

은혜는 조용히 방에서 나왔다.

돌아오는 차 안에서 총감이 나왔다.

"여신님, 만족하십니까?" 총감이 물었다.

"네, 총감. 수고하셨어요. 고마워요." 은혜는 미소 지으며 말했다.

총감은 기쁜 마음으로 은혜의 영혼에 숨었다. 마귀와 성령이 공존의 동반자라니 과연 있을 수가 있는 일인가. 세상은 인간의 악함으로 인해 악령의 존재를 잊어버린 지 오래다. 성령의 권능도 잊어버린 지 오래다. 세상은 요지경이다. 말세는 공중의 권세를 잡은 자의 악행이 아니라 인간의 죄악이다. 하나님은 지옥과 천국을 만드셨는데, 인간들은 지옥도, 천국도 믿지 않았다. 또다시 노아의 시대, 악에 행보가 재현되고 있지 않나 싶기도 하다. 오직 인간의 죄성, 자기만족, 우상의 숭배, 정욕과 탐심, 자만과 편견, 시기와 분쟁, 다툼과 분을 냄, 살인과 거짓 증거들이 판을 치고 있다.

자기 자신이 화인을 맞아 인간의 죄악으로 깊이 빠져 가고 있는데도 그들은 죄악 안에서 자기만족을 충족시키고 있다. 우상은 생각을 미치게 하는 것이다. 술, 도박, 오입, 춤, 싸움을 멀리하라. 패망의 선봉꾼이다.

메모리얼 파크.

이곳은 의천 부부가 안치된 납골당이다. 주차장에 주차를 하고 은혜, 은성이 차에서 내렸다.

가슴에는 꽃다발을 하나씩 안고 납골당으로 들어갔다.

20년 만에 부모의 유골이 안치된 납골당을 찾았다. 납골당 안 벽면 유리 막 뒤로 아빠와 엄마의 유골과 사진이 안치되어 있었다.

은혜는 자주 찾았지만, 은성은 처음이다. 은성이 멍하니 부모의 사진을 응시했다.

"은성아! 인사해. 엄마, 아빠야." 은혜는 은성의 어깨를 다독거리며 말했다.

"엄마! 아빠! 은성이 왔어." 은성이 유리 막 건너에 있는 엄마의 유골을 어루만지며 인사를 했다. 눈에 눈물이 고였다. 무어라 말을 해야 하나. 20년 만에 만난 부모님들에게 할 말이 없었다. 살아서 만났다면 얼마나 좋았을까. 이렇게 예쁘게 성장한 딸의 모습에 얼마나 기뻐하고 좋아하실까. 은성의 눈에서 눈물이 흘러내렸다.

"아빠! 은성이 참 예쁘지? 늦게 와서 미안해요. 이제 자주 올게. 우리 잘 있어요. 걱정하지 마, 엄마!" 은혜는 은성을 끌어안고 말을 했다.

"엄마! 으흑흑." "아빠! 으흑흑." 쌍둥이 자매는 한참을 서로 끌어안고 울었다.

"엄마, 아빠, 잘 있어요. 또 올게." 은성이 유리 막 건너 사진을 어루만지며 말을 했다.

"은성아, 가자." 은혜는 눈물을 닦고 은성이 손을 잡으며 말했다.

"은혜야! 우리 또 오자." "그래, 또 오자."

쌍둥이 자매는 손을 잡고 납골당을 나왔다.

신화증권 본사.

은혜는 지하 주차장에 차를 세우고 10층 전무실로 향했다.

엘리베이터를 기다리는 자매를 쳐다보며 많은 사람이 수군거렸다.

'어쩜 저리도 아름답지?' '두 사람 다 탤런트 아니야?' '와, 대단한 미인들이네.'

겉으론 표현하지 못하고 사람들은 생각만 했다. 보는 이를 행복하게 하는 두 여인, 은혜와 은성이 10층에서 내렸다. 그리고 담당 비서의 안내를 받으며 전무실로 들어갔다.

서의숙은 책상에서 업무를 보고 있다가 두 사람을 반갑게 맞이했다.

"어서 와, 은성아! 김 비서, 차를 부탁해요." 서의숙은 은성의 손을 잡으며 말했다.

세 사람은 의자에 앉았다. 김 비서가 차를 가져와 탁자에 놓았다.

"고모! 회사가 매우 크네요?" 은성은 사무실을 둘러보며 물어보았다.

"응, 크지. 증권계에서 상위를 달리고 있는 회사란다." 서의숙은 찻잔을 들며 대답했다.

"은혜야! 메모리얼 파크는 잘 갔다 왔어? 아빠, 엄마가 좋아했겠다." 서의숙은 의천과 혜원을 생각하며 물었다.

"응, 잘 갔다 왔어. 은성이하고 다음에 또 같이 가기로 했어."

은혜는 은성을 바라보며 말했다.

"고모! 또 갈 거야. 그때 고모도 함께 가자." 은성은 서의숙을 쳐다보며 말했다.

"그래, 우리 함께 같이 가자." 서의숙은 은성이 손을 잡으며 말했다.

"은혜야! 별장으로 내려갈 거니?" "응, 갔다가 말일경에 올게." 은혜는 대답했다.

은혜와 은성이 자리에서 일어났다.

"은성아, 잘 가. 별장에 한번 내려갈게." 서의숙이 자매를 배웅하면서 말했다.

은혜와 은성이 오후 5시경 별장에 도착했다.

매점 식당. 지원이 은성이 빈자리를 대신하고 있었다. 얼마나 야무지게 하는지 소영은 흐뭇한 미소를 지으며 지원을 바라보고 있었다.

"아저씨, 부족한 거 있으면 말씀하세요. 제가 왕창 갖다 드릴게요." 지원이 손님의 식사를 서빙하며 말했다.

"고마워, 아가씨. 잘 먹을게." "여기 깍두기 좀 부탁해요." "네, 갑니다."

지원은 천천히 하는 성격이 아니다. 식당 안을 달리면서 일을 했다.

소영이 몇 번을 천천히 하라고 해도 소용이 없다. 생각하면 할수록 별난 아가씨다.

은성이 식당으로 들어왔다.

"지원아! 수고 많이 했어." 은성이 지원을 바라보며 말했다.

"잘 갔다 왔어? 은혜는 안 왔어?" 지원이 은성을 바라보며 물었다.

"응, 집에 있어. 지원아! 내가 할게. 그만 쉬어. 이모, 잘 갔다 왔어요." 은성이 양성자 권사를 보며 말했다. "그래, 은성아! 쉬지, 왜 나왔어?" 양성자 권사가 말했다.

"은성아! 난 간다. 동주 오빠 심심했겠다. 얼른 가야지." 지원이 식당을 달려 나가며 말했다. 지원이 달려 나가는 모습을 보며 모두가 한바탕 웃었다.

은혜는 샤워를 하고 침대에 기대어 앉았다. 눈을 감고 서의숙 고모를 생각했다.

오늘 만난 고모는 어딘가 근심이 있는 모습이었다. 무슨 일이 있으면 말을 했을 텐데 말을 안 하니 은혜는 매우 궁금할 수밖에 없었다. 마음이 편안하지 않았다. 답답함을 해소할 방법도 없다. 무슨 방법이 없을까 생각하다 마귀 총감이 생각났다. "혹시 총감은 알 수 있지 않을까? 시공간을 초월하니 알 수가 있을 거야." 은혜의 얼굴에 화색이 돌았다.

"총감은 나오시오." 은혜는 총감을 불렀다.

"여신이여, 평안한지요? 왜 부르셨는지 말씀만 하시옵소서." 총감은 정중히 인사하며 나왔다. 총감은 웬일인지 기분이 좋아 보였다. 은혜는 이러한 총감에게 정감이 가고 친근감이 일어나는 것은 왜일까 생각했다. 벌써 정이 들었나 보다.

"총감은 우리 고모를 아시지요?" 은혜는 물어보았다.

"네, 알고 있습니다." 총감은 대답했다.

은혜는 손으로 턱을 괴며 잠시 생각했다. 이네 결심을 한 듯 총감을 바라보았다.

"총감! 혹시 우리 고모에게 무슨 일이 일어나고 있는지 알 수 있을까요?" 은혜는 물었다.

"네, 알 수가 있습니다. 여신님, 곧 알아보고 오겠습니다." 총감은 말을 하고 사라졌다.

은혜는 과연 총감이 알아 올 수가 있을지 궁금했다. 근래 일어난 일들을 생각하면 총감을 신뢰할 수밖에 없다. 능력자라는 것을. '그러니까 이백이 안심하고 일을 맡겼을 거야.' 은혜는 생각했다.

신화증권 대 왕호상사

✳

신화증권 전무실. 서의숙 전무와 회사 간부 3명이 대화를 나누고 있었다.

서의숙 전무의 휴대 전화 진동이 울렸다. 왕호상사에서 연락이 왔다.

"강 상무님, 오늘 미팅은 여기까지 하지요." 서의숙은 자리에서 일어서며 말했다.

"알겠습니다. 저희는 이만 가 보겠습니다, 전무님." 강 상무는 일어나 나가며 말했다.

서의숙은 사무실 창문에서 밖을 바라보며 전화를 받았다.

"여보세요! 왜 전화를 하셨지요?" 서의숙 야무진 목소리로 말했다.

"아하! 서 전무, 오랜만이요. 나 왕 사장이요." 기분 나쁜 목소리가 들려왔다.

"왜 전화하셨느냐고요?" 서의숙 짜증스럽게 말했다.

"하하하! 서 전무, 우리 친해져 봅시다." 왕 사장은 정다운 목소리로 말했다.

"저는 왕 사장과 할 말이 없습니다. 이만 끊을게요." 서의숙이 전화를 끊으려 하자 왕 사장이 소리를 질렀다.

"야! 서의숙! 진짜 죽고 싶어? 그깟 낚시터 하나 넘기라는데 진짜 실력 행사를 해야 허락할 거야? 이번이 마지막 경고야! 알아들었어?" 왕 사장은 협박하며 전화를 끊었다.

서의숙은 전화를 끊고 창밖을 보았다. 왜들 낚시터를 못 잡아먹어 안달인지 생각했다.

지금 그곳이 신도시로 바뀌면서 저수지 개발이 된다는 소문이 진짜인가. 신화증권이 확보한 저수지를 끼고 임야 10만 평이 모두 신화증권의 토지다. 이곳을 레저 타운으로 개발한다는 소문이 돌고 있다. 왕호상사 부동산 투기 조직도 이것을 노리고 신화증권을 협박하고 있다.

정치권에서도 몇 번 의뢰했지만, 과감히 거절했었다.

낚시터 사용 인허가를 취득하면 개발 참여에 승산이 있다 싶어, 이렇게 낚시터를 넘기라고 협박하는 것이다. 낚시터가 수입이 얼마나 되겠는가. 노리는 것은 지역 개발권이었다.

서의숙은 한숨을 쉬었다. 오빠 서의영 회장은 여기에 관심도 없다. 권한은 오직 서의숙 전무에게 이임되어 있었다.

왕호상사는 5층 건물 중 2층 50평을 사무실로 쓰고 있다. 건장한 사내들이 칸막이 안에 앉아 업무를 보고 있었다. 사장실에는 접대용 탁자 주위로 여섯 명의 사내가 의자에 앉아 있었다. 왕호성 사장은 55세로 부동산업계 거물이며 전국 건설업계를 손에 쥐고 흔들 정도로 실력 행사를 하는 악덕 사장으로 유명하다.

수하에 거느리는 조직만 일천 명은 된다. 인력 사무소, 고리대금업, 문제 해결사, 불법 수입, 수출까지 돈이 되는 사업이라면 마약도 인신매매도 서슴없이 하는 악덕 업자 대표다.

왕호성은 서의숙과 통화한 후로 화가 안 풀리는지 계속해서 책상을 내리치고 있었다.

"야! 진 상무! 너는 낚시터 하나 해결하지 못하고 나까지 신경 쓰게 해? 아, 쪽팔려서 이거 살겠나." 왕호성은 일어나 부하들에게 소리치며 말했다.

"죄송합니다. 사장님." 진 상무는 고개를 숙이며 대답했다.

"야, 죄송이고 나발이고 대안을 내놓으라고! 대안을! 이 멍청이들아."

왕호성은 탁자 상석에 앉으며 말했다.

"야! 차 실장! 네가 말해 봐. 어떻게 처리하면 좋겠냐?" 왕호성은 약간 목소리를 낮추고 말했다. 차 실장은 왕호성의 처남이다.

"네, 사장님. 제가 한번 방문해 보고 안 될 것 같으면 우리 힘을 보여 주는 게 좋겠습니다."

차 실장은 왕호성을 바라보며 대답했다.

"시간이 없다고…. 너무 늦지 않을까?" 왕호성은 주의 부하들을 바라보며 물었다.

"내일 내려가겠습니다. 이번 주 안으로 해결하겠습니다."

차 실장은 자신 있는 표정으로 대답했다.

"알았어, 그건 차 실장이 알아서 해결하고. 지금 건설업계는 계속 침체하여 가는데 해결책은 없는 거야?" 왕호성은 심각한 표정으로 물었다.

건설업 불황으로 왕호상사도 심각한 경영난에 처해 있었다.

은혜는 침대에 기대어 총감을 기다리고 있었다.

"여신님! 다녀왔습니다." 총감은 인사하며 나왔다.

"아, 총감! 어떤 문제인가요?" 은혜는 다급한 목소리로 물었다.

"네, 여신님. 고모님께서 고민하는 문제는 낚시터 문제입니다. 강력한 힘을 가진 조직이 낚시터를 매매하라고 협박하고 있습니다. 싼값에 내놓으라고 협박 중입니다. 아마 곧 저들이 실력 행사를 할 것 같습니다."

"총감, 이 일을 어떻게 해야 할까요?" 은혜는 급하게 물었다.

"여신님, 너무 급하게 생각할 일이 아닙니다. 저들의 행동에 대처만 해도 이길 수 있습니다. 곧 저들은 무너질 것입니다. 여신님의 손에 망할 것입니다."

총감은 자신 있다는 표정으로 말했다.

"그렇게 될까요? 그렇게 된다면 다행이고요." 은혜는 한숨을 쉬며 말을 했다.

"총감, 우리가 먼저 선수를 치면 어떨까요?" 은혜는 물었다.

"우리가 저들을 다 상대하기는 힘듭니다. 저들이 공격해 오면 모두 죽여 버리면 됩니다. 여신님, 저에게 맡겨 주십시오. 힘이 부족하면 이백님에게 부탁하겠습니다. 여신님이 가지고 계신 힘으로도 충분할 것입니다. 그럴 힘을 이백님이 여신님에게 주셨습니다. 곧 여신님의 잠재되어 있는 힘을 사용하시게 될 것입니다." 총감은 고개 숙여 대답했다.

"네, 고마워요. 총감, 이제 들어가세요." 은혜는 총감에게 인사하며 말했다.

"여신님, 편안히 계십시오." 총감은 은혜에게 인사하고 영혼 속에 숨었다.

은혜는 마귀 총감에게 진심으로 고마워했다. 이제 마귀 총감은 은혜에게 좋은 동반자요, 큰 힘이 되고 악을 물리치는 파트너이다. 그러나 은혜는 모르고 있다. 이러한 일을 통해 마귀 총감은 자신이 원하는 인간의 생명을 가져갔다는 사실을. 악한 인간이지만 벌써 많은 생명을 가져갔다. 이것이 사단 이백이 계획한 인간 사냥이다. 증거도 없고 죽어 마땅한 인간들이기에 크게 이슈가 되지 않았다.

오늘도 날씨가 화창하다. 연일 30도가 넘는 기온에 모두 심신이 지쳐 있었다.

8월 중순을 넘기고 있었다. 시간이 가면 계절은 바뀔 것이고 선선한 바람도 불 것이다.

해는 중천에 떠 있었다. 오늘은 평일이라 낚시꾼도 몇 명 되지 않았다. 식당도 한산하다. 김소영이 매점을 지키고 있었다. 별장 식구들도 한가히 시간을 보내고 있었다.

은성이 서재에서 엄마의 소설 〈잃어버린 보라색〉을 읽고 있었다. 양성자 권사도 거실에서 성경을 보고 있었다. 은혜는 지원이와 오솔길을 걷고 있었다. 동주만이 모니터에 집중하고 있었다. 주차장에 검은 세단 2대가 주차를 했다. 검은 정장을 입은 건장한 사내들이 낚시터 입구로 올라오고 있다. 검은 선글라스를 낀 사내가 부하들을 인솔했다.

부하들이 매점을 지나 낚시터로 들어가 낚시를 하는 사람들에게 행패를 부리기 시작했다. 겁먹은 사람들이 그들을 피해 나왔다. 동주가 밖으로 나왔다.

"뭐 하는 자식들이야!" 동주는 소리를 지르며 말했다.

"너는 뭐냐? 아, 경비! 너는 빠져." 부하들을 인솔했던 사내가 동주의 앞을 막았다.

동주는 앞을 막는 사내의 팔을 감아 잡았다.

"그만 저 자식들 나오라고 해!" 동주는 팔에 힘을 주며 말했다.

"이 자식, 이거 안 놔? 진짜 죽고 싶어?" 사내는 동주의 팔에서 빠져나오려고 발버둥을 치지만 동주의 손에서 빠져나오지 못했다. 부하들이 매점 쪽으로 올라왔다.

오솔길을 걷던 은혜는 총감의 소리를 들었다. 급히 지원이와 오솔길에서 내려왔다.

매점 앞은 살벌한 분위기다. 소영은 무서워 벌벌 떨고 있었다. 사내들은 동주 주위를 에워싸고 있었다. 동주는 더욱 사내의 팔을 조였다. 사내들은 감히 달려들지 못했다. 이때 은혜와 지원이 도착했다. 성격 급한 지원이 동주 옆에 붙으며 사내들을 주시했다.

"네놈들은 뭐 하는 놈들이냐? 죽고 싶어 환장들을 했구먼." 지원이 태권 자세를 취하며 말했다. 사내들은 더욱 좁혀 왔다. 은혜는 천천히 걸어왔다.

"차 실장! 이곳을 만만히 보지 마라. 오늘은 그냥 보내 준다. 다시는 이곳에 접근하지 마라. 왕호성에게 죽고 싶으면 직접 오라고 전해! 동주 씨, 놔주세요." 은혜는 싸늘한 목소리로 말했다. 동주는 망설였다. 은혜가 말하니 하는 수 없이 차 실장을 놓아주었다.

동주에게 팔이 풀린 차 실장은 팔을 주무르며 은혜 쪽으로 걸어왔다.

"흐흐흐, 네년이 이곳 책임자 같은데 무서움이 무엇인지 좀 알아야 할 것 같은데."

차 실장은 은혜에게 건들거리며 협박했다.

"너의 고운 얼굴이 추녀가 될 수가 있어. 서 전무에게 전해. 내일까지 결정을 내리지 않으면 이 낚시터는 쑥대밭이 될 것이라고! 알았어?" 차 실장은 은혜 얼굴 쪽으로 침을 뱉으며 협박했다.

"차 실장, 오늘 너는 길에서 객사할 것이다. 왕 사장에게 직접 오라고 해. 아니면 내가 간다고 전해라. 지옥은 언제든 환영한다고, 알았어?" 은혜는 큰 소리로 말했다.

"완전 미친년이네. 하하하. 미련한 것들. 야! 가자." 차 실장은 부하들에게 말했다. 주위 사람들도 놀라고 있었다. 천사같이 아름다운 여인의 입에서 저런 험한 말이 나오다니. 모두가 놀라지만 양성자 권사만은 이 말의 뜻이 무엇인지 알고 있다.

또한 연약한 여인의 말에 저 건달들이 물러가는 것에 놀라는 이도 있었다.

"동주 오빠! 어디 다친 데는 없어?" 지원은 동주의 온몸을 더듬으며 물었다.

"지원아, 괜찮아." 동주는 지원을 안아 주며 대답했다.

은혜는 동주에게 다가오며 어깨에 손을 올리고 다독거렸다.

"동주 씨, 수고했어요. 괜찮아요. 걱정 안 하셔도 됩니다." 은혜는 위로의 말을 했다.

모든 것이 정상으로 돌아왔다. 낚시꾼들도 자리로 돌아갔다.

"총감, 차 실장을 처리하세요." 은혜는 총감에게 지시했다.

차 실장의 차는 고속 도로를 달리고 있었다. 차 실장은 동주에게 당하고 은혜에게 당한 것이 아직도 분이 풀리지 않았다. 왕 사장에게 전화해서 있었던 일을 보고했다.

차에는 차 실장까지 4명이 타고 있었다. 마귀 총감은 차 실장 영혼에 들어왔다.

"으흐흐흐. 차 실장, 이제 할 말을 다 했냐?" 총감은 으스스한 목소리로 물었다.

"누구냐?" 차 실장은 온몸을 바들바들 떨며 물었다.

"저승사자다. 네놈이 우리 여신님을 욕보이다니. 악한 영혼아, 너는 오늘 지옥으로 들어가리라." 총감은 싸늘한 표정으로 말했다. 그리고 운전을 하는 부하에 영혼에 들어갔다.

차는 흔들리기 시작했다. 운전자는 자기 뜻대로 운전이 되지 않는다고 소리를 지르지만 이미 늦었다. 차의 속도는 200km로 중앙 분리대를 받으며 공중으로 날았다. 차는 고속 도로 바닥에서 굴렀다. 뒤에 오던 대형 트럭이 구르던 차와 충돌했다. 차 실장의 차는 전복되고 차 안의 시신은 참혹하게 찢겨 형체도 알아보기 힘들었다.

은혜는 잔디 마당을 걸으며 이 모습을 휴대 전화를 통해 뉴스로 보았다. 이제 이러한 일들은 마음의 부담이 없었다.

"총감! 수고했어요." 은혜는 총감에게 말했다.

"여신님, 감사합니다. 언제든지 말씀만 하십시오. 늘 기다리고 있겠습니다." 총감은 보이지 않고 목소리만 들렸다. 매점 쪽에서 양성자 권사가 은혜에게 다가왔다.

"은혜 아가씨! 괜찮으세요?" 양성자 권사가 은혜를 바라보며 물었다.

"이모, 뭐가요?" 은혜는 미소 지으며 물었다.

"은혜 아가씨에게 이상한 기운이 있어서 걱정됩니다." 양성자 권사는 은혜를 살피며 말했다. "전 괜찮아요. 아무렇지 않은데." 은혜는 돌아보며 대답했다.

양성자 권사는 은혜의 표정을 살펴보았지만 아무런 증상도 발견할 수 없었다.

"은혜 아가씨, 조심하세요. 악한 영이 들어오면 저한테 말씀해 주세요."

양성자 권사는 걱정 어린 표정으로 말을 했다.

"고마워요, 저를 위해 신경 써 주시니." 은혜는 양성자 권사를 안으며 집으로 들어갔다.

은성이 서재에서 이 층으로 올라오는 은혜를 보고 다가왔다.

"은혜야, 이리 와 봐. 여기 앉아." "왜 그래, 무섭게." 은혜는 의자에 앉으며 말했다.

"야, 무슨 계집애가 겁도 없냐. 어디 다치기라도 하면 어떡하려고 나서! 다시 또 그럴래?" 은성이 은혜를 훈계하듯이 말했다. 이때 지원이가 이 층으로 올라왔다.

"맞아, 은혜는 혼나야 해. 겁도 없이 나서!"

지원이도 의자에 앉아 은성이에게 훈수를 두며 말했다.

"너희 왜 그래, 아무 일도 없었잖아." 은혜는 손사랫짓하며 말했다.

"야! 너는 조그만 게! 겁도 없이 달려들어?" 은혜는 지원이 머리를 쥐어박으며 말했다.

"나야 믿는 구석이 있지. 동주 오빠를 믿으니까. 너는 뭐냐? 믿을 사람도 없으면서."

"야, 이것들이 둘 다 무릎 꿇고 손 들어 봐야 정신 차릴래! 이것들이 정말." 은성은 일어나 허리에 손을 걸치며 화난 표정으로 말했다.

"야, 우리가 잘못한 거냐?" 두 사람은 동시에 대답했다.

"아, 내가 미쳐 정말." 은성이 팔짱을 하고 의자에 앉으며 말했다.

"야, 봐주라. 다신 안 그럴게." 두 사람이 함께 말했다.

"알았어, 반성하는 거다?" "알았어, 이 얄미운 계집애야. 하하하."

세 여인은 서로 손을 잡으며 행복한 이야기꽃을 피워 갔다.

왕호상사. 완전 초상집이다. 처남 차 실장과 부하 3명을 잃었으니 왕호성은 제정신이 아니다. 악한 인간은 잘못된 일을 깨닫지 못한다. 왕호성은 신화낚시터에 전쟁을 선포하고 진행에 들어갔다. 이들은 두려움을 모른다. 그저 명령하면 따르는 동물들과 같다. 두렵거나 무서우면 시작도 하지 않겠지만 그것을 무시하는 인간도 많은 것이다.

피를 보면 더욱 악해지는 독종 중의 독종이 왕호성이다.

왕호성은 계획을 세워 나갔다. 하지만 모르는 게 있다. 왕호성의 생각을 읽고 있는 사람이 있다는 것을. 아무리 왕호상사의 힘이 막강해도 모든 계획을 알고 있는 사람에게는 백전백패가 될 수밖에 없다. 그 상대가 마귀를 다스리는 총감이라면 그들은 시작도 하지 않았을 것이다. 모르는 게 화요, 그들의 후회는 빨라도 죽음이다.

오늘은 날씨가 우중충하다. 금방이라도 소나기가 퍼부을 듯이 잔뜩 흐려 있었다.

평일인데도 낚시꾼들은 포인트 좌대를 찾으려 바쁘게 움직이고 있었다. 매점 식당도 분주하다. 날씨가 이런 날이면 식당도 손님들이 계속 이어지기 때문에 자리를 비울 수가 없었다.

동주도 긴장하고 있었다. 조그만 안전사고도 있어서는 안 된다. 때문에 모니터에 더욱 집중하고 있었다. 오늘은 지원이가 보이질 않았다.

은혜와 지원이 침대에 나란히 기대어 앉아 있었다.

"지원아, 이제 집에 올라가라." 은혜는 지원이 손을 만지며 말했다.

"무슨 소리야? 너하고 같이 갈 거야." 지원이 은혜의 손을 잡으며 말했다.

"난 언제 갈지 몰라. 이곳에서 할 일이 많아." 은혜는 천장을 쳐다보며 한숨을 쉬며 말했다.

"나도 안 가. 이곳에서 살 거야. 누가 알아? 동주 오빠하고 결혼할지." 지원이 팔짱을 끼며 천장을 쳐다보며 말했다. 은혜는 아무 말이 없었다. 지금 지원이 걱정을 할 때가 아니다. 곧 닥칠 낚시터의 위기를 생각하면 낚시터 식구 모두를 피신시켜야 한다. 왕호성 일당은 엄청난 준비를 하고 있다. 만약 저들과 싸움이 시작되면 매점 식구들의 큰 피해가 예상된다. 어떻게 하든지 낚시터를 비워야 하는데 이들이 듣지 않을 것이다. 책임감이 강한 사람들이다. 은혜는 생각하고 있었다.

"야, 은혜야! 너 무슨 생각을 하고 있어? 아무 말도 안 하고…. 삐졌냐? 요즘 너 이상해. 나한테 숨기는 것 있지? 말해 봐. 틀림없이 있어. 무언가 수상한 점이 많이 보였거든. 남자가 생긴 것도 아니고 혹시 갱년기? 아니야, 아니야. 무언가 있는데…." 지원이 은혜의 얼굴을 빤히 쳐다보며 말했다. 그래도 은혜는 말이 없었다. 지원이 은혜의 얼굴을 양손으로 잡고 마주 보았다.

"야, 왜 그래. 놀랐잖아." 은혜는 지원의 손을 잡으며 말했다.

"음, 이제 정신이 돌아왔네. 정신 차려, 이것아. 내 걱정은 하지 말고 너 먼저 집에 가. 나는 이곳에서 할 일이 있어. 동주 오빠도 지켜야 하고." 지원이 은혜의 두 눈을 마주 보며 말했다.

지원이는 참 귀여운 친구다. 자기 생각이 맞는다 싶으면 올인을 하는 낙천적인 사고방식을 소유하고 있다. 은혜는 지원이 생각을 막을 수 없다고 생각했다.

은성은 지수와 함께 교회에서 열리는 청년 수련회 기도회에 참석하고 있었다.

기도회는 찬양으로 시작이 되었다. 찬양단의 인도로 젊은 청년들의 우렁찬 목소리가 교회 안을 울렸다. 찬양은 계속되었다. 끝날 때쯤 기도하고 기도가 끝날 때쯤 찬양하고 반복되는 기도회는 2시간이 지나가는 줄 모르게 지나갔다. 기도회가 끝났는데도 청년들은 자리에서 떠나지 않고 기도의 열기를 더욱 뜨겁게 하고 있었다.

담당 목사도 막을 수가 없었다. 청년들이 토해 내는 기도의 열정은 성령의 불이었다.

이 시대, 복음이 침체하여 있는 시점에서 기적교회 청년 모두가 일어나 부르짖는 기도의 함성이 과히 폭발적이었다. 일천 명을 수용하는 교회에서 이백 명 청년의 기도 소리는 천둥과 같았다. 성령의 불이 내린 듯했다. 기도는 계속되었다. 2시간으로 예정되었던 것이 4시간을 넘고 있었다.

저 아름다운 기도의 청년들을 보며 하나님이 얼마나 기뻐하실까. 하나님의 기쁨이 천군, 천사를 대동한 것 같았다. 다시 찬양단의 찬양이 울렸다. 청년들의 기쁨의 눈물이 마를 시간이 없이 감동, 감동의 순간들이었다. 이제 청년들은 남녀 할 것 없이 서로를 위로했다.

"그 사랑 얼마나 아름다운지, 그 사랑 얼마나 날 부요케 하는지, 그 사랑 얼마나 크고 놀라운지를, 그 사랑 얼마나 나를 감격하게 하는지…."

은혜의 찬양으로 기도회는 끝이 났다. 은성이, 지수도 얼마나 눈물을 흘렸는지 눈이 충혈되어 있었다.

"지수야! 나 하나님의 음성을 들었어. '사랑한다, 내 딸아! 내가 너를 도와주리라.' 말씀하셨어." 은성은 지수의 손을 잡으며 말했다.

"그 목소리가 얼마나 다정한지 지금도 들리는 것 같아. 나 은혜를 받은 것 맞지?" 은성이 손에 힘을 모으며 말했다.

"그래, 은성아. 축하해. 은혜를 받은 거야." 지수는 미소 지으며 대답했다.

은성이 지수를 집에 내려 주고 별장으로 돌아왔다.

저녁 무렵 매점 식당. 서의숙 전무가 찾아왔다. 서의숙은 은혜의 연락을 받고 급히 이곳을 찾았다.

관리인 부부와 동주, 양성자 권사, 은혜와 은성, 서의숙과 지원이까지 8명이 식탁에 둘러앉았다.

이 모임은 전적으로 은혜가 요청했다. 모두 무슨 일인가 싶어 은혜만 주시하고 있었다.

"저, 이곳에 왔던 왕호성 조직이 낚시터를 차지하기 위해 만반의 준비를 하고 있다고 합니다. 곧 이곳을 쳐들어올 것입니다. 이를 막기 위해 의논을 하고자 모이자고 했습니다." 은혜는 모인 사람들을 둘러보며 말했다.

"은혜야, 너는 그 사람들을 어떻게 알았냐?" 서의숙이 은혜를 바라보며 물었다.

"응, 내가 좀 알아봤어." 은혜는 간단하게 대답했다. 서의숙도 일일이 묻지 않았다.

"그럼, 어떻게 하지? 계획이 있어?" 서의숙은 굳은 표정으로 물었다.

"고모, 낚시터 영업을 잠시 휴업해야 할 것 같아요. 당장 내일부터 낚시꾼들이 오지 못하도록 해야 합니다. 왕호성의 계획은 내일부터 시작이 될 겁니다. 내일 저들 쪽에서 약 20명이 올 것 같아요. 예상 시간은 오후 6시경입니다. 고모, 내일은 회사 안전 요원들과 경호원들을 보내 주세요. 되도록 인원이 많아야 우선 승기를 잡을 수가 있어요."

은혜는 자세하게 설명하였다. 모두가 심각한 표정으로 은혜를 주시하고 있다.

"저, 은혜 씨. 저의 동기들을 모으겠습니다." 동주가 말했다.

"네, 고마워요. 그리고 이곳에 천막을 몇 개 준비해야 할 것 같아요. 아무래도 우리를 도울 분들이 계실 곳이 필요합니다. 저들은 몇 번의 공격을 준비하고 있습니다. 밤낮 가리지 않고 공격해 오면 그들을 막을 준비가 되어 있어야 합니다. 식당도 늘 식사 준비를 해 주시고 이곳을 지키는 분들이 불편하지 않도록 해 주세요. 간이 화장실도 여러 개 준비해 주세요. 저들의 힘이 막강합니다. 서로 도움이 없으면 승리할 수가 없습니다. 그리고 전투 장비도 준비해 주세요. 동주 씨가 필요한 것을 고모에게 알려 주세요." 은혜는 세밀하게 준비를 부탁했다.

서의숙은 바로 회사 경호실에 전화했다. 동주도 전역한 동기들에게 전화했다.

"은혜야! 경찰에 신고하면 되잖아?" 지원이 은혜를 바라보며 물었다.

"지원아, 신고해도 경찰은 움직이지 않아. 일어나지 않은 일은 경찰도 도울 수가 없는 것이야." 은혜는 모두에게 말했다.

"꼭 소설 같은 이야기네요, 은혜 아가씨." 소영은 한숨을 쉬며 말했다.

"자, 미리 준비해서 나쁜 것 없습니다. 한번 은혜 아가씨 말을 믿고 우리가 낚시터를 지킵시다. 오늘은 편히 쉬시고 내일 일을 위해 열심히 준비합시다." 관리인 김호영은 힘차게 말했다. 서의숙은 회사로 돌아갔다. 은성은 아직 남아 있는 낚시꾼들에게 내일부터 사정이 있어 잠시 휴업한다고 방송했다.

양성자 권사는 자기 방에 들어와 기도하기 시작했다. 이번에 일어나는 일은 인간이 만든 것인가, 마귀의 간섭인가. 양성자 권사는 도통 알 수가 없었다. 은혜의 말을 들어 보면 악한 인간들의 소행 같고, 하는 행동을 보면 마귀의 간섭이 있는 것 같다. 은혜는 어떻게 모든 상황을 꿰뚫어 보고 있는 것일까? 믿을 수가 없는 일이다. '초능력이 생겼나? 하여간 내일이 지나 보면 알겠지.' 양성자 권사는 생각했다. 아무쪼록 별장 식구들에게 아무 일이 없도록 기도했다.

이 층 서재 탁자에 세 여인이 마주 앉았다.

"은혜, 너 그래서 나보고 집에 가라고 했구나. 나쁜 계집애. 나를 어떻게 보고…. 나 의리 빼면 시체인 거 몰랐어? 다시 그런 소리 해 봐. 바로 절교다. 알았어?" 지원이 씩씩거리며 은혜를 향해 말했다. "아~ 알았어, 미안해. 다시는 그런 소리 안 할게. 용서해 주라, 지원아." 은혜는 두 손을 비비며 말했다.

"은혜야, 너는 어떻게 알았니? 내일 그놈들이 온다는 것을?" 은성은 조용히 물었다.

"은성아, 지금은 말할 수가 없어. 나중에 다 말해 줄게." 은혜가 은성의 손을 잡으며 말했다.

"알았어, 아무튼 나쁜 일만 아니면 된 거지. 잘 자. 내일 보자." 은성이 자리에서 일어서며 말했다. 은성이 방으로 들어가고 은혜도 지원이와 방으로 들어갔다.

별장 식구들은 각자의 의문을 안고 잠자리에 들었다.

결전의 날. 날씨도 화창하고 상쾌한 바람도 불어왔다.

일찍 지수가 별장에 도착했다. 지난밤 은성이에게 낚시터가 위기에 있다는 문자를 받았다.

별장 식구들도 일찍 일어나 식당에 모여 해야 할 일들을 의논하고 있었다.

서의숙 전무에게서도 연락이 왔다. 회사 경호 팀이 11시경 도착한다고. 동주의 특전사 전우들도 오전 중에 도착한다고 연락이 왔다. 은성과 지수는 낚시터로 들어오는 입구에 사정이 있어 휴업한다는 문구를 붙여 놓았다. 동주는 임시 바리케이드를 낚시터로 올라오는 입구에 설치하였다. 이제 만반의 준비가 끝났다.

모두 식당에 모여 차를 마시며 경호 팀과 동주의 전역한 전우를 기다리고 있었다.

왕호상사 건물 앞에 대형 버스가 대기하고 있다. 사무실에는 건장한 사내들이 쇠 파이프, 야구 방망이, 여러 도구를 하나씩 들고 대기하고 있었다. 행동대장 격인 사내들은 사장실에서 왕호성의 지시를 받고 있었다. 왕호성의 지시에 우렁찬 목소리로 대답하고 있다.

"실수 없이 한 번에 끝내! 알았어?" 왕호성은 화를 이기지 못한 표정으로 말했다.

"네, 알겠습니다!" 행동대장들은 대답했다.

행동대장들이 사무실로 나왔다.

"자, 준비되었으면 출발하자." "네." 행동대장의 말에 부하들이 일어나며 대답했다.

오늘 일진은 25명. 이들은 늘 해 오던 일이라 그저 놀러 간다는 기분으로 버스에 올랐다.

"오늘 한 번에 끝낸다! 우리 왕호의 힘을 보여 주자구! 알았나!" "네! 알겠습니다."

왕호상사 조직이 탄 버스가 출발했다.

낚시터 매점 앞. 신화증권 경호 팀이 도착했다. 20명의 경호원은 20대에서 50대까지 다양한 연령층을 형성하고 있었다. 경호과장 마종수는 45세로 강인한 외모에 키가 크고 건장했다.

"자, 우리가 해야 할 일은 신화 낚시터를 지키는 것입니다. 이곳을 공격해 오는 조직은 무자비할 것입니다. 서로 한마음으로 지켜 나갑시다. 2조로 나누었습니다. 1조는 지수영 반장님이 인솔하시고, 2조는 윤지선 반장님이 인솔해 주십시오. 1조는 저수지 둑을 사수해 주시고, 2조는 낚시터 입구 바리케이드 중심으로 사수해 주십시오. 무전기는 잘 챙기시고 위급한 사항이 있으면 경비 사무실로 연락을 주십시오. 이상! 맡은 위치로 이동해 주십시오." 마종수 과장은 경호 팀에게 지시를 내렸다.

경비 사무실이 임시 상황실로 쓰기로 했다. 신화증권 종합 통제실 직원들이 상황실을 담당하며 낚시터 주위 CCTV를 점검하고 있었다.

특전사 전우들도 각자 차량으로 주차장에 도착했다. 동주는 일일이 그들을 반겼다. 벌써 도착한 전우가 10명이다.

"동주야! 오랜만이다." "어서 오십시오, 선배님." "야! 김 병장! 오랜만이야." "어서 와! 진 병장, 잘 지냈지?" "암, 잘 지냈지." "어서 오십시오, 상사님. 감사합니다." "그래. 김동주 병장. 잘 있었어?" "네, 상사님도 여전하시네요." "아, 그런가. 고맙네." 김호걸 상사는 특전사 퇴직을 하신 분으로 60세가 넘으셨는데도 건장하시다.

"어서 오세요. 반갑습니다. 고맙습니다. 이쪽으로 오세요." 지원이 동주 옆에서 특전사 전우들을 안내하고 있었다. 전우들은 준비한 막사에 들어갔다.

특전사 전우들은 예비 군복으로 갈아입고 식당에 모였다. 모인 인원은 15명이었다. 마종수 과장과 경호 반장 2명도 식당 모임에 참여했다.

김호걸 상사는 동주에게 낚시터의 위급한 상황을 들었다. 김호걸 상사는 자진해서 작전 총감독을 맡기로 했다.

"음, 안녕하십니까. 저는 김호걸 상사입니다. 이번 작전 총감독을 맡기로 했습니다. 여러분들의 협조를 부탁드립니다." 김호걸 상사는 모인 사람들에게 인사했다.

"우리 특전사 대원들은 입구 바리케이드를 지키시고, 경호 팀은 별장 입구와 매점을 비롯한 저수지 둑을 지키기로 하겠습니다. 저들이 어느 때 공격해 올지 모릅니다. 주야로 나눠서 불침번을 서기로 하겠습니다. 불침번은 인원 명단을 확인 후 알려 드리겠습니다. 이상! 위치로 이동해 주십시오." 김호걸 상사는 이동 명령을 내렸다.

동주는 곳곳에 전투 방패와 팔 길이만 한 각목을 준비했다. 적들이 어떤 무기를 가지고 나타날지 몰라 미리 준비해 두었다.

식당 식구들도 분주히 움직였다. 양성자 권사, 관리인 부부, 은성이 모두 한마음이 되어 오신 분들이 조금도 불편하지 않도록 안내를 하고 음식을 대접했다.

지원은 대원들이 필요한 것들을 체크해 뛰어다니며 공급했다.

낚시터는 하나의 성벽으로 진을 치고 있었다. 저들의 공격을 6시로 예상했는데 조금 늦어지고 있었다. 시간이 가면 갈수록 지키는 사람들은 긴장의 끈을 놓을 수가 없었다.

은혜는 별장을 나왔다. 통이 넓은 흰색 바지에 붉은색 반소매 긴 재킷을 입고 머리는 묶지 않았다. 천상에서 내려온 여신 같았으며. 걸음 보폭은 크지 않게 천천히 별장 입구로 걸어왔다. 이 모습을 본 경호 팀과 특전사 대원들의 눈이 빛났다. 은혜는 별장 입구에서 주차장 쪽을 바라보았다. 왕호상사 조직이 탄 버스가 주차장으로 들어오고 있었다. 버스 문이 열리자, 왕호 부하들은 신나서 고함을 지르며 내렸다. 행동대장은 앞장서 내렸으나 그만 그 자리에서 멈추었다. 지금 앞에 바리케이드를 치고 진을 형성한 낚시터의 상황은 자신들의 힘으로 해 볼 만한 상황이 아니라는 판단을 했다.

"아니, 웬 군바리들이 모였지?" 행동대장들은 발걸음을 옮기며 말했다.

"야, 저 애들은 특전사들인데. 우리가 해 볼 상대가 아니야." 행동대장이 전방에 사수하고 있는 특전사 대원을 가리키며 말했다.

"야, 여기다 진을 치도록 해." 행동대장이 명령을 내렸다.

진이라고 해 봐야 바닥에 일렬로 앉는 것이다. 이들은 주차장을 점령하여진을 치기 시작했다. 행동대장은 왕호성에게 전화했다.

"사장님, 큰일이 났습니다. 아무래도 지원 인원이 더 필요합니다." 행동대장은 말을 했다.

"아니, 무슨 상황인데?" "이곳에 특전사를 전역한 대원들이 지키고 있습니다. 인원도 50여 명 될 것 같습니다." "이것들이 죽고 싶어 환장들을 했구먼. 야, 100명 더 보낼 테니까 개미 새끼 한 마리 못 나오게 해. 아무래도 장기전이 될 것 같으니까 부하들 잘 다독거리고 그놈들 계속 협박하라고." 왕호성은 차분히 지시를 내렸다. 왕호성은 이런 일로 잔뼈가 굵은 인간이다. 왕호성은 이번 일을 성사해야 한다. 일생일대의 사업이기 때문이다. 이 사업은 1조 원대 사업으로 엄청난 수익을 창출할 기회다.

이제 신화증권과 왕호상사의 대치가 시작되었다. 행동대장 두 명이 바리케이드 앞으로 다가왔다. 손에 든 야구 방망이로 바리케이드를 탁탁 치며 킬킬거리고 비웃었다.

"야, 너희 대표가 누구냐? 어서 나오라고 해. 우리가 누구인 줄 알고! 너희가 상대할 그런 조직이 아니야. 쉽게 항복하는 게 이로울 거야. 괜히 몸 상할 필요 있어? 너희는 며칠 견디지 못해. 싸우지 말고 우리 타협하자. 흐흐흐." 목 언저리에 칼자국이 있는 행동대장이 킬킬거리며 협박의 말을 했다. 이때 은혜가 천천히 바리케이드 쪽으로 걸어왔다.

특전사 전우들이 양옆으로 서며 길을 내었다.

두 행동대장은 은혜의 미모에 잠깐 정신이 흔들렸지만, 이들은 인간이라고 할 수 없는 악한 존재들이다. 미모에 흔들릴 그런 존재들이 아니다. 그저 세상 모든 여자는 자신의 정욕 배출용으로 생각하는 악한 존재들이다.

"너는 뭐냐? 미인계를 쓰려고 나왔느냐?" 칼자국이 난 자가 물었다.

"왕호성한테 오라고 했더니 웬 강아지 새끼들만 보냈느냐?" 은혜는 미소 지으며 말했다. "뭐? 이년이 나보고 강아지라고? 죽고 싶어?" 행동대장들은 씩씩대며 말했다. 행동대장들은 화를 못 참고 야구 방망이로 바리케이드를 두들겼다.

"너희 강아지 같은 놈들은 수백 명이 와도 여기 바리케이드 하나 넘지 못한다."

은혜는 행동대장의 신경을 거스르는 말을 했다.

"와! 저 찢어 죽일 년이 있나! 내가 네년 얼굴을 갈아 버리지 못하면 내 눈을 뽑아 버리겠다." 칼자국이 난 행동대장이 가슴을 치며 말했다.

"그 말에 책임을 질 수 있나요? 사내라면 책임을 져야지." 은혜는 돌아서며 말했다.

놀라운 광경이 벌어졌다. 칼자국이 난 행동대장은 자기 손으로 자기 눈을 파내기 시작했다. "악! 으악!" 눈알을 파내 땅에 내던지며 비명과 함께 바닥에 쓰러졌다.

은혜는 그 광경을 보지 않고 별장 입구로 올라갔다. 왕호상사 조직은 공포에 젖어 들었다. 진을 치고 있는 대열에서 꼼짝도 하지 않고 모두 조용했다. 같이 온 행동대장이 눈알이 빠진 사내를 부축하고 버스로 갔다. 곧 버스는 주차장을 빠져나갔다. 아마 병원으로 갔을 것이다. 조직은 그 자리에서 움직이지 않았다.

특전사 전우들도 놀라기는 마찬가지였다. 은혜의 뒷모습을 보면서 아름다운 여인에게 무서운 능력이 있다고 생각했다.

또 한편으로 저런 능력자가 있다는 것에 힘을 얻고 있었다.

특전사도 앉아서 휴식을 취했다. 지원, 지수는 음료수와 간식을 휴식하는 사람들에게 부지런히 공급했다.

은혜는 있던 자리로 돌아와 생각을 해 보았다. '사단 이백이 나에게 준 능력이 이런 것이구나.' 하고 생각했다. 은혜는 마귀 총감을 부르려고 했다. 그러나 자신도 모르는 사이 능력이 자신에게서 나가는 것을 알았다. 사단의 능력이 좋은 것인가, 나쁜 것인가. 지금은 판단하기 어렵지만 악한 자의 힘을 막는 것으로 생각했다.

양성자 권사가 은혜 곁으로 다가왔다. "은혜 아가씨, 괜찮으세요?" 양성자 권사가 은혜를 바라보며 물었다.

"괜찮아요, 이모. 참, 그리고 지금 있는 식량으로 얼마나 견딜 수 있을까요?" 은혜가 물었다. 아마도 장기전이 될 것이다. 식량이 떨어지면 힘들어진다. 이곳은 나가는 곳이 입구 쪽밖에 없다. 식량을 구하려면 산을 돌아가야 하는데 저들이 막으면 나갈 수가 없다.

"은혜 아가씨, 10일 정도는 버틸 수 있을 것 같아요." 양성자 권사는 대답했다.

"네, 알았어요. 이모, 너무 걱정하지 마세요." 은혜는 양성자 권사 손을 잡으며 말했다.

매점 식당.

은혜와 김호걸 상사, 마종수 과장, 동주는 마주 앉았다.

"이번 싸움은 장기전이 될 것 같습니다." 은혜는 말했다.

"맞습니다. 저들은 지금 지원군을 기다리고 있습니다. 얼마나 올지 모르지만 지원군이 오면 밤 아니면 새벽녘에 공격할 것 같습니다." 김호걸 상사는 말했다.

"우리의 인원으로 저들을 막아 내긴 힘들 것입니다. 아무래도 경찰에 신고해서 저들을 처단하는 게 낫지 않을까요?" 마종수 과장은 은혜를 보면서 물었다.

"저들이 인해전술로 밀려오면 당해 낼 재간이 없을 것 같습니다." 동주가 말했다.

이것을 듣고 있던 은혜는 살며시 미소 지으며 김호걸 상사를 바라보았다.

"이곳을 지키는 여러분의 노고에 감사를 드립니다. 걱정하지 마십시오. 여러분은 싸우지 않아도 됩니다. 저들은 바리케이드를 한 발짝도 넘지 못합니다. 여러분들은 지금 사수하시는 자리를 지켜만 주시면 됩니다. 저들이 얼마나 악한 인간들인지 보게 될 것입니다. 저들은 이곳을 완전히 차단할 것입니다. 저들의 공격이 빨라지면 빨라질수록 이 싸움은 빨리 종결될 수 있을 것입니다. 저들은 이곳에 왔던 모습으로 돌아가지 못합니다. 병신이 되든지 죽든지 할 것입니다. 믿고 수고를 해 주십시오." 은혜는 자리에서 일어나 공손히 인사하며 말했다.

이것을 믿어야 하는가. 아무리 능력자라 하지만 혼자서 어떻게 저들을 상대하는가. 김호걸 상사는 많은 전쟁에 참여했지만 이런 허무맹랑한 말을 믿어야 하는 자신이 이해가 되질 않았다. 두고 보면 알 일이지만 어떻게 하든 저들과 대치하고 있는 상황에서 자신이 해야 할 본분을 잘하기로 마음먹었다. 각자 맡은 자리로 돌아갔다. 은혜도 목이 타는지 음료수를 마시고 있던 자리로 돌아갔다.

"이모! 은혜, 저 애 어디가 잘못된 거 아니야? 무서운 게 없어." 은성이 양성자 권사를 바라보며 말했다. 양성자 권사는 은성을 바라보며 환한 미소로 답을 했다.

왕호상사의 1차 공격

✳

해가 질 무렵 주차장으로 대형 버스 3대가 들어왔다. 차 문이 열리고 왕호성의 부하들이 내렸다. 100명이 차에서 내려 앞에 왔던 부하들과 합세해 주차장에 도열했다. 이어 대형 트럭이 들어왔다. 이들은 트럭에서 천막 자재, 진을 칠 물건들을 내리며 설치를 시작했다.

대형 천막 5동이 세워졌다. 저들이 하는 행동을 보며 특전사 전우들도 기가 빠지고 있었다.

저들은 살인 도구를 갖고 있으며 언제든지 사용할 준비가 되어 있는 조직이다.

은혜는 마귀 총감을 불렀다.

"총감은 나오시오." 은혜는 전방을 주시하며 말했다.

은혜와 총감의 대화는 누구도 들을 수가 없다.

"여신이여, 편안하신지요. 부르셨습니까. 말씀만 하시옵소서." 총감은 말했다.

"총감, 오늘 밤 저들을 선동해 주세요. 총감 혼자서 힘들지 않을까요?" 은혜는 총감을 보며 물었다.

"여신님, 걱정 안 하셔도 됩니다. 마귀 군대를 준비해 두었습니다." 총감은 기분이 좋은 듯 미소 지으며 말했다. 총감은 이 좋은 인간의 영혼 잔치가 얼마나 기쁘겠는가. 사단 이백이 계획한 게 바로 이러한 것이었을 것이다. 총감은 이런 생각을 하며 얼굴에 미소가 끊이질 않았다.

"총감만 믿겠어요. 저들이 이곳에 한 발짝도 들어오지 못하게 하세요."

은혜는 명령 같은 말을 했다.

"네, 맡겨만 주십시오. 저는 그만 들어가겠습니다." 총감은 말하며 영혼에 숨었다.

경호 팀과 특전사 전우들은 교대로 저녁 식사를 끝냈다. 오늘 밤은 각자 위치에서 지키기로 했다. 동주는 전우들을 챙기며 입구를 지키고 있었다.

지수와 지원, 은성이 식당 의자를 가져다 대원들에게 드렸다. 아무래도 서 있는 것보다 앉아서 있는 것이 편하니 모두 좋아했다.

"동주 오빠! 이리 와 봐." 지원이 동주의 팔을 끌었다.

"왜, 지원아?" 동주는 끌려가며 물었다.

"오빠, 싸움이 붙으면 무조건 도망가. 오빠 다치면 안 돼, 알았지?" 지원이 동주 귀에 대고 말했다. 동주는 지원이 걱정하는 마음에 심장이 더욱 빨라졌다. 이게 사랑인가 보다. 동주는 지원의 손을 꼭 잡으며 고개를 끄덕였다. 당장 안아 주고 싶은 귀여운 지원이지만 참았다.

"얼른 집에 들어가 쉬어. 오빠 걱정은 하지 말고." 동주는 지원의 얼굴을 감싸 주며 말했다.

"흑, 알았어. 오빠 갈게." 지원이 떨어지지 않는 발걸음으로 언덕을 올라갔다.

은혜는 이런 모습을 보면서 지원이가 동주 씨를 많이 사랑한다고 생각했다. 지원이 양팔을 힘없이 흔들며 은혜 앞으로 왔다.

"은혜야, 이 싸움 이길 수 있는 거냐?" 지원이 은혜의 허리를 끌어안으며 물었다.

"지원아, 걱정하지 마. 우리는 이길 거야. 동주 씨도 다치지 않아." 은혜가 지원의 머리를 쓰다듬으면서 대답했다. "정말이지, 그렇게 돼야 해. 안 그러면 나 확 죽어 버릴 거야. 알았지?" 지원이 은혜를 꼭 안아 주고 식당으로 갔다.

낚시터 입구는 서치라이트를 여러 개 비추어 대낮같이 밝았다.

왕호성 진영은 도시락을 시켜 먹는지 어수선하다. 가스등을 사용하고 있어 그렇게 밝지 않았다. 5호 막사 행동대장 5명이 모여 회의를 하고 있었다.

"진태 형, 어떻게 공격할 겁니까?" 키가 작고 얼굴이 동그란 자가 물었다.

진태란 자는 행동대 상급자로 왕호상사 과장급에 속한다. 이번 낚시터 탈환 작전 총책임자로 선두 지휘를 맡고 있다. 호진태는 50세로 왕호상사 창립 멤버이자 왕호성의 오른팔이기도 하다. 이 바닥에서 산전수전 다 겪은 베테랑급 인물이다. 철거민 몰아내기, 기업체 인수, 시위대 인솔하기 등 여러 분야에서 한 번도 실패하지 않았다. 왕호성이 호진태를 보낸 것도 이번 일이 얼마나 중요한지 보여 주고 있다. 호진태는 담배를 물었다. 옆에 있던 부하 행동대장이 불을 붙여 주었다. 호진태는 담배를 길게 한 모금 빨아 뿜었다. 호진태가 긴장하면 늘 하는 습관이다. 주위를 둘러보았다. 행동대장 모두 자신을 주시하고 있다. 적게는 10년, 길게는 20년 함께 생사를 같이한 부하들이다. 오늘따라 부하들의 얼굴이 가스등 아래에서도 밝게 보였다. 호진태는 이럴 때 힘을 얻는다. 이번 싸움은 보기에는 아무것도 아니다. 저들의 인원은 고작해야 40여 명이다. 지금 우리 인원은 124명. 한 번에 밀고 올라가면 한 순간에 끝날 일이다. 그러나 호진태는 달랐다. 수많은 전장을 경험한 그는 명장이다.

이곳에 오면서 무언의 힘이 자신을 억누르고 있었다. 무작정 공격하다가는 많은 부하를 잃을 수가 있다. 그는 담배를 길게 다시 빨아 천천히 뿜었다. 가스등이 담배 연기에 가렸다. 행동대장 부하들은 호진태의 입술만 주시하고 있었다.

"음, 이번 싸움은 쉽지 않을 것이다. 오늘 밤 자정에 일차 공격을 한다. 화염 발사대를 주축으로 50명이 저 바리케이드를 넘는다. 2진은 기다렸다가 바리케이드가 뚫리면 바로 진격하도록. 바리케이드를 넘으면 내일 새벽 낚시터에서 축배의 잔을 들자!" 호진태는 일어서며 말했다. "네, 형님! 내 목숨을 걸고 바리케이드를 넘겠습니다." 행동대장들은 일제히 대답했다. "자, 일어나라! 왕호의 형제여! 승리는 우리의 것이다!" "왕호 승리! 왕호 승리! 왕호 승리!" 막사에서 우렁찬 구호들이 울렸다.

바리케이드 진영. 특전사 김호걸 상사는 저들의 구호를 듣고 있었다. 진영을 둘러보았다.

특전사 전우 15명은 의자에 앉아 저들의 동태를 주시하고 있다. 언덕 중간 쯤에 경호대가 의자에 앉아 지키고 있었다. 별장 입구에 은혜가 서서 저들 막사를 주시하고 있었다. 참 대단한 여인이다. 김호걸 상사는 60년을 넘게 살았지만 이런 싸움은 약 대 강으로 승패는 이미 결정된 어리석은 싸움이다. 그러나 김호걸 상사는 보았다. 저 여린 여인의 힘을. 또한 전우들도 무언의 힘을 믿고 적은 인원이지만 결사 항쟁을 다짐하는 것이다. 자신이 지휘 감독으로서 제군들에게 힘을 실어 줘야 한다고 생각했다.

"자, 제군들 앞으로." 김호걸 상사는 특전사 전우들을 불러 모아 둥그런 원을 만들었다.

"저들의 공격이 곧 시작될 것이다. 이제 우리도 무기를 무장하도록. 어떠한 공격도 우리는 막아야 한다. 우리가 무너지면 모든 것이 끝난다는 각오로 이곳을 사수해 주기를 바란다. 저놈들은 살생을 밥 먹듯 하는 놈들이다. 생명이 위태하면 살생해도 좋다. 이상!"

"필승! 필승! 필승! 필승! 우리는 이긴다!" 특전사의 우렁찬 목소리가 저들의 막사를 흔들었다. 경호 팀도 힘이 솟는지 함께 구호를 외쳤다.

동주는 전투 방패를 전우들과 경호 팀에게 나누어 주었다. 전투모를 쓰고 전투복을 입고 팔 길이만 한 각목으로 무장을 했다. 이러한 장비는 신화에서 준비해 주었다. 바리케이드도 단단히 동여매었다. 시간이 가면 갈수록 살벌한 긴장감이 감돌았다. 저쪽 진영도 전투태세를 하고 있었다. 화염 방사기가 보였다. 김호걸 상사는 매점 식당으로 뛰어 올라갔다.

마종수 과장을 찾았다. "마종수 과장님, 어디 계십니까!" "네, 여기 있습니다." 마종수 과장이 경비 사무실에서 나오며 대답했다. "과장님, 팀들에게 지시해서 저수지 물을 양수할 수 있도록 준비해 주세요. 저들이 화염 방사기를 사용할 것 같습니다." 김호걸 상사는 저수지를 둘러보며 말했다. "네, 바로 준비하겠습니다." 마종수 과장은 둑에 서 있는 팀원들에게 손짓하며 말했다. 김호걸 상사와 마종수 과장은 상황실로 들어갔다. 경비 안전 팀이 CCTV로 주위 상황을 주시하고 있었다. "서 반장! 저수지에 양수기가 설치되어 있는지 확인 좀 해 봐." 마종수 과장은 저수지 쪽 모니터를 주시하며 말했다. 서 반장은 카메라를 돌려보며 양수기가 설치된 곳을 찾기 시작했다. 관리인 김호영도 상황실로 들어왔다. "저, 과장님! 양수기가 남쪽에 하나, 북쪽에 하나 설치되어 있습니다." 관리인 김호영이 모니터를 가리키며 말했다.

"아무래도 북쪽이 가깝겠네요. 서 반장! 북쪽을 찾아봐." 모니터 화면이 북

쪽을 비추었다. 조금은 멀지만, 양수기가 보였다. "저곳에서 끌어옵시다." 마종수 과장은 말했다.

"네, 부탁합니다. 시간이 촉박합니다. 수고스럽지만 서둘러 주십시오." 김호걸 상사는 문을 나서며 말했다. 김호영 관리인도 창고로 들어가 호스를 끌어냈다. 1조 반장 지수영이 양수기를 작동시켰다. 정상적으로 작동이 되었다. "자, 어서 서두르자고! 시간이 없어. 호스 가져와." 지수영은 팀원들을 향해 말했다. 호스가 늘어지고 짧은 곳을 연결하는 작업이 시작되었다. 약 200m 구간을 경호 팀 대원 10여 명이 합세하여 양수기에서 입구 바리케이드까지 호스를 연결해 놓았다.

호진태는 진영에 서서 이러한 모습을 주시하고 있었다. 1호 천막 앞에는 화염 방사기 5대가 언제든지 투입될 태세를 갖추고 있었다. 한쪽에는 부하들이 대열을 준비하고 있었다. 손에는 각종 무기가 들려 있다. "어리석은 것들, 그깟 호스 하나로 화염 방사기를 막겠다고? 불쌍한 인간들! 오늘 우리 왕호의 무서움을 보여 주리라." 호진태는 팔짱을 끼고 여유를 부리며 생각했다. 결전의 시간은 다가오고 있다. 이 결전은 계략도 필요 없다. 오직 정면 승부를 거는 것이다. 상대 무기며 행동을 보면서 싸우는 것이다.

별장 앞에서 이들의 모습을 지켜보고 있는 은혜의 붉은 긴 재킷 자락이 바람에 나부끼고 있었다. 표정은 온화하고 편안하다. 긴장된 모습은 찾아볼 수가 없었다. 지원이, 은성이, 지수가 옆에 와 나란히 서서 왕호 패거리의 움직임을 보고 있었다.

"자 왕호 형제들! 일어나라. 결전이다. 한 번에 끝내자!" 호진태는 결전 명령을 내렸다.

"와! 가자!" 왕호 패거리는 함성을 질렀다. 선두에 화염 방사기를 멘 다섯 명이 걸어 나왔다. 화염 방사기의 위력은 대단했다. 그들은 불을 뿜으며 천천히 전진해 왔다. 뒤로 50여 명의 무장한 왕호 부하가 대열로 걸어왔다. 어둠의 화염은 사람의 마음을 두렵게 했다.

"제군들, 방패 앞으로. 우리는 사수한다. 경호 팀, 양수기 작동하라." 김호걸 상사는 앞에서 방패로 화염을 막으며 명령을 내렸다. 동주는 물 호스를 들고 화염에 맞섰다. 화염에 바리케이드가 불이 붙고 전투 방패도 불이 붙었다. 동주는 불이 붙은 곳에 물을 뿌려 불을 끄고 있었다. 그들은 화염 방사기를 앞세워 계속 밀고 들어왔다. 특전사 전우들은 계속 밀리고 있었다. 벌써 특전사 전우 몇 명이 화상을 입었다.

"총감, 시작하세요." 은혜의 입술이 떨렸다. "네, 여신님. 알겠습니다." 총감은 말했다.

"형제들은 가라. 오늘 밤 너희에게 인간 사냥을 할 기쁨을 주노라."

총감은 영혼의 어둠을 향해 명령했다.

계속 화염 방사를 하며 바리케이드를 태우고 밀고 오는 왕호 부하들이었다. 그들은 이대로라면 금방 끝날 싸움이라 생각하며 연신 함성을 지르며 밀고 들어왔다. 호진태 입가에 미소가 피었다. "그럼, 그렇지. 단번에 끝나겠군." 호진태는 생각했다. 특전사 전우들은 뒤로 계속 밀리고 있었다. 호스를 잡고 있던 동주가 넘어졌다. 화염 방사기를 조준하던 왕호 부하가 동주를 발견했다. 동주를 겨냥하여 화염 방사를 하면 동주는 바로 통구이가 될 위기다.

"동주 오빠! 안 돼!" 이를 보고 있던 지원이 소리 지르며 아래로 달려갔다. "야! 지원아! 어디 가!" 은성이 지원을 불렀다. 무방비 상태의 동주는 언덕에서 넘어져 바로 일어나기 어려웠다. 더구나 잡고 있던 호스도 물이 끊겨 나오지 않았다. 달려온 지원이 동주를 끌어안았다. 화염 방사기 불길이 순간 지원의 등을 스치고 지나갔다. "지원아, 안 돼!" 순간 동주의 눈에 놀라운 광경이 보였다. 우리를 공격하던 화염 방사대가 적을 향해 불을 뿜기 시작했다. 순식간에 일어난 일이라 밀려오던 왕호 부하들은 피할 순간도 없이 몸에 불이 붙어 흩어지는 불나방의 모습이다. 화염 방사는 계속되었다. "야, 이 자식들이!

멈춰! 멈추라고!" 호진태는 멈추라고 소리를 지르지만, 아무 소용도 없었다. 모두 불을 피하느라 정신이 없었다. 막사도 버스도 모두 태워 버렸다. 화염 방사는 연료가 떨어지며 끝이 났다. 왕호 패거리 진영은 아비규환이었다. 호진태와 부하들은 화염을 피해 멀리서 비통한 표정으로 이 광경을 보고 있었다.

호진태는 하늘을 보았다. 금방이라도 비가 올 것 같았다. 하늘도 아는가. 굵은 비가 쏟아지기 시작했다. 불이 붙었던 버스의 불도 꺼져 갔다. 호진태는 화상 입은 부하들을 수습했다.

화염 방사로 10명이 사망하고, 부상자가 30명이 되었다. 이들은 병원으로 이송되고 비참한 호진태의 패배가 되었다. 남아 있는 부하들은 불씨가 꺼진 버스 안에서 초라한 모습으로 비를 피하고 있었다. 왕호상사의 명장 호진태는 굵은 비를 맞으며 바리케이드를 바라보았다. 특전사들이 서 있고 맨 앞에 김호걸 상사가 서 있었다. 비록 전장은 이상한 방향으로 전개되었지만 마주 보는 명장들의 눈이 빛나고 있었다. 이상한 일은 두 사람의 생각이 같았다. 일어날 수도 없는 상황이 일어났다. 수많은 현장에서 지휘했던 호진태. 빗발치는 총탄을 무릅쓰고 지휘했던 김호걸 상사. 둘은 이러한 반전은 겪어 보지 못했다. 이 세상에 마법사가 있다면 모를까. 호진태는 낚시터 전역을 살펴보았다. 마법사는커녕 이상한 조짐도 발견할 수가 없었다.

은혜는 지원의 부상으로 별장에 들어와 있었다. 지원은 거실 소파에 엎드려 있었다. 옷이 타고 등에 화상을 입었다. 뒷머리도 화염으로 엉망이다. 큰 부상이 아니어서 다행이었다. 안도의 한숨을 쉬고 있는 은혜를 지원이 바라보았다.

"은혜야, 동주 오빠는 괜찮아?" 지원이 동주를 찾았다. "나는 괜찮아, 지원아. 왜 그랬어, 큰일 날 뻔했잖아." 동주는 지원의 손을 잡으며 말을 했다.

"오빠 괜찮으면 됐어. 나도 괜찮아. 봐! 아야, 따갑네." 지원이 일어서려다 등에 통증을 느끼며 말했다. "동주 오빠, 지원이 응급조치해야 하니까 나가 있어." 은성은 응급 상자를 탁자에 놓으며 말했다. 치료를 하려면 상의를 다 벗어야 했다. 남자인 동주를 나가게 했다. 우선 화상 연고를 바르고 붕대로 감아 놓았다. 머리도 탄 부분을 가위로 다듬었다. 얼마나 다행인지 모른다. 깊이 화기가 들어가지 않아 흉터는 없을 것 같다.

지원은 응급조치를 하고 자리에 앉았다. 엉망인 머리를 만져 보다 은혜를 바라보았다.

"은혜야! 머리가 자라려면 오래 걸리겠지?" 지원이는 뒤통수가 만져질 정도로 머리가 없는 부분을 만지며 말했다. "괜찮아, 모자 쓰고 다니면 되지. 은혜야, 울지 마. 나 괜찮아." 눈물을 글썽이고 있는 은혜를 향해 지원이 말했다.

"야! 왜 사람 놀라게 해." 은혜는 지원을 끌어안고 울었다.

"은혜야, 그래. 괜찮아. 그게 다 사랑이란다. 너는 모를 거야. 사랑이 얼마나 위대한지. 사랑을 해 봤어야지. 이번에 내가 너에게 귀한 것 가르쳐 준 거야. 내가 그랬잖아. 동주 오빠는 내가 지켜야 한다고." "야! 지금 농담이 나오냐? 이 가시나야!" 은혜는 지원의 머리를 살며시 쥐어박고 일어났다. "지원아, 방에 가서 쉬고 있어." 은혜는 밖으로 나가며 말했다.

특전사 막사. 동주가 화상을 입은 전우들을 치료하고 있었다.

은혜가 막사 안으로 들어왔다. 전우들은 손과 어깨에 가벼운 화상을 입었다.

"괜찮은가요? 많이 불편하세요?" 은혜는 전우들을 바라보며 물었다.

"아, 괜찮습니다. 이 정도는 금방 회복됩니다. 오늘 진짜 굉장했습니다. 저는 이런 결전은 상상도 못 했습니다. 어떻게 하신 것입니까?" 전우들이 물었다.

"제가 한 것은 없습니다. 신이 하신 것이지요. 빨리 회복하세요."

은혜는 동주에게 나가자고 눈짓을 보내며 말했다.

은혜와 동주는 식당으로 들어왔다. 소영은 달려와 동주를 끌어안았다.

"동주야, 괜찮아? 엄마 심장이 멈추는 줄 알았어. 으흑흑." "엄마, 괜찮아요. 울지 마."

동주는 엄마의 등을 다독거리며 말했다. "동주야, 다행이다. 큰일 날 뻔했어." 양성자 권사도 동주의 손을 잡고 말했다.

"동주 씨, 더 이상 저들이 공격해 오지 않을 거예요. 이제 전우들을 쉬게 하세요. 내일을 준비해야 합니다." "네, 알겠습니다. 은혜 아가씨."

동주는 대답을 하고 바로 특전사가 기다리는 곳으로 갔다. 동주는 바리케이드 너머 왕호 진영을 보았다. 캄캄한 어둠에 어렴풋이 보이는 버스 안에서 왕호 부하들은 초라한 모습으로 비를 피하고 있었다. 너무도 조용했다. 언제 결전이 있었는지 어둠은 말해 주지 않고 있었다. 그래도 특전사 전우들은 우비를 갖추고 바리케이드를 지키고 있었다. 경호 팀은 비가 시작되면서 막사로 이동해 휴식을 취하고 있었다.

"상사님! 어떻게 하는 것이 좋겠습니까? 불침번을 정해서 지킬까요? 아니면 오늘은 저희가 지키고 내일 낮에는 경호 팀이 지키는 게 어떨지?" 동주는 김호걸 상사와 전우들을 돌아보며 물었다. "김 병장, 이 밤을 우리가 지키자구. 아무래도 저놈들이 패했다고 해도 떼거리로 몰려오면 우리가 당할 수도 있네. 우리가 새벽까지 지키고 교대하는 걸로 하세." 김호걸 상사는 전우들의 등을 다독거리며 말했다. "네, 알겠습니다." 전우들은 대답했다. 동주는 바로 경호 팀에게 전달하고 모두 취침에 들게 했다.

식당 식구들도 집으로 돌아갔다. 지수는 방에서 자라고 해도 막무가내로 별장을 자기가 지켜야 한다며 소파에 앉았다. 그리고 소파에서 잠이 들었다.

양성자 권사도 방으로 들어가고 은성도 피곤한지 침대에 눕자, 잠이 들었다. 은혜는 방으로 들어왔다. 지원은 바로 눕지 못하고 엎드려 잠이 들었다. 은혜는 잠옷으로 갈아입었다. 침대에 기대어 앉아 곤히 잠든 지원의 머리를 쓰다듬었다.

일차 결전에서 큰 부상 없이 끝난 것에 감사했다. 저들은 쉽게 물러날 상대가 아니다.

많은 사상자가 나왔으면서도 물러가지 않고 버티고 있다. 날이 밝으면 어떤 모습으로 저들이 공격해 올지 아무도 모르는 상황이다. 그저 상황에 대처하는 수밖에 없다.

은혜는 눈을 감았다. 침대에 기대어 깊은 잠에 빠져들었다.

왕호상사의 2차 공격

✷

간밤에 내리던 비는 그치고 밝은 태양이 떠오른 아침을 맞이했다.

은성이 일 층으로 내려왔다. 아직도 지수는 소파에서 쪼그리고 잠들어 있었다. 은성이 방에 들어가 홑이불을 가져다 덮어 주었다. 그렇게 추운 날씨도 아닌데 지수를 사랑하는 은성의 마음을 볼 수 있었다. 은성이 조용히 집을 나섰다. 식당에서는 양성자 권사, 소영 아줌마가 아침을 준비하고 있다. 경호팀 두 분도 아침 식사를 도와주고 있었다.

간밤에 패한 왕호 진영은 참혹했다. 막사는 불에 타 잔재만 남았고, 버스는 불에 타 흉측한 모습이었다. 호진태는 부하들에게 모든 잔재를 치우라고 명령했다. 불탄 버스도 레커차가 와서 끌고 갔다. 왕호 진영은 깨끗이 치워졌다. 왕호 부하는 아직도 70여 명 남아 있었다. 도시락 차가 들어오고 아침 급식이 공급되었다. 낚시터에 있는 사람들은 외부와 완전 차단되어 있었다. 해는 중천에 머무르고 있다. 휴식을 취한 특전사 전우들도 아침 겸 점심으로 식사를 했다. 은혜와 지원은 간단한 토스트로 끼니를 해결했다.

"지원이 너는 그냥 집에 있어, 나오지 말고. 너는 부상자야." 은혜는 지원을 보며 말했다. "무슨 소리야? 자고 일어났더니 다 나았어! 봐!" 지원이 일어서 빙글빙글 돌며 말했다.

"야, 머리를 그렇게 해서 어딜 나가? 집에 있어." 화난 표정으로 은혜는 말했다.

"야, 그런 소리 하지 마. 짠! 어때? 스카프가 예쁘지?" 지원이 스카프로 머리를 묶으며 물었다. "아니, 그건 언제 준비했어? 진짜 못 말려, 어이구." 은혜는 두 손을 머리에 올리며 말했다. 두 사람은 집을 나섰다. 은혜는 청바지에 흰색 블라우스를 입었다. 오랜만에 긴 머리도 붉은 띠로 묶었다. 머리를 묶으니, 얼굴이 더 작게 보였다. 이리 보고 저리 보아도 아름다움은 변함이 없다.

은혜는 상황실로 들어갔다. 김호걸 상사와 마종수 과장이 기다리고 있었다. 세 사람은 탁자 의자에 마주 앉았다.

"어제는 고생 많이 하셨습니다. 고맙고, 감사합니다." 은혜는 인사를 했다.

"아가씨도 고생하셨습니다." 김호걸 상사가 말했다.

"과장님, 주차장으로 버스가 들어오고 있습니다. 총 5대인데요." 서 반장은 모니터를 가리키며 말했다. 세 사람은 모니터를 보았다. 완전히 무장한 건장한 사내들이 차에서 내리고 있다. 왕호상사 별동대라 불리는 조직이 투입되었다. 이들은 왕호상사를 대표하는 별동대로 왕호성이 많은 투자를 한 조직이다. 인원은 200명. 행동대장이 10명이고 최고 지휘관이 감수로 상무이사다. 나이는 60세로 얼굴은 길쭉하고 콧날은 오뚝하여 완전 학사형의 모습을 하고 있다. 또한 그는 왕호상사 책사를 담당하고 있었다. 왕호성도 그의 말이라면 전적으로 신뢰했다. 이렇게 거물들이 모인다는 것은 왕호상사가 이번 일을 거대한 사업으로 기대하고 있다는 것을 말해 주고 있다. 이 저수지는 외진 곳이다. 왕호상사 쪽에 많은 사상자와 부상자가 있었지만, 인근 파출소에서는 관심도 없었다. 그만큼 왕호상사의 힘이 막강하다는 증거다.

이들은 낚시터를 완전 고립시키기 위해 새로운 전략으로 준비했다. 별동대는 장비가 도착하자 진을 형성하기 시작했다. 270명이 움직이자, 경호 팀들은 간담이 오그라드는 느낌을 받았다. 상황실에서 지켜보던 세 사람은 서로 마주 보았다.

"아가씨, 괜찮을까요?" 김호걸 상사가 물었다. 은혜는 미소 지으며 김호걸 상사의 손을 잡았다. "상사님, 과장님, 걱정하지 마십시오. 저들은 이곳에 한 발짝도 들여놓지 못합니다. 여러분은 힘들어도 지금 자리만 지켜 주시면 됩니다. 수천 명이 와도 저들은 이길 수가 없습니다. 지금 저들 뒤에 더 큰 무리가 또 올 것입니다. 전우들과 팀원들을 잘 다독거려 주십시오." 은혜는 일어서 정중히 다시 한번 부탁했다.

김호걸 상사는 은혜와 대화를 할 때마다 놀랐다. 어떻게 사람의 인성으로 믿을 수가 있겠는가. 진짜 마법사란 말인가? 마법 지팡이도 없고, 별다른 행동도 안 보이고 이것은 귀신이 곡할 노릇이다. 김호걸 상사가 말했듯이 지금 귀신들이 곡을 하는 것이다.

김호걸 상사는 특전사 전우들이 대치하고 있는 곳으로 왔다. 전우들은 의자에 앉아 저쪽 진영을 주시하고 있었다.

왕호 진영의 전략이 변했다. 현수막을 곳곳에 붙이고 확성기와 꽹과리, 북을 준비했다.

그리고 다음과 같은 문구로 만든 현수막을 낚시터 입구에 도배했다.

'신화증권 악덕 업체는 물러가라'

'환경 오염시키는 낚시터를 폐쇄하라'

'주가 조작을 하는 신화증권 서의영 회장을 구속하라'

왕호상사 진영은 1차 공격 후 남은 70명을 주축으로, 낚시터 들어오는 입구를 버스로 차단하고 시위 농성을 시작하고 있었다. 확성기 소리가 매점 앞까지 크게 들렸다.

"신화증권 악덕 업체는 물러가라! 환경 오염시키는 낚시터를 폐쇄하라! 둥 둥둥! 신화증권 서의영 회장을 구속하라! 둥둥둥!"

지나가는 사람들은 그저 시위 농성을 한다고 생각했다. 경찰도 순찰을 돌 며 시위 농성을 하는 걸로 판단하고 스쳐 지나갔다. 버스 너머 서로가 대치하 고 있고 사람이 죽어 나가는 것은 상상도 하지 못했다. 왕호상사는 증거 인멸 을 하고 있었다.

참으로 무서운 자들이다. 인간의 탈을 썼을 뿐이지, 귀신도 혀를 내두를 독 한 악종들이다.

특전사 전우 진영 바리케이드.

회색 양복을 입은 감수로 상무와 호진태 과장이 찾아왔다.

"책임자와 이야기하고 싶은데 불러 줄 수 있소?" 감수로는 정중히 부탁했다.

은혜는 감수로가 오는 것을 보고 천천히 내려오고 있었다. 감수로는 뒷짐을 하고 미소 지으며 내려오는 미녀를 보았다. 감수로는 김호걸 상사를 보았다.

"혹시, 저 아가씨가 대표입니까?" 크지 않은 눈을 크게 뜨고 물었다.

"그래요, 내가 대표입니다. 무슨 볼일이 있나요?" 은혜는 바짝 다가서며 물 었다.

감수로, 호진태는 의아한 표정으로 은혜를 살폈다. 아무리 봐도 이런 일에 합당치 않은 아가씨다. "진짜 아가씨가 이곳 대표입니까?" 감수로는 은혜의 표정을 살피며 재차 물었다. "음, 못 믿겠으면 믿지 마세요. 그럼 돌아가세 요." 은혜는 돌아섰다.

"아, 그게 아니라 하도 어이가 없어서 물었습니다. 맘 상했다면 용서하시고 대화합시다. 우리가 어떻게 하면 낚시터의 이권을 넘기겠습니까?" 은혜의 표 정을 살피며 감수로는 물었다. 과연 책사답게 협상의 문을 열었다. 그러나 은 혜의 표정은 변화가 없었다.

만만치 않은 상대라고 감수로는 생각했다.

"우리는 변함이 없습니다. 당신들과 협상할 마음도 없고 이곳을 내어 줄 마음도 없습니다. 왕호성이 와도 소용이 없다는 것을 말씀드리겠습니다." 은혜는 감수로를 빤히 쳐다보며 말했다. 옆에 있던 호진태가 나섰다.

"정말 이곳이 쑥대밭이 돼도 좋다는 것이냐? 너희는 한 사람도 성한 모습으로 이곳을 나가지 못한다." 호진태는 은혜에게 손가락질하며 말했다.

"참말 잘하셨네요. 당신들은 이곳에서 한 사람도 살아서 갈 수 없음을 경고합니다. 우리를 원망하지 마세요. 저런 조무래기들로는 안 된다고 왕호성에게 전하세요!" 은혜는 돌아서며 말했다. 감수로, 호진태는 화가 머리끝까지 올라왔다.

"야! 이런 쌍년이 있나! 우리를 어떻게 보고! 저 죽일 년을 갈기갈기 찢어 죽일 테다." 호진태는 욕을 하며 소리를 질러 댔다. 호진태는 원래 침착한 사람이다. 이렇게 화를 내는 것은 마귀 총감이 영혼에 들어가 그의 생각을 움직인 것이다. 은혜가 돌아서 호진태를 보았다. 순간 호진태가 피를 토하며 바닥에 나뒹굴었다. "으악! 악!" 그리고 비명과 함께 목을 움켜쥐고 피를 계속 토해 내고 있었다.

"조용히 말할 때 돌아가라." 은혜는 말을 남기고 언덕으로 올라갔다. 감수로는 태연하게 이 모습을 보고 있었다. 부하들이 와서 호진태를 끌고 갔다.

감수로는 은혜의 뒷모습을 보면서 생각했다. '도대체 무슨 힘일까. 아무런 표정도 읽어 내지 못했다. 아무 행동도 하지 않았다. 그저 무언의 힘이 호진태를 징계했다. 마법도 아니다. 저 여인은 신통한 신의 딸인가? 지금도 신이라는 존재가 있단 말인가? 그렇다면 인간은 신을 이길 수가 없다. 승산 없는 싸움이다.' 감수로는 돌아서며 별동대를 보았다. '저들은 용맹스러운 부하들이다. 아무리 신이 강할지라도 우리 별동대는 이길 수 없다.' 자신이 생각해도 별동대는 무적이었다. '그래, 내가 약해지면 안 되지, 약해지면 지는 것이다.' 감수로는 별동대로 걸음을 옮기며 생각했다. 인간의 욕망은 자신이 아니라 주위에서 만드는 것이다. 자기 생각이 아니라면 포기해야 하는데 부하들의 용맹에 후진 아닌 직진을 택한 감수로의 운명은 어떻게 될지 오직 신만 아는 것이다. 훌륭한 책사는 뒤로 물러날 줄도 알아야 한다.

감수로는 진영으로 돌아와 별동대 행동대장들을 불렀다.

탁자를 두고 행동대장 10명이 둘러앉았다. 감수로는 보드 판에 그림을 그렸다. 바리케이드에서 낚시터 매점, 별장 입구를 그려 가며 설명했다.

"별동대 1조는 공기총으로 무장하고 바리케이드 특전사를 위협하며 집중 사격을 하시오. 1조 대장은 소총을 사용해서 여기 별장 입구에 서 있는 여자를 사격하시오. 여자가 쓰러지면 별동대 전원 바리케이드를 넘으시오. 오늘 해 지기 전에 끝냅시다. 이상." 감수로는 행동대장들을 바라보며 말했다. "알겠습니다." 1조 대장이 대답했다.

별동대 1조는 선두에 나왔다. 20명 모두 공기총을 들고 서 있었다. 뒤에 1조 대장이 소총을 메고 있다. 뒤로는 별동대 전원이 진을 구축하고 있었다.

이를 보고 있던 김호걸 상사가 전우들에게 손짓했다.

"저들이 사격을 시작할 것 같다. 방패 뒤로 몸을 잘 숨기고 절대 머리를 내밀지 마라. 저 공기총은 우리 방패를 뚫지 못한다." 김호걸 상사는 방패 뒤에 앉으며 말했다.

경호 팀도 방패 뒤에 앉았다. 은혜는 저들을 지켜보고 있었다.

아무 생각도 없다. 총감도 부르지 않았다. '총감이 알아서 준비했겠지!' 안일한 생각만 했다.

결전이 시작되었다.

"1조, 앉아 쏴!" 1조 대장은 명령을 내렸다. 공기총 소리가 요란하게 울렸다. 특전사 전우들을 향해 무자비하게 쏘아 댔다. 공기총 탄환은 특전사 방패를 뚫지는 못했다. 하지만 탄환의 반동으로 뒤로 밀리고 있었다. 행동대장은 소총을 들어 은혜를 향해서 조준하고 있었다. 모두 특전사의 공격당하는 모습에 놀라 있었다. 그러나 양성자 권사는 은혜를 주시하고 있었다. 행동대장이 은혜를 겨냥해서 사격을 하려는 모습을 보았다. 양성자 권사는 은혜를 향해 뛰어갔다. 행동대장은 사격했다. "탕! 탕!" 두 발의 총성이 울렸다.

"안 돼! 은혜 아가씨! 악!" 양성자 권사는 달려가 은혜를 밀치고 자신이 총에 맞았다. 힘없이 쓰러지는 양성자 권사를 은혜는 받았다. "이모! 안 돼요. 아아! 흑!" 은혜는 양성자 권사를 끌어안았다. 은혜의 눈이 충혈되었다. 앉은 자세로 두 팔을 들고 포효의 소리를 내었다.

"아우~! 우아~! 아우~ 아아~!" 은혜의 포효는 죽음의 사자후였다. 사격을 하던 1조 행동대는 얼굴, 귀, 눈, 코, 입에서 검붉은 피를 뿜으며 쓰러졌다. 은혜를 겨냥했던 행동대장은 머리통이 터져 버렸다. 이에 그치지 않았다. 죽음의 사자후는 행동대 전원을 쓸어 버렸다. 가까이 있던 행동대는 반 이상이 피를 토하며 죽었고 나머지 대원은 귀의 고막이 터져 듣지 못했다. 감수로는 살려 두었다. 이 광경을 보고 있던 감수로는 그만 주저앉았다. "아, 내 욕심 때문에 아아…. 왜 나를 살려 두는 거야…." 감수로는 머리를 양손으로 싸매고 나뒹굴었다.

"너는 잠시 살려 두는 것이야. 우리 여신님을 울린 벌은 받아야지, 흐흐흐." 총감은 말하고 감수로의 영혼에서 나왔다.

양성자 권사의 희생

✳

은혜는 양성자 권사를 보았다. 양성자 권사는 왼쪽 어깨 부분에 총을 맞았다. 정신을 차리지 못하고 있었다. 은성이 양성자 권사를 끌어안고 울었다.

"이모! 안 돼! 죽으면 안 돼요. 이모, 정신 차려! 이모! 엉엉! 이모!" 은성은 양성자 권사를 흔들며 소리 내어 울었다. 은혜는 마종수 과장을 찾았다.

"마종수 과장님! 본사 연락해서 수송 헬기를 보내 달라고 하세요." 은혜가 말했다.

"네, 아가씨. 본사에 연락했습니다." "고마워요, 과장님." 은혜는 양성자 권사의 흐르는 피를 지혈하고 있었다. 안전 요원들이 와서 우선 응급조치를 했다.

왕호 진영은 처참했다. 피를 흘리며 쓰러져 있는 시신이 널브러져 있어 보는 이로 하여금 토악질이 나게 했다. 특전사 전우들이 모두 매점으로 올라왔다. 차마 그곳에 있을 수가 없었다.

경호 팀도 충격을 받았는지 모두 막사에 들어가 휴식을 취하고 있었다.

수송 헬기가 도착했다. 착륙할 장소가 없었다. 김호걸 상사는 헬기를 저수지 쪽으로 유인해 구조 로프를 내리도록 지시했다. 낚시터 좌대 위에서 헬기는 구조 이동 침대를 내렸다. 동주가 양성자 권사를 등에 업어 이동 침대에 몸을 실었다.

양성자 권사는 바로 헬기에 실려 병원으로 수송되었다. 날아가는 헬기를 바라보는 특전사 전우들, 경호 팀, 눈물로 보내는 은성이, 은혜, 지원이, 지수, 김호영 부부 모두 헬기가 사라질 때까지 바라보았다. 특전사는 경례로, 모든 사람은 손을 흔들며 무사하길 기원했다.

매점 식당. 은혜를 중심으로 김호걸 상사, 김동주, 마종수 과장, 지수영, 윤지선 반장이 모여 앉았다. 이들은 다과를 나누며 회의하고 있었다.

"아가씨, 저들이 또 올까요?" 김호걸 상사는 은혜를 바라보며 물었다.

"네, 또 올 겁니다. 왕호성이 이끄는 본진이 올 것입니다. 인원도 500명 정도로 예측해 봅니다." 은혜는 모두를 둘러보며 대답했다.

"이번에는 힘들지 않을까요?" 마종수 과장이 한숨을 쉬며 물었다.

"저들이 그냥 밀고 올라와도 우리는 밀릴 수밖에 없는데 무슨 계획이라도 있습니까?"

동주가 은혜를 바라보며 물었다.

"계획은 없습니다. 오직 신이 우리의 편이라는 사실밖에 없습니다." 은혜는 대답했다.

"아무래도 경찰에 협조를 요청하는 건 어떨까요?" 지수영 반장이 물었다.

"경찰은 불가능합니다. 저들이 농성 시위 쪽으로 전략을 바꾸어 경찰 쪽에서 크게 관심을 두지 않습니다. 한두 번 왔다 가면 그걸로 끝입니다. 왕호성은 간악한 자입니다. 피를 보면 더 악랄해집니다. 그러나 걱정하지 마십시오. 왕호성은 이곳에서 살아남지 못합니다. 또한 왕호상사 부하들도 한 명도 살아서 못 나갈 것입니다. 왕호상사는 영원히 없어질 것입니다. 믿으시고 조금만 고생해 주십시오. 여러분들은 머리털 하나 상하지 않을 것입니다. 참혹한 지옥을 볼 것입니다. 죽음의 사자가 움직이면 여러분들은 매점으로 올라오십시오. 그 참혹한 현장을 보지 마시길 부탁드립니다. 지금 왕호성이 인솔한 본대가 출발했을 것입니다. 여러분들이 지키고 있는 자리만 사수해 주시면 됩니다. 질문 있으신가요?" 은혜는 모두를 바라보면서 물었다. 질문은 없었다. 김호걸 상사와 동주는 바리케이드로 내려가고 경호 팀은 맡은 장소에서 지키고 있었다.

왕호 진영은 농성하던 부하들이 사상자와 부상자를 차에 태워 어디론가 보내고 있었다.

버스 5대는 주차장에서 빠져나가고 남은 부하들이 주위를 정리하고 있었다.

감수로는 정신이 나가 있었다. 한쪽 구석에 앉아 멍하니 부하들이 정리하는 것을 보고 있다. 육십 평생을 살면서 비록 악한 생활이었지만 그래도 잘 살았다고 생각했는데 살아생전에 심판을 받다니 심판이 얼마나 무서운지 새

삼 느꼈다. 이제 와 후회한들 무슨 소용이 있단 말인가. 가족들은 늘 남편을 위해, 아빠를 위해, 할아버지를 위해 기도했는데 아무 소용이 없다는 걸 깨달 았다. '조금 일찍 은퇴하고 아내가 믿는 예수를 믿었다면 내 죄가 조금은 가 볍지 않았을까.'라고 생각했다. '이제 내 생명은 이곳에서 마감해야 한다.' 할 수만 있다면 부하들이 이곳을 이탈하게 해서 생명을 지켜 주고 싶은 마음밖 에 없었다.

은혜는 집에 들어와 샤워했다. 참혹한 광경에도 마음이 흔들리지 않았다. 이제 내가 사단의 딸이라 인정하는 것인가. 조금도 양심의 동요가 일지 않았 다. 몸에서 흘러내리는 물줄기를 만져 보았다. 이것이 피인가, 물인가. 자신 을 통해 죽은 자들의 피가 쏟아지는 것으로 생각했다. 이제 멈추어야만 하는 데 아직도 악한 인간이 저리도 많으니 어찌 멈춘단 말인가. 누군가 은혜의 어 깨를 잡았다. "누구신가요?" 은혜는 물었다.

"돌아보지 마라, 사랑하는 딸아. 나 이백이 너를 위로하려고 왔노라. 지금 까지 잘해 왔다. 슬퍼하지 말고, 두려워하지 말라. 너에게 약속하마. 너를 통 해서 악한 자만 처단할 것이다. 선한 사람이 희생당하면 이백이 심판을 받으 리라. 너는 영원한 사단의 딸이다. 사랑한다, 딸아." 이백은 은혜의 어깨에서 손을 거두고 사라졌다. 은혜는 돌아보지 않았다.

은혜는 욕실에서 나왔다. 이 층 거실에서 지원과 은성이 기다리고 있었다. "야! 은혜, 너 이리 와 봐. 여기 앉아." 지원이 자기 옆자리를 내어 주며 말 했다.

"은혜야, 이제 그만하자. 이제 안 오겠지. 그렇게 혼났는데 또 오겠어?" 은 성이 은혜를 쳐다보며 물었다. 은혜는 두 사람을 바라보았다.

"너희 무서운가 보구나?" "그럼 안 무섭냐? 나는 간이 콩알만 해졌어. 보여 줄까?" 지원이 옷을 들치며 말했다. "이제 걱정하지 마. 곧 끝나. 저들은 또

와. 더 많은 인원이 몰려올 거야. 하지만 걱정하지 마! 우리가 승리할 거니까. 은성아, 고모한테 전화 왔어? 이모는 괜찮아?" 은혜가 은성의 손을 잡으며 물었다.

"지금 수술 중인가 봐. 생명은 위험하지 않대. 감사할 일이지." 은성은 은혜의 손을 더욱 굳게 잡으며 말했다.

지원과 은성이 식당으로 갔다. 김소영 혼자 저녁 식사를 준비하느라 애쓰고 있었다.

"어머니, 왜 혼자 하세요. 저희와 같이 하시지." 지원이 주방으로 들어가 음식 만드는 걸 도왔다. "지원아, 몸도 성치 않은데 의자에 앉아 있어." 소영이 걱정 어린 표정으로 말했다.

"걱정하지 마세요. 이제 다 나았습니다." 지원이 콧노래를 부르며 거들었다.

김소영은 참 별난 아가씨라고 생각했다.

지수는 빵과 음료를 나누어 주고 있었다. 은성이 지수를 불렀다.

"지수야! 너 집에 전화했어?"

"응, 전화했어. 엄마가 기도 많이 하고 있대." 지수가 은성을 쳐다보며 대답했다.

"은성아! 둑에 있는 경호 팀 분들에게 빵 갖다 드려. 음료수 가지고 갈게."

"알았어."

왕호상사의 3차 공격

✳

왕호상사 진영은 청소가 완료되었다. 왕호상사 부하들은 모여 앉아 휴식을 취하고 있었다.

왕호상사 본진이 속속 주차장으로 들어와 차에서 내리고 있었다. 주차장이 좁아 도로까지 점령하여 하나의 진을 쳤다. 부하들이 주차장에 대열하고 왕호성이 대열 뒤에서 걸어 나왔다. 감수로가 일어나 왕호성을 맞이했다. "어서 오십시오, 사장님."

"감수로 상무, 수고가 많습니다." 왕호성은 감수로에게 인사하고 막사 안으로 들어갔다.

왕호성을 위시해서 전무가 2명, 상무가 5명, 이사가 10명, 부장이 20명으로 중역들이 다 출동했다. 이들은 막사에 모여 회의하고 있었다. 밖에 있는 인원은 450명, 남아 있는 부하들까지 합하면 520명, 중역과 왕호성까지 모두 558명이었다.

은혜가 집을 나섰다. 흰 백색 긴 원피스에 허리는 붉은 띠로 묶었다.

머리는 묶지 않았다. 자연스러운 긴 머리가 미풍이 불자 살며시 흔들렸다. 입술은 붉은색 립스틱을 진하게 발랐다. 더욱 성숙한 아름다움을 보여 주고 있었다. 은혜는 별장 입구에 서서 왕호 진영을 바라보았다. "총감의 정보는 정확하군. 총감, 나오세요." 은혜는 총감을 불렀다.

"여신이여, 편안하신지요. 부르셨습니까. 말씀만 하시옵소서." 총감은 말했다.

"어떻게 진행해야 하나요?" 은혜는 총감을 보며 물어보았다.

"네, 여신님! 마귀 부대를 준비하고 있습니다. 저들이 공격할 때 마귀들이 저들의 영혼에 들어갈 것입니다. 자기들끼리 서로 싸우고 서로 죽게 할 것입니다. 이곳에 있는 왕호 일당들은 한 생명도 살아 숨 쉬는 자가 없을 겁니다. 회의를 들어 보니 오늘 밤 10시에 공격을 한다고 하네요. 여신님, 오늘 밤 축배를 들어도 되겠습니다." 총감은 미소 지으며 말했다.

"알겠습니다. 총감, 실수하지 마세요." "네, 잘 알겠습니다." 총감은 기쁜 마음으로 영혼에 숨었다.

은혜는 상황실로 들어갔다. 서 반장이 열심히 모니터를 주시하고 있었다.

"수고가 많으시네요, 서 반장님." 은혜는 안전 대원들에게 인사했다.

"서 반장님, 김호걸 상사님과 마종수 과장님 좀 불러 주세요." 은혜는 의자에 앉으며 말했다. 곧 무전기가 울렸다. 잠시 후 김호걸 상사와 마종수 과장이 상황실로 들어왔다.

"어서 오세요." 은혜는 일어나 인사를 했다. 이들은 마주 보고 앉았다.

"김호걸 상사님, 오늘 저들의 총공세가 10시로 정해졌습니다. 지금이 6시니까 4시간 후에 공세가 있겠네요. 그 전에 작은 도발이 있을 수 있으니까 긴장의 끈을 놓지 마시고 지켜 주십시오. 10시에 저들의 총공세가 있으면 그곳에 있지 마시고 모두 식당으로 올라오십시오." 은혜는 미소 지으며 말했다.

"그러다가 저들이 밀고 올라오면 어떡합니까?" 마종수 과장이 물었다.

"저들의 총공세는 우리에게 하는 공격이 아닙니다. 저들은 자기들끼리 총공세를 펼칠 것입니다. 안심하시고 뒤로 물러나세요." 은혜는 일어서며 말했다.

김호걸 상사와 마종수 과장은 도대체 무슨 말인지 모르겠다는 표정으로 상황실을 나왔다.

은혜는 식당으로 들어와 의자에 앉았다. 은성이 다가왔다.

"은혜야! 뭐 좀 먹을래? 밥 줄까? 아니면 빵하고 음료수로 줄까?" 은성이 걱정 어린 표정으로 물었다. "그래, 뭐 좀 먹자. 빵하고 음료수." 은혜는 대답했다. 지원이 주방에서 고개를 내밀었다. "그래, 은혜야, 잘 먹어야 해. 대장이 먹고 힘을 내야지. 은성아, 빵 두 개 가져다줘라. 대장이 맥없으면 또 누가 다칠지 몰라." 지원이 걱정하는 표정으로 말했다.

'참 고마운 사람들. 남 일에 생명이 위험한데도 도와주시니 이 은혜를 어떻게 갚을까. 이번 일을 사단에게 고마워해야 하나, 마귀 총감에게 고마워해야 하나, 이곳에 모인 사람들에게 고마워해야 하나.' 은혜는 생각해 보았다. 모두가 다 고마운 것은 부인할 수가 없다. 무슨 보상이든 이 은혜는 다 갚으리라 생각했다.

　전장은 긴장감이 돌고 있었다. 바리케이드 앞으로 작은 회오리바람이 지나갔다. 사방은 어둠에 싸여 불빛만 사물을 밝히고 있다. 왕호 진영은 공격 태세를 갖추고 주차장 바닥에 대열로 앉아 있었다. 왕호성과 간부들은 막사에서 결전의 시간을 초조하게 기다리고 있었다.

　"사장님, 다시 한번 생각해 주십시오. 이번 일은 잘못되었습니다. 지금이라도 철수하시면 살 수가 있습니다. 사장님, 철수를 명령해 주십시오." 감수로는 일어서 허리를 굽히며 말했다. "감 상무, 지금 무슨 말을 하는 것이요! 정신이 나갔어요? 이제 곧 저들은 무너질 텐데 무슨 말 같지 않은 소리를 하고 있어! 그런 소리 하려면 이번 결전에서 빠지시오." 왕호성은 매우 화난 표정으로 말했다. 감수로는 자신의 힘으로는 역부족이라 생각했다. 간부들도 모두 자신을 조롱하듯 했다. 왕호성이 밖으로 나가자, 간부들이 뒤따랐다. 왕호성은 한 자만한 황금 봉을 오른손에 들고 간부들과 바리케이드 쪽으로 걸어왔다. 은혜도 천천히 뒷짐을 지고 내려왔다.

　왕호성과 은혜는 바리케이드를 사이에 두고 마주 섰다.

　"왕호성 씨, 늦게 오셨네요. 일찍 왔으면 벌써 끝났을 일을 말입니다?" 은혜는 왕호성의 표정을 살피며 말했다. "글쎄 말이야. 내가 실수했어. 일찍 왔으면 부하들의 희생도 없었을 텐데. 후회는 항상 희생이 따르더라고. 지금이라도 이곳을 우리에게 넘겨주는 것이 옳지 않을까, 예쁜 아가씨?" 왕호상은 능글맞게 미소 지으며 물었다.

　"우리가 도둑놈들을 초청한 것도 아니고 당신들이 우리 것을 훔치려고 왔는데 가만히 보고 있겠습니까. 몽둥이로 쫓아야지요, 못생긴 아저씨." 은혜는 살인 미소를 지으며 말했다.

　"아니, 저 죽일 년이 있나! 말로 해선 안 되겠어." 왕호성은 황금 봉으로 바리케이드를 치며 말했다. 감수로가 앞으로 나왔다.

"사장님! 이제라도 철수해야 합니다." 감수로가 왕호성을 쳐다보며 말했다.

"야! 저 자식 치워 버려. 불난 집에 부채질을 하고 있어, 쌍놈 새끼! 오늘 밤 이곳에서 개미 새끼 한 마리 살아서 못 나간다. 저 계집은 나의 전리품이 될 것이다. 왕호의 전사들이여, 일어나라!" 왕호성은 황금 봉을 높이 들고 외쳤다. "왕호! 왕호! 왕호! 왕호!"

"왕호성은 들어라. 너는 오늘 밤 지옥으로 가되 영혼은 눈이 멀어 갈 것이다. 너의 부하들보다 열 배의 지옥과 고통이 있을 것이야. 또한 너의 눈으로 참혹한 지옥을 보리라. 그럼 잘 가거라! 하지만 한 사람은 살아남으리라." 은혜는 돌아서며 말했다.

"자, 모두 올라가세요. 뒤돌아보지 마시고 식당으로 전부 들어가세요." 은혜는 천천히 걸어 올라가며 말했다. 특전사 전우들은 은혜의 뒤를 따라 올라갔다.

"총감, 시작하세요." 은혜는 총감에게 명령을 내렸다.

왕호성은 진영으로 천천히 걸어갔다. 간부들도 뒤따랐다. 일어나 왕호를 외치던 부하들의 함성이 울부짖는 비명으로 들리기 시작했다. "으악! 악! 악! 으악!" 왕호성의 눈이 커졌다. 부하들이 서로 죽이고 있었다. 끊임없이 들려오는 비명은 간담을 서늘하게 하였다. 언덕을 올라가던 특전사 전우들은 귀를 막고 식당으로 달렸다. 사람의 정신으로 들을 수 없는 비명이었다.

왕호성은 그만 주저앉았다. 하늘을 보았다. 밤하늘의 별들이 아름다웠다. 부하들 진영은 아비규환이다. 고개를 돌려 구석에서 엎드려 있는 감수로 보았다. 감수로 주위만 조용하다.

왕호성이 이 생애에서 마지막 본 모습이었다. 부하들이 달려와서 칼로 왕호성과 간부들 몸을 난자하기 시작했다. 난자된 몸뚱이는 발에 짓밟혔다. 아군도 적군도 없었다.

그저 죽이고 죽는 것이다.

구원받은 감수로

은혜는 붉은 허리띠를 풀어 눈을 가렸다. 참혹한 상황을 눈으로 볼 수가 없었다.

누가 신고했는지 경찰 기동대가 도착하여 현장으로 들어왔다. 조명탄이 공중에서 터졌다.

현장은 대낮같이 환해졌다. 그러나 참혹한 현장은 차라리 불을 밝히지 않았으면 좋았을 정도로 아비규환이었다. 마치 지옥을 연상케 했다. 그들은 아무것도 할 수가 없었다. 끝없이 죽이고 죽이는 것만 허락되었다. 경찰 기동대도 가까이 갈 수가 없었다. 연속 공포탄을 쏘았다. 아무 소용이 없었다. "네놈이 내 동생을 강간했어! 내 형도 네놈이 죽였지! 너는 내 엄마를 죽였어! 죽어야 해! 너는 죽어 마땅한 놈이야! 너도 같이 죽자! 죽이자! 죽이자! 흐흐흐흐, 죽어라! 으악! 으악!" 비명은 새벽이 오도록 계속되었다.

경찰 기동대는 저들을 막을 수가 없어 멍하니 바라보는 자, 차마 보지 못하고 고개를 돌린 자들이 태반이다. 동이 트고서야 조용해졌다. 참혹한 현장은 시체들로 쌓이고 쌓여 있었다.

살아 숨 쉬는 자는 없었다. 감수로는 자리에서 일어났다. 유일하게 살아 있는 사람. 은혜가 말했던 한 사람이 감수로다. 감수로는 이번 사건을 대변해 줄 사람으로 선택받았다.

은혜도 눈을 가린 가리개를 벗었다. 이 참혹한 상황이 끝날 때까지 서 있었다. 바람이 불어와 은혜의 긴 머리를 휘날렸다. 코로 피비린내가 들어왔다. 그러나 은혜는 현장을 주시하고 있었다. 감수로가 별장 앞에 서 있는 은혜를 보았다. 감수로는 천천히 비틀거리며 바리케이드 앞으로 걸어왔다. 그는 정중히 은혜를 향해 절을 했다. 한참을 일어나지 않았다. 이내 일어나 고개를 숙이고 무릎을 꿇었다. 은혜는 고개를 끄덕이며 자리를 떠났다.

현장에서 경찰 기동대가 시신들을 수습하고 있었다.

기동대 진수일 대장이 감수로에게 다가왔다. 무릎 꿇고 있는 그를 일으켜 세웠다.

"자, 일어나시지요. 힘드시겠지만 사건 현장에 대해서 조사 협조 부탁드립니다."

"해야지요. 자, 갑시다." 감수로는 무거운 발걸음을 옮겼다. 그는 아직도 공포에 젖어 있었다.

진수일 기동대장은 별장 쪽을 쳐다보았다. 아무도 없다. 은혜는 사건의 실마리를 남기지 않았다. 모두 식당과 막사에서 휴식을 취하고 있었다.

사건 현장은 경찰 기동대의 헌신으로 정리가 되어 갔다. 시신들은 어디로 가는지 알 수는 없지만 연신 실어 날랐다. 대형 버스도 끌어가고 주변의 현수막도 농성 자재도 깨끗이 청소되었다. 동주도 바리케이드를 철거하고 주변 대청소를 하였다.

이제 낚시터는 옛 모습을 찾아가고 있었다.

사건은 감수로가 증인으로 조사를 받아 왕호상사 이권 개입과 직원들의 난동으로 종결되었다.

신화증권과는 무관한 사건으로 누구도 조사받지 않았다.

경찰은 557명의 신원을 확보했다. 연고자에게 연락하였지만 한 사람도 찾아오는 사람이 없었다. 경찰은 모두 무연고자로 처리하고 화장을 했다. 가족에게 인정받지 못한 악한 인간들이었다.

은혜는 간단한 외출복으로 갈아입고 식당으로 갔다. 김호걸 상사, 마종수 과장, 지수영, 윤지선, 서 반장이 식탁에 앉아 있었다. 은혜가 들어서자 일제히 일어나 축하의 박수를 보냈다. 은혜는 환한 미소를 지으며 자리에 앉기를 권했다. 모두 자리에 앉았다.

"정말, 고생 많으셨습니다. 고마워요." 은혜는 다시 일어나 정중히 인사를 했다.

"은혜 아가씨, 진짜 지옥이 있다는 것을 알았습니다. 육십 평생을 살았지만 헛살았습니다. 신에 대해서 한 번도 생각해 보지 않았습니다. 제가 감사를 드립니다. 제 생각을 깨우쳐 주셔서 우리 가족 모두 하나님을 믿기로 제가 작정을 했습니다. 감사합니다." 김호걸 상사는 눈시울이 뜨거운지 손으로 눈가를 훔치며 말했다.

"저도 깨달은 게 많습니다. 악인은 반드시 망한다는 것을 배웠습니다. 하나님이 도와주시지 않았다면 입장은 바뀌어 있었을 겁니다. 저도 상사님과 같이 가족과 함께 가까운 교회에 가겠습니다. 깨닫게 해 주셔서 감사합니다." 마종수 과장도 일어나 은혜에게 인사를 했다.

"저는 아직도 아비규환인 모습을 잊지 못하고 있습니다. 지옥의 참모습을 보았습니다. 아무래도 불안합니다. 잠을 제대로 잘지도 걱정입니다. 시간이 지나면 괜찮아지겠지요. 하지만 지금도 무섭습니다. 이 후유증이 오래가면 어떻게 하지요?" 서 반장은 불안한 표정으로 은혜에게 물었다. 서 반장은 만약을 위해 끝까지 모니터를 주시하고 있었다. 시작부터 끝까지 보았으니 무서움의 생각으로 큰 장애를 얻을 수 있다. 이번 결전에서 서 반장이 제일 큰 부상을 당한 것 같다.

"죄송합니다. 하지만 너무 걱정하지 마세요. 오늘 밤이 지나면 모두 치료가 되어 있을 겁니다. 이러한 역사를 하신 신이 여러분을 힘들게 하지 않을 겁니다." 은혜는 서 반장을 위로하며 말을 했다.

"야! 은혜야, 나도 이제 교회에 간다. 어머니! 교회에 갑시다. 예수 믿어요. 암, 믿어야지요. 우리 엄마, 아빠도 모시고 갈게. 은혜야, 내 자리 비워 놔. 최고 좋은 자리로! 알았지? 자리가 맘에 안 들면 내가 다시 생각해 볼 수도 있어, 알았냐?" 지원의 말에 모인 모든 사람이 웃음꽃을 피웠다.

경호 팀은 회사 버스를 타고 있었다.

마종수 과장이 마지막으로 차에 올랐다. 자리에 앉아 있는 팀원들을 바라보았다.

"여러분, 고생 많이 하셨습니다. 이번 일은 잊지 못할 것 같습니다. 세상에 무서운 악인들이 많다는 것을 배웠습니다. 여러분, 선하게 삽시다." 마종수 과장은 팀원들을 향해 외쳤다. "과장님도 수고 많이 하셨습니다." "짝짝짝!" 팀원들이 서로 인사하며 격려의 박수를 했다. "하나님을 믿어야 해. 신이 지켜 주시지 않았으면 우리도 큰 변을 당했을 거야. 우리 예수님을 믿읍시다." 지수영 반장이 일어서서 팀원들을 향해 말했다. "맞아, 인간은 신을 이길 수가 없어. 신과 함께합시다." 윤지선 반장도 일어나 외쳤다.

"와! 환영합니다." "짝짝짝!" 경호 팀이 탄 버스는 희망을 안고 낚시터를 떠나갔다.

특전사 전우들은 식당 앞에서 서로를 끌어안고 작별의 인사를 나누었다.

"저, 회사에서 조그마한 답례를 보낼 것입니다. 저희의 성의를 받아 주십시오. 그럼 안녕히 가세요. 건강 조심하시고요." 은혜는 손을 흔들며 특전사 전우들과 인사를 했다.

"안녕히 계십시오. 저희가 필요하시면 언제든지 불러 주십시오. 자, 갑시다." 김호걸 상사는 인사하고 전우들과 주차장으로 내려갔다.

"김동주 병장, 잘 있어!" "상사님, 감사합니다. 건강하십시오." "동주야, 잘 지내. 갈게."

"동주야, 한번 부산에 놀러 와. 한잔하자고." "그래, 알았어. 꼭 갈게. 조심해 가." 전우들은 동주와 인사하고 주차장을 빠져나갔다. 주차장을 나가던 차가 서고 전우 중 한 명이 차창으로 얼굴을 내밀었다. "야! 동주야! 저기 내려오는 아가씨가 애인이냐?" "그래, 기훈아!" "동주야, 같이 통영에 와! 내가 풀코스로 대접할게, 알았지?" "알았어, 고마웠어! 기훈아, 조심히 가." 동주는 떠나는 차에 손을 흔들었다.

"동주 오빠! 다 갔네. 고생들 많이 하셨어. 고마운 분들이야, 그렇지?" 지원이 동주의 팔에 매달리며 말했다.

"그래, 고마운 분들이야. 이 은혜를 어떻게 갚지." 동주는 지원의 어깨를 감싸며 말했다.

"다 갚을 때가 있어. 살면서 그때가 오면 왕창 갚으면 되지. 네가 도와줄게. 나 힘 있어."

지원이 귀여운 표정으로 말했다.

"그래, 지원이가 도와줘. 우리 올라가자." 지원이 동주 허리를 안으며 걸어갔다.

잘 어울리는 한 쌍이다. 낚시터는 며칠 더 휴업하기로 했다.

별장. 은성이 외출 준비를 하고 일 층 거실에서 기다리고 있었다.

"은혜야! 지원아! 아직 멀었어?" 은성은 이 층에 대고 소리쳤다.

"은성아, 다 됐어. 금방 갈게." 은혜는 대답했다.

"딩동!" 지수가 인터폰을 눌렀다. "어서 와, 지수야. 너도 가게?" 은성이 지수의 차림새를 보고 물었다. 지수는 정장을 입고 왔다.

"야, 내가 안 가면 안 되지. 이모가 아직도 깨어나지 못했다며." 지수는 말했다.

"그래, 지수야. 같이 가자. 우리 모두 응원해야지. 얘들은 왜 안 내려오고 있어." 은성은 이 층으로 올라갔다. 이 층에서 은혜와 지원이가 신경전을 펼치고 있었다.

"난 안 간다고. 여기 더 있을 거야. 동주 오빠를 두고 어딜 가냐?" 지원이 의자에 앉아서 꼼짝도 하지 않고 버티고 있었다.

"지원아, 강의 시간도 얼마 남지 않았는데 집에 가야지. 너 학교 안 갈 거야?" 은혜는 말했다.

"강의 시작하면 가면 되잖아. 며칠이 얼마나 긴 시간인 줄 알아? 돈으로는 살 수가 없는 것이야. 은혜야, 나 좀 봐주라. 내가 네 말 잘 들을게." 지원이 두 손을 마주 잡고 말했다.

"알았으니까, 가면서 생각하자." 은혜는 지원을 일으키며 말했다.

"그럼 가야지. 갔다 다시 오는 거다? 야, 뭐 해! 가야지." 지원이 앞장서 일 층으로 내려갔다. "은성아, 내 차로 가자. 아무래도 서울 지리는 내가 잘 아니까." 은혜가 말했다.

병원 지하 주차장. 네 사람은 차에서 내려 병원으로 들어갔다.

"은혜야, 먼저들 가 있어. 나는 머리를 자르고 갈게. 이모에게 예쁜 모습을 보여 드려야지." 지원이 머리에 두른 스카프를 만지며 말했다.

"그래, 병실은 알지? 모르면 전화해." "알았어." 지원이 병원을 나서며 말했다.

양성자 권사는 특실에 입원해 있었다. 서의숙이 옆에서 간병을 하고 있고 양성자 권사는 아직도 깨어나지 못하고 있었다.

수술도 잘됐다고 하는데 깨어나지 못하고 사경을 헤매고 있었다. 병실로 은혜 일행이 들어왔다. 은성이 달려가 양성자 권사 손을 붙들었다.

"이모! 일어나! 은성이 왔어." 은성이 양성자 권사의 온몸을 어루만지며 말했다.

"고모! 이모는 어때? 위험하지는 않아?" 은혜는 서의숙을 바라보며 물었다.

"그래, 은혜야. 수술도 잘되고 몸도 건강하시대. 걱정 안 해도 돼." 서의숙이 은혜의 손을 잡으며 대답했다. 은혜도 양성자 권사 손을 잡았다.

"이모! 이제 그만 깨어나세요. 저희 무사히 왔어요. 이모, 으흑흑." 은혜는 양성자 권사 손을 얼굴에 대고 울면서 말했다.

양성자 권사는 결전 현장에 있었다. 행동대장이 은혜를 겨냥해 사격하는 모습을 보았다. 양성자 권사는 은혜를 향해 뛰어갔다. 행동대장은 사격했다.

"탕! 탕!" 두 발의 총성이 울렸다. "안 돼! 은혜 아가씨! 악!" 양성자 권사는 달려가 은혜를 밀치고 자신이 총에 맞았다. 힘없이 쓰러지는 양성자 권사를 은혜는 받았다. "이모! 안 돼요! 아~ 흑!" 은혜는 양성자 권사를 끌어안았다. 쓰러지며 양성자 권사는 보았다. 은혜의 눈이 충혈되어 가고 거대한 악의 화신이 은혜의 몸에서 발동되는 것을. "아, 하나님 도와주세요." 은혜의 목소리도 들었다. 그것은 죽음의 사자후였다. 양성자 권사는 보았다. 수많은 영혼이 마귀의 포승줄에 묶여 지옥문으로 들어가는 것을. 반항하는 영혼도 없고 그저 즐거운 표정들이다. 지옥에 들어가면서도 즐거운 표정이라니. 정말 돌이킬 수가 없는 영혼이라고 생각했다. 양성자 권사는 돌아섰다. 멀리 은혜가 지옥으로 끌려가는 영혼을 바라보고 있었다. 양성자 권사는 소리를 질렀다. "안 돼! 은혜야, 여기 있으면 안 돼, 은혜야!" 양성자 권사는 손을 흔들며 침대에서 일어나 앉았다.

"이모!" 은성과 은혜는 놀라 동시에 이모를 불렀다.

"어? 여기가 어디야. 지옥이 이렇게 밝았나?" 양성자 권사는 주위를 보며 말했다.

"참, 이모는 깨어나는 것도 별나게 깨어나네. 이모, 정신 차려." 은성은 양성자 권사의 어깨를 감싸 안으며 말했다.

"응, 은성아. 은혜도 괜찮아?" 양성자 권사는 은혜를 보며 물었다.

"네, 괜찮아요. 이제 됐어요. 깨어나서 고마워요, 이모." 은혜도 양성자 권사를 끌어안았다.

서의숙과 지수도 눈시울이 뜨거웠다.

미용실. 지원이 의자에 앉아 대기하고 있었다. 원장이 다가와 스카프를 벗겼다.

"아니, 어쩌다 머리를 다 태웠어요?" 원장은 지원의 머리를 만지며 물었다.

"원장님, 그 머리가 사랑의 흔적이랍니다. 내가 사랑하는 사람을 구했거든요. 그냥 영원히 그 흔적을 간직하고 싶은데 사랑하는 사람이 마음 아파할까 봐 용기를 냈습니다. 아주 예쁘게 다듬어 주세요." 지원이 밝게 웃으며 말했다.

"음, 스타일이 남자 스타일이 될 것 같은데 괜찮겠어요?" 원장은 머리를 쓰다듬으며 말했다. "괜찮아요. 사랑엔 아픔이 따른다고 했는데 머리야 금방 자라겠지요. 원장님, 안 그래요? 자, 마음이 변하기 전에 시작해 주세요." 지원이 눈을 감았다.

머리가 잘려 나가는 소리가 들렸다. 눈은 뜨지 않았다. 그 순간이 떠올랐다. 오빠를 막았을 때, 화염이 나만 태우고 오빠는 무사했다면 과연 좋았을까. 아니, 억울하잖아. 아무리 사랑이 위대하다고 하지만 나만 죽으면 이건 아니잖아. 죽으면 같이 죽어야지. 아무리 생각해 봐도 이건 억울한 것이다. 아니야, 그래도 사랑하니까. 아니야, 사랑은 얼어 죽을 사랑. 내가 죽으면 그만이잖아. 아, 이건 아니었어. 내가 큰 실수를 할 뻔한 거야. 동주 오빠만 살았으면 예쁜 여자를 만나 잘 살 거잖아. 와, 이건 대실수였어. 하나님이 나를 사랑했나 봐. 그래서 나를 살려 주신 거야. 아, 다시는 이런 실수를 하지 말아야지. 지원아! 정신 차려! 덤벙대지 말고. 아, 좋은 걸 깨달았네. 엄청 손해 볼 뻔했잖아. 아니야, 그래도 내가 동주 오빠를 사랑하잖아. 사랑으로 덮어야지. 그럼, 사랑은 모든 걸 덮는 거야. 지원아! 너는 사랑받을 거야. 암, 사랑받을 거야.

"아가씨! 다 됐어요." 원장님의 목소리가 들렸다. 지원이 눈을 뜨고 거울을 보았다. 거울에 귀여운 남자가 있었다. 진짜 귀여웠다. 자신이 봐도 사랑스러운 귀요미였다.

"음, 좋아. 아주 좋아. 고마워요, 원장님." 지원이 미소 지으며 인사를 했다.

지원이 자신의 사진을 찍어 동주에게 보냈다. "이 사람이 누굴까요?" 동주에게서 문자가 왔다. "지원아, 고마워. 그 머리도 잘 어울리는데? 사랑해." 지원은 휴대 전화에 입맞춤을 하고 병원으로 달려갔다.

구원받은 감수로

양성자 권사는 어깨에 깁스하고 있었다. 다행히 총알 하나는 심장을 피해 갔다. 또 하나는 왼쪽 어깨뼈에 막혀 제거 수술을 했다. 이제 한두 달 치료하면 정상적으로 활동할 수 있다고 의사 선생님이 말씀하셨다. 얼굴 혈색도 좋고, 거동하는 데 아무 무리가 없었다.

양성자 권사 주위에 모여 앉아 대화를 나누고 있었다. 병실 문이 열렸다.

"짠, 누굴까요?" 지원이 밝게 웃으며 나타났다.

"야! 지원아! 아주 귀여운데? 잘 어울려." 은혜는 지원을 보고 미소 지으며 말했다.

"이모! 얼마나 걱정했다고요. 지원이가 보고 싶지 않았나 봐. 이렇게 늦게 깨어나시게."

지원이 양성자 권사 손을 잡으며 말했다.

"어서 와, 지원아. 예쁘네. 마음 아팠지! 머리 자르면서…. 등 화상은 괜찮아?"

양성자 권사가 지원의 머리를 쓰다듬으며 물었다.

"네, 괜찮아요. 이모 빨리 회복하셔야 해요." 지원이 양성자 권사의 손을 문지르며 말했다.

"이번에 모두 고생들 많았어. 마종수 과장에게 보고를 받았는데 진짜 무서운 세상이야. 그런 악독한 자들이 있었다니. 이번에 나도 많은 것을 배웠어. 권사님, 이번 기회에 낚시터를 양도할까요?" 서의숙은 양성자 권사에게 물었다.

"아닙니다. 낚시터는 계속 운영했으면 해요. 모두 즐거운 마음으로 하고 있어요. 회사에 무리가 없으면 그냥 하게 해 주세요." 양성자 권사는 서의숙을 바라보며 대답했다.

"알겠습니다. 낚시터는 운영하는 것으로 하겠습니다." 서의숙은 미소 지으며 말했다.

"은혜와 지원이 이제 집으로 와야 하지 않니?" 서의숙이 은혜에게 물었다.

"응, 그렇게 해야지. 낚시터 개장을 하면 올라올게. 그나저나 은성이와 여행을 갈까 해, 고모."

"야호! 은혜야, 잘 생각했다. 어디로 갈까? 대장은 좀 쉬어야 해. 휴식이 필요하다구. 제주로 갈까요? 남해로 갈까요?" 지원이 콧노래를 부르며 물었다.

"지원이 너는 집에 가야지. 부모님 걱정은 안 하냐?" 은혜가 지원을 나무라며 말했다.

"걱정하지 마, 은혜야. 내가 너를 지키지 않으면 누가 지키냐? 우리 삼총사는 하나야. 너 〈미녀 삼총사〉도 안 봤냐? 삼총사는 늘 함께하는 거야." 지원이 눈을 지그시 감고 팔짱을 하며 말했다. "어휴! 저 억지 정말 못 말려. 이모는 마음 편히 치료받고 쉬세요." 은혜는 양성자 권사를 바라보며 말했다.

"그래, 고생들 했어. 여행 가서 무거운 마음을 다 풀고 와. 내 걱정은 하지 말고 잘 다녀와." 양성자 권사는 말했다.

"지수야, 엄마에게 안부 전해 줘. 걱정하지 말라고." 양성자 권사는 힘이 드는지 누웠다.

"네, 권사님. 치료 잘 받으세요. 얘들아 그만 가자. 권사님 쉬시게." 지수는 말했다.

"그래, 가자. 이모 갈게." 은성은 양성자 권사의 손을 잡아 주고 일어섰다.

양성자 권사는 잠이 들었다. 모두 조용히 병실을 나왔다.

"얘들아, 잘 가. 갔다 오면 연락해 주고." 서의숙은 병실로 돌아가며 말했다.

여행

✳

은혜와 은성은 늦은 시간에 집으로 돌아왔다. 은혜와 은성, 지원, 세 사람은 거실에 앉았다.

"은혜야, 어디로 가려고?" 은성이 물었다.

"남해로 해서 부산으로 돌아올까?" 은혜가 다시 물었다.

"은혜야, 우리 동주 오빠와 지수도 같이 가면 어떨까?" 지원이 말했다.

"같이 갈 수가 있을까? 같이 가면 나야 좋지. 지원이 네가 물어봐." 은혜는 말했다.

"좋아, 다 같이 가자." 지원이 좋아하며 말했다.

은성이도 은근히 바라고 있었다. 지수도 고생했는데. 동주 오빠야 말할 것도 없고. 한마음으로 같이 가기를 원했다. 2박 3일 일정으로 여행 일정을 잡았다.

내일 준비하고 출발하기로 하고 잠자리에 들었다.

팔월의 끝자락을 붙들며 조석으로 선선한 바람이 불어오고 있었다.

해가 떠오르면 못다 한 여름의 한풀이를 하듯이 햇빛은 눈을 부시게 하고 소매를 걷어붙이게 한다. 오늘도 날씨는 아침부터 더위를 예고하듯이 눈살을 찌푸리게 하고 있었다.

세 여인은 각자 캐리어를 손에 끌며 별장을 나섰다.

"은성아, 지수는 별장으로 온대?" 은혜는 캐리어를 차 트렁크에 실으며 물었다.

"응, 도착할 때 됐어. 동주 오빠도 나오네." 은성이 동주 쪽을 바라보며 대답했다.

"지원아, 너는 더운데 얼굴에 뭘 그렇게 바르냐." 은혜가 차 안에 앉아서 얼굴을 치장하고 있는 지원을 보며 물었다.

"어서 오세요, 동주 씨. 고마워요. 허락을 해 주셔서." 은혜는 인사하며 말했다.

"아, 제가 더 감사합니다. 폐가 안 될지." 동주가 트렁크에 가방을 실으며 말했다.

"폐는 무슨, 지원이 가는 곳에 동주 오빠가 있어야 해. 또 우리 세 여자를 지켜야지, 안 그래" 지원이 의자 뒤로 돌아앉으며 말했다.

지수가 도착했다. 지수가 운전을 하고 동주가 조수석에 앉았다. 세 여자는 뒷좌석에 앉았다. 지원이가 체격이 작아 가운데에 앉았다. 뒷좌석도 불편하지 않았다. 동주 엄마 김소영은 비닐봉지에 잔뜩 무엇인가 담아 가지고 왔다.

"동주야, 가면서 먹어, 김밥하고 음료수, 간식 넣었다." 소영은 지원이에게 건네주었다.

"우리 어머니가 최고라니까! 어머니, 잘 먹을게요. 잘 다녀오겠습니다." 지원이 큰 소리로 말했다. 모두 인사를 했다. 차는 출발했다.

"은혜 씨, 남해로 가시면 통영으로 가시지요. 저번에 우리를 도와주고 간 친구가 거제에 있습니다. 그곳으로 오면 꼭 들르라고 부탁했는데, 어떨지?" 동주는 뒤돌아보며 물었다.

"네, 그렇게 하세요. 이번에 감사 인사도 할 겸 방향을 그쪽으로 잡으세요." 은혜는 미소 지으며 말했다. 행복한 마음으로 즐거운 여행이 시작되었다.

거제도. 호텔 리조트는 전망이 푸른 바다와 옹기종기 솟아 있는 작은 섬들을 볼 수가 있었다. 야외 수영장과 요트를 즐길 수 있는 시설도 갖추고 있었다.

휴가철이 끝나서인지 호텔은 한산했다. 은혜 일행은 오후 4시경 호텔에 도착했다.

은혜는 로비 프런트에서 체크인을 했다. 오면서 예약을 해 놓았다. 객실은 나란히 두 개를 예약했다. 1212호, 1213호. 은혜와 은성, 지원이가 1212호. 동주와 지수가 1213호를 쓰기로 했다. 은혜 일행은 객실로 들어가고 동주와 지수도 객실로 들어갔다.

"와! 은혜야! 저 바다 좀 봐." 지원이 베란다 난간에서 서서 은혜를 불렀다.

"야, 진짜 경치 좋다. 저 요트 좀 봐. 멋진데?" 은성이 지원이 옆에서 요트를 가리켰다.

"우리 요트 타러 갈까?" 지원이 은성을 쳐다보며 물었다.

"시간이 될까? 알아보고 타러 가자." 은혜는 발코니로 나와 은성의 옆에서 대답했다.

"그래, 너무 좋다. 사람이 이런 맛도 있어야지. 은혜야, 우리 이곳에 별장 하나 만들자. 지금 별장은 문제도 많고 탈도 많아. 별장이라면 이런 곳에 있어야지, 안 그러냐?" 지원이 은혜를 보며 물었다.

"야, 그 별장은 내 거야. 좋기만 하는구먼. 은혜와 지원이 너희 둘이 돈 많이 벌어서 이곳에 별장 지어. 그럼 내가 한 번쯤은 놀러 와 줄게." 은성이 돌아서며 말했다.

"은성아, 누가 빌려준대? 꿈도 꾸지 말아라." 지원이 혀를 내밀며 말했다.

"지원아, 빨리 준비하고 가 보자." "알았어, 내가 동주 오빠에게 연락할게."

푸른 바다의 파도는 잔잔했다.

은혜 일행은 요트 여행을 했다. 여행이라고 해 봤자 요트로 작은 섬을 돌아 거가대교를 돌아오는 코스다. 바다에 나오니 바람이 시원했다. 바다의 짠 냄새가 코끝을 자극했지만 그래도 마음은 상쾌했다. 지원과 동주는 사진을 찍느라 행복한 모습이다. 은성과 지수도 마냥 즐거운 모습으로 바다의 섬들을 가리키며 환호하고 있었다.

은혜의 마음은 상쾌하지만, 생각은 편하지 않았다.

이제 사단과 마귀 총감과 이별해야 하는데 어떻게 해야 할지 해답을 찾지 못하고 있었다. 며칠이 지났는데 마귀 총감은 나타나지 않았다. 이대로 아무 일 없이 총감과 교감이 없었으면 했다. 나 아니면 또 다른 영혼을 통해서 자신의 본분을 다하겠지만 그래도 악한 인간들의 만행이 없으면 좋겠다고 생각했다.

세상은 인간들의 세상이다. 부와 권력이면 모든 것이 해결된다. 가진 자가 신이다. 인간의 신을 따르는 추종자들은 하루살이라도 좋았다. 우상이 된 인간의 신이 손가락 하나만 퉁겨도 환호한다. 우상이라는 불 속으로 달려들고 있다. 결국 타 죽을 신세지만 아랑곳하지 않는다. 오로지 불꽃이 좋은 것이다. 추종자가 되어 몸을 불살라 고통 속에서 죽느니 차라리 이방인이 돼라. 하나님의 추종자들, 그들은 결국 하나님의 아들을 죽였다. 그 아들이 다시 살아났는데도 하나님의 추종자들은 믿지를 않는다. 그들은 자신들이 죽인 하나님의 아들을 부활시키고 있다. 그래서 이 땅의 많은 이단아가 하나님의 아들이라 자신을 내세우고 만들어 내는 것이다. 죽을 것을 알면서도 달려드는 나방들같이 오직 보이는 불빛만 바라본다. 그 불빛은 그들이 마지막으로 본 불꽃이 되는 것이다. 영원한 지옥의 어둠은 환상의 불꽃을 허락하지 않는다. 오직 죄악의 멍에를 메고 끝없는 어둠의 영원한 고통만 존재할 뿐이다. 지옥은 영혼이 살아 있다고 할 수 없다.

은혜 일행은 즐거운 요트 여행을 마치고 요트에서 내렸다.

"지원이가 제일 좋아하는 것 같은데?" 은혜는 지원을 보며 물었다.

"아, 이건 아니야. 너무 짧았어. 동주 오빠, 우리 결혼해서 신혼여행으로 요트 세계 일주하자. 너무 서운했어. 약속해 주라, 응?" 지원이 동주의 팔을 붙들고 말했다.

"알았어. 능력이 되면 그렇게 하자." 동주가 지원의 머리를 쓰다듬으며 대답했다.

동주의 휴대 전화가 울렸다.

"아, 여보세요? 누구? 어, 기훈아! 그래, 우리 도착했어." 동주는 반갑게 말했다.

"동주야! 나 지금 그곳으로 가고 있으니까, 카페에서 만나자." "알았어, 조심해서 와."

은혜 일행은 천천히 호텔 산책로를 구경하며 호텔 카페로 갔다.

호텔 카페는 조용했다. 드문드문 연인들이 앉아 대화를 나누고 있었다.

은혜는 넓은 자리로 택했다. 잠시 후 방기훈이 도착했다.

"동주야, 잘 지냈지? 은혜 아가씨도 은성 씨, 지수 씨도 안녕하셨지요?" 기훈이 동주의 손을 잡으며 인사했다. 기훈이 자리에 앉아 지원을 바라보았다.

"누구시더라? 낯이 익는데?"

"음, 나로 말할 것 같으면, 전쟁터에서 화염을 몸으로 막아 귀한 사람을 구한 위대한 여성입니다. 전에도 없었고 후에도 없을 사랑의 여신이라고 할까? 또 없을까? 표현력이 약한 게 흠이라니까. 아이, 아무리 그래도 나를 못 알아봐요?" 지원이 씩씩대며 말했다.

"아, 지원 씨! 죄송합니다. 머리 스타일이 좀…." 지원이 빤히 쳐다보고 있어 말끝을 흐렸다. "좀, 뭐요! 사내아이 같다 이 말이지요? 할 수 없지요. 그렇게 생겼는데. 하하하." 모두가 한바탕 웃었다.

동주는 기훈을 자세히 보았다. "기훈아, 너 싸웠냐? 얼굴에 멍 자국이 많네?" 동주는 기훈의 얼굴을 만지며 말했다. "아, 이거? 험한 일이 있었어. 동주가 알 일은 아니야." 기훈은 한숨을 쉬며 대답했다.

"말씀해 보세요. 우리가 도울 일이 있으면 도와 드릴게요." 은혜는 기훈을 마주 보며 말했다. "아, 이걸 말을 해야 하나." 기훈은 은혜를 바라보며 말을 흐렸다.

"말씀하세요. 우리가 지옥에서도 살아남은 사람들 아닙니까." 지원은 기훈의 앞으로 다가서며 재촉했다.

기훈은 기대하고 있었다. 지금 일어나고 있는 일은 신이 아니면 해결할 수가 없는 일이다. 사람의 힘으로는 할 수가 없는 일이다.

기훈은 아버지의 사업을 물려받았다. 기훈의 아버지는 크지는 않지만, 조선소 인력을 공급하는 사무실을 하고 있었다. 하루에 70~80명 정도 조선소에 인력을 공급해 왔었다. 거제에는 인력 사무소가 30여 곳이 있다. 보통 20~30명을 공급하는 소규모 업체들이 많았다.

며칠 전부터 조선소 최고 인력 공급 회사인 황하통상에서 비리가 발각되어 인력을 공급하지 못하는 상황이 되었다. 황하통상은 해외 자본을 끌어와 조선소 하청 업체를 상대로 고금리 사채업을 하고 있었다. 그러다 하청 업체 기업이 채무를 갚지 못하자 사람을 감금하고 폭행하여 숨지는 일이 발생해 고발당했다. 이런 일이 빈번히 있었지만 증거 인멸이 되어 발각되지 않았다. 이번 사건은 시신이 바다에 떠오르면서 수사의 덜미가 잡힌 것이다.

그렇게 기훈이 운영하는 인력 사무소에 갑자기 인력들이 몰리면서 하루에 300명을 감당하게 되었다. 이러한 것을 보고 있을 황하통상이 아니다. 이들은 거제도의 인력 사무소를 모두 쫓아낼 계획을 하고 있었다. 며칠 전 이들은 조직들을 보내 1차 협박과 구타를 하고 돌아갔다.

힘으로는 당할 수가 없는 조직이다. 이들은 연판장을 보냈다. 결국은 인력 사무소를 폐쇄하라는 뜻이다. 거대한 힘으로 나라의 돈을 빼 가는 악한 존재들이다. 또한 해외 인력을 불법 취업시켜 높은 수입을 내고 있었다.

거제도 유흥업체도 관여하고 있었다. 조선소 주변에 차이나타운이 있을 정도다.

이들의 만행은 국가적으로도 손실이 크다. 하지만 검은돈에 눈먼 인간들이 많기에 그저 저들은 보란 듯이 꿩 먹고 알 먹고 하는 것이다.

기훈은 한숨을 쉬며 지금까지의 일을 설명해 주었다.

"동주야, 이제는 거제를 떠나야 할 것 같아." 기훈이 힘없이 말했다.

"기훈 씨, 연판장의 날짜가 언제인가요?" 은혜가 눈을 반짝이며 물었다.

"내일입니다. 마침 이곳이네요. 내일 정오에 황하통상의 요트가 이곳에 올 것입니다. 거제도의 인력 사무소 업체는 다 모이라는 협박이 있었습니다. 요트에 오르면 무슨 일이 벌어질지 아무도 모르는 일입니다. 더구나 요트가 바다로 나간다면 생명을 보장받을 수도 없습니다." 기훈의 눈가에 눈물이 맺혔다. 남자의 눈물, 생계가 달린 문제고 생명의 안위를 걱정하는 눈물이었다.

은혜는 생각했다. 착하게 살려고 하는 사람에게 왜 이런 악한 인간들이 위협을 하는가. 은혜는 무조건 도와야 한다고 다짐했다. 맹세하지 않았던가. 어떻게든 은혜를 갚겠다고 했고 지금이 기회이다. 사단은 나에게 휴가도 주지 않는 것인가. 그래, 이번에도 악이 되든지 선이 되든지 해 보자. 이것을 위해 이백은 나에게 능력을 주지 않았는가. 약한 자를 위해 사단의 딸이 일어서리라. 은혜는 결심했다.

"기훈 씨, 그 연판장을 나에게 주실 수 있으세요?" 은혜는 기훈을 바라보며 미소 지으며 물었다.

"아니, 어디에 쓰시려고?" 기훈은 은혜를 바라보며 물었다.

"황하통상 초청에 제가 가겠습니다. 제가 기훈 씨를 돕고 싶습니다." 은혜는 굳은 표정으로 대답했다.

"그렇게 해 주시면 저야 좋지만 위험하지 않을까요?" 기훈은 걱정스러운 표정으로 물었다.

"그래, 한번 해 보자. 많은 분의 생명이 걸린 문제인데." 동주는 손을 움켜쥐고 들어 올리며 말했다. "그래요. 우리 해 봅시다. 우리는 지옥에서도 살아난 용사들 아닌가요. 얘들아, 우리 여행은 끝났어. 아마겟돈 항전 원정대로 온 거야. 이것들이 우리나라를 어떻게 보고! 정의의 청년들이 있다는 것을 보여 주자고." 지원이 벌떡 일어나 탁자 주위를 돌며 씩씩댔다.

"지원아, 앉아라. 손님들이 본다." 은혜는 지원을 보고 손짓하며 말했다.

"내일 기훈 씨는 저와 함께 황하통상 초청에 같이 가요. 요트는 바다로 나가지 못하게 막겠습니다. 어렵지만 이번에 황하통상을 이 땅에서 흔적도 없이 사라지게 해 보겠습니다." 은혜는 모두를 쳐다보며 말했다.

은혜 일행은 객실로 돌아왔다.

다섯 사람은 거실 소파에 앉아 서로를 바라보며 의미심장한 표정으로 있었다.

"은혜야, 큰소리는 쳤는데 정말 해 볼 만하냐?" 지원이 은혜 얼굴 가까이 자기 얼굴을 내밀며 물었다.

"응, 나도 몰라. 한번 해 보는 거지. 계획은 없어. 우선 저들의 동태를 알아 보는 수밖에. 내일 황하통상의 모든 것을 알아보는 거야. 규모가 얼마나 큰 지, 어디까지 세력이 확장되어 있는지…. 적을 알아야 계획을 세우지. 아무래 도 이곳에서 여러 날 머물러야 할 것 같다." 은혜는 진지한 표정으로 모두에 게 말했다.

"걱정하지 말고 우리가 해야 할 일이 있으면 말해. 은혜 말에 따를게." 은성 이 걱정하면서도 은혜를 믿고 밝은 미소로 말했다.

"알았어. 자, 모두 가서 쉬자. 내일을 향해 우리의 믿음을 쏘자." 은혜는 일 어서며 말했다. "은혜야, 그거 어디서 많이 들어 본 소리인데? 근사한 말을 했어. 역시 너는 우리의 대장이야. 암, 대장은 대장다운 말을 해야지. 사랑한 다, 은혜야. 잘 자." 지원이 은혜를 안아 주며 말했다.

"은성아, 잘 자. 나간다." "그래, 내일 보자. 지수야, 동주 오빠도 잘 자." "그 래, 우리는 간다. 내일 봐." 지수와 동주는 자신들의 객실로 돌아갔다.

은성은 자기 침대에서 잠이 들었다. 지원이도 야경을 구경한다며 발코니를 들락거리더니 재미없다고 투덜대며 침대에 엎어져 잠이 들었다.

은혜는 침대에 기대어 생각했다.

"총감은 나오세요." 아무런 대답이 없다. 몇 번을 불러 봐도 반응이 없다. 은혜는 초조해졌다. "총감이 떠나 버렸나? 안 돼." 은혜는 불안했다.

자신에게 잠재된 능력이 있다고 하지만 마귀 총감이 없으면 이번 일은 포 기해야 한다. 그만큼 총감의 능력과 활동이 매우 중요하다. "총감이 기분이 상했나? 자신에게 의논도 안 하고 나 혼자 결정해서. 아, 이 일을 어떡하지. 미안해, 총감…. 돌아와." 은혜는 시간이 가면 갈수록 마음이 초조해졌다. 은 혜는 발코니로 나왔다. 바닷바람이 얼굴에 부딪혀 왔다. 멀리서 평화롭게 고 기를 잡는 어선의 등불이 보였다. 시간은 새벽을 향해 가는데 은혜는 밤새 잠 을 이루지 못했다. 마귀 총감은 감감무소식이다. 은혜는 자신도 모르게 눈물 을 흘렸다. "아, 하나님! 나를 도와주세요. 나는 어떡해야 하나요. 이백님, 나를 도와주세요. 총감도 가 버렸고 이 큰일을 어떻게 감당하라고. 으흑흑. 나 사단의 딸 안 할래. 안 할 거야. 으흑흑." 은혜는 주저앉아 울음을 터트렸다.

"여신님, 왜 울고 계십니까? 제가 늦게 도착했지요. 죄송합니다." 총감은 불안한 표정으로 물었다.

은혜는 총감을 바라보았다. 이렇게 반가울 수가 있단 말인가. 죽은 신랑이 살아 돌아와도 이렇게 기쁘지는 않았을 것이다. 은혜는 자리에서 일어났다. 이제 슬픔도 다 사라졌다. 그래도 자신은 여신으로 총감의 주인이다. 권위를 지켜야 한다.

"총감은 어딜 그렇게 말도 없이 다녀요. 다시는 이런 일 없도록 하세요." 은혜는 자신의 심정을 숨기고 밝은 미소를 지으며 말했다.

"네, 죄송합니다. 본청에 급히 해결할 일이 생겨서 잠시 다녀온다는 게 늦었습니다. 다시는 이런 일이 없게 하겠습니다." 총감은 고개를 들지 못하고 말했다.

"총감, 내일부터 바빠질 것 같아요. 언제든지 출동할 수 있게 준비해 주세요." 은혜는 밤하늘을 바라보며 말했다.

"네, 여신님. 언제든지 말씀만 하시옵소서. 바로 시행하겠습니다." 총감은 기쁜 듯이 미소를 흘리며 대답했다.

"고마워요. 그만 들어가세요." 총감은 은혜의 영혼에 숨었다.

밤하늘의 별들이 아름다웠다. 조금 전만 해도 몰랐는데 총감이 돌아오고 세상이 바뀐 것 같다. 은혜의 마음도 날아갈 것만 같았다. 꼭 원더 우먼이 되어 하늘을 나는 기분이다.

은혜 자신이 양면성을 가지고 있다는 생각에 피식 웃음이 나왔다. 얼마나 다행인가. 총감이 영원히 오지 않았다면 생각만 해도 끔찍했다. 사단의 딸은 마귀 총감이 없으면 안 된다. 이것을 알고 계획한 이백은 은혜에게 마귀 총감을 시종으로 보낸 것이다.

은혜는 잠도 잊고 발코니를 서성거렸다.

바다 수평선에 붉은 태양이 솟아올랐다. 그 빛은 은혜의 모습을 붉게 물들였다.

황하통상 하오수

✳

날씨가 화창했다. 해가 중천에 있어 늦여름의 더위를 내뿜고 있었다.

바다의 파도는 크지는 않지만, 유람선을 흔들어 주고 있고 한쪽에 대형 요트가 정박해 있었다. 요트라기보다는 작은 크루즈라 해도 어색하지 않을 정도의 선박이다.

정오가 되려면 1시간 정도 남았다. 기훈은 벌써 도착하여 은혜 일행과 카페에서 차를 마시고 있었다.

"은혜 씨, 괜찮겠습니까? 저 혼자 들어가는 것이 좋지 않을까요?" 기훈이 물었다.

"괜찮습니다. 적을 알아야 계획을 세우지요. 기훈 씨, 걱정 안 하셔도 됩니다. 요트에서 작은 소동이 일어날 것입니다. 놀라지 마시고 제 지시에 따라 주시면 됩니다." 은혜는 밝은 미소로 대답했다.

"은혜야, 우리는 무엇을 해야 하냐?" 지원이 눈을 크게 뜨며 물었다.

"여러분은 이곳에서 구경도 하시고 산책도 하세요. 오늘은 도울 일이 없습니다." 은혜가 말했다.

"야, 그래도 무슨 일이라도 해야지. 너 나 불안해 죽는 것 볼 거냐? 은혜야!" 지원이 의자에서 엉덩이로 콩콩 뛰며 물었다. 동주가 옆에서 지원을 달래며 살짝 안아 주었다.

동주가 안아 주자, 지원은 조용해졌다. 사랑의 힘인가.

"자, 기훈 씨! 가시지요." 은혜는 일어서며 말했다.

은혜는 청바지에 청색 블라우스를 입었다. 조금 순수하게 보이기 위한 옷차림을 했다.

머리는 머리 끈으로 묶었다. 그리고 챙이 넓은 모자를 쓰고 코 밑에 작은 점도 찍었다. 아무래도 얼굴 노출을 피해야겠다는 생각에서 외모를 바꾸었다. 이것은 지원의 작품이었다.

하지만 아무리 외모를 바꾸어도 빼어난 미모는 감출 수가 없었다.

오늘은 유람선은 운행하지 못했다. 황하통상이 유람 선착장을 대여해서 운행은 중단되고 한 시간 전부터 황하통상 조직이 선착장을 점령하고 있었다. 건장한 사내들이 선착장으로 들어가는 입구에서 요트까지 양쪽으로 도열하고 있었다.

속속히 인력 사무소 소장들이 선착장으로 모여들었다. 협박에 못 견디고 마지못해 이곳에 온 것이다. 그들은 힘이 없는 모습이었다. 도살장에 끌려온 소들의 모습이었다. 은혜와 기훈이도 그들과 합류했다.

요트 입구에서 검은색 정장을 입은 여자가 각자의 연판장을 검사했다.

은혜와 기훈이 차례다. "이 여자분은 누구신가요?" 여자가 은혜를 보며 물었다.

"제 와이프입니다. 왜, 같이 오면 안 되나요?"

기훈이 여자를 싸늘한 표정으로 쏘아보며 대답했다.

"아, 아닙니다. 올라가십시오." 여자는 정중히 인사를 했다.

요트 안은 꽤 넓었다. 홀에는 의자가 준비되어 있어 먼저 올라온 사람들이 앉아 있었다.

표정들이 어두웠다. 전면에 상석 자리가 마련되어 있었다. 주위로 건장한 사내들이 서 있었다. 은혜와 기훈도 중앙 쪽에 자리 잡고 앉아 기다리고 있었다.

올 사람이 다 왔는지 요트 문이 닫혔다. 요트의 엔진 가동 소리가 들렸다.

"총감은 나오세요." 은혜는 총감을 불렀다.

"여신이여, 편안하신지요. 부르셨습니까. 말씀만 하시옵소서." 총감은 밝은 얼굴로 대답했다. "총감은 저 엔진 가동을 막아 주세요." 은혜는 총감에게 지시했다.

"네, 알겠습니다." 총감은 대답을 하고 사라졌다.

총감은 선장의 영혼에 들어가 선장의 생각을 흔들었다. 갑자기 선장은 엔진 컨트롤 박스를 열고 모든 연결선을 뽑았다. 여기저기 스파크가 일어났다. 엔진이 꺼졌다.

"아니, 선장님! 무슨 짓을 하는 겁니까?" 조타수가 놀라 선장을 붙들고 물었다.

요트의 운행은 불가능하다. 총감은 선장의 영혼에서 나왔다.

조용해진 요트. 황하통상 책임자 하오수 실장은 홀 안으로 들어가는 문 앞에서 조타실을 바라보았다. 조타수가 하오수를 쳐다보며 손을 흔들었다. 요트의 운행이 불가능하다는 표시다.

하오수는 화난 표정을 감추며 홀 안으로 들어왔다.

홀 안은 무거운 적막에 휩싸였다. 들어오는 하오수를 날카로운 눈빛으로 바라보는 사람들. 아예 눈을 감고 팔짱을 끼고 있는 사람들이 많았다.

하오수는 인력 사무소 소장들과 마주 보고 앉았다.

"반갑습니다. 나는 황하통상 하오수 실장입니다." 하오수는 무표정으로 자신을 소개했다.

하오수는 50세로 홍콩 태생이다. 한국에 온 지는 17년이 되었다. 황하통상 회장 하문교의 차남으로 홍콩 명문대를 나와 증권계에서 두각을 나타내기도 했다. 지금은 사채업과 인력 사무소를 담당하고 있었다. 키는 보통으로 169cm에 왜소한 체격으로 얼굴은 길쭉하고 광대뼈가 유난히 크게 보이고 눈이 작았다.

"자, 여러분을 초청한 것은, 우리 황하통상을 도와주십사 부탁을 하고자 이 자리를 만들었습니다. 지금 우리 회사의 인력 공급이 말이 아닙니다. 여러분이 황하로 들어오십시오. 그럼, 수입의 50%를 드리겠습니다." 하오수는 눈을 더욱 가늘게 뜨며 말했다.

"아니, 이런 날강도 같은 인간들이 있나." "아니, 우리를 죽이려고 하는구먼." "우리보고 인력 사무소 문을 닫으라는 소리나 같잖아." 여기저기 웅성거리는 소리가 들렸다.

"협조를 안 하신다면 어쩔 수 없이 실력 행사를 해야겠지요."

하오수는 정면을 주시하며 말했다.

하오수가 앉은 의자 양옆으로 3명씩 6명이 하오수를 보호하고 있었다.

"연판장에 사인을 안 하시면 이 요트에서 한 분도 못 나갈 겁니다. 또한 여러분의 가족도 무사하지 못할 것입니다. 아무쪼록 좋은 선택을 해 주시길 바랍니다." 하오수는 협박했다. "차라리 우리를 죽여라!" "이래도 죽고 저래도 죽을 형편인데, 이놈들 우리를 죽여라!" 사람들은 여기저기에서 일어나 하오수를 향해 삿대질하며 소리를 질렀다.

하오수는 잠잠했다. 협상의 달인이라고 해도 손색이 없는 인물이다. 시간이 지나면 저들의 소동은 가라앉을 것이다. 생명보다 귀한 것은 없으므로 저들은 연판장에 사인을 할 수밖에 없다고 하오수는 믿었다.

"황하통상 하오수는 나와라!" 선착장 입구에서 인력 공급 2위를 달리는 호동인력 김중배 사장의 아들 김성진이 건달 20명을 데리고 왔다. 김성진 일당은 선착장 입구를 지키고 있는 황하통상 30명 패거리와 신경전을 벌이고 있었다. "하오수는 나와라! 하오수는 나와라!" 김성진은 앞에서 소리치며 요트쪽으로 밀고 들어가려고 했다. 황하통상 패거리는 홍콩에서 활동하는 조직폭력배를 용역으로 고용하고 있었다. 그들은 무자비했다. 한번 싸움이 시작되면 살인은 기본으로 생각하는 인간들이다. 항상 살인 도구를 몸에 품고 다녔다.

"자, 우리가 밀고 들어가자!" 김성진은 뒤를 돌아보며 외쳤다.

황하통상과 호동인력의 격투가 벌어졌다.

김성진은 싸움을 잘했다. 앞을 막고 있는 적을 돌려 차기로 가격했다. 이것이 시작이었다.

선착장 좁은 길에서 싸움을 하다 보니 전체 인원이 엉키지는 않았다. 앞에 있는 몇 사람이 치고받고 쓰러지면 다음 사람들이 앞으로 나가는 싸움이 계속되었다.

싸움은 김성진 쪽이 우세했다. 계속 밀리는 황하통상 패거리는 무기를 꺼내 들었다. 칼은 한 자 정도의 작은 도검이었다. 모두 종아리 부분에서 꺼내 들었다. 휘두르는 칼에 김성진의 왼쪽 팔이 베었다. 부상에 신경 쓸 상황이 아니다. 같이 온 건달들도 부상자가 속출했다. 배를 베이고, 허벅지를 베인 사람도 있었다. 김성진은 계속 밀려 선착장 밖으로 밀려났다. 위기가 닥쳤다. 선착장 좁은 길에서 황하통상 패거리는 전원 공격을 하지 못했지만, 넓은 공간으로 나오면 문제가 다르다. 숫자로도 열세이지만 저들은 살인 도구를 들고 있다.

이러한 상황을 은혜는 요트에서 보고 있었다. 김성진의 건달들이 뒷걸음질하며 뒤로 밀리는 상황에서 김성진과 몇 사람이 뒤로 넘어졌다. 저들이 달려들어 도검으로 찌르면 죽는다.

일촉즉발의 상황. 모래밭에서 어린아이 주먹 크기의 조개껍데기가 둥실 떠올랐다. 쓰러진 김성진 심장 쪽으로 도검이 내려오고 있었다. 피할 곳이 없는 김성진이 눈을 감았다.

"으악! 악! 아악! 악!" 비명에 김성준은 눈을 떴다.

자신을 향해 도검을 내리찍던 놈이 목을 움켜쥐고 뒤로 자빠졌다. 계속해서 황하통상 패거리는 비명을 지르며 쓰러졌다. 뒤로 돌아 도망을 가지만, 소용이 없었다. 하나의 무기로 변한 조개껍데기는 총알같이 빠른 속도로 도망치는 자들의 목줄을 끊어 버렸다. 30명의 황하통상 패거리는 목으로 피를 뿜으면서 죽었다. 조개껍데기는 요트 쪽으로 날아갔다.

모든 상황을 요트 난간에서 보고 있던 하오수의 왼쪽 가슴에 조개껍데기가 박히며 하오수는 넘어졌다. 왼쪽 가슴으로 피가 흐르고 있었다. 은혜는 하오수는 살려 두었다.

은혜와 기훈이 인력 사무소 소장들과 요트에서 내려왔다.

"총감, 요트를 폭파하세요." 은혜는 총감에게 지시를 내리고 쓰러져 있는 시신들을 피해 선착장 밖으로 나왔다.

총감은 선장의 영혼에 들어갔다. 선장은 멍하니 바다를 보고 있었다. 그리고 힘없이 일어나 기관실 쪽으로 들어갔다. 기관실엔 보충 기름통들이 여러 개 있었다. 선장은 아무런 표정 없이 기관실에 기름을 붓고 여기저기 기름을 뿌렸다. 기름 냄새에 조타수가 달려왔다. 그러나 늦었다. 선장은 라이터로 불을 켰다. "안 돼!" 조타수가 말했지만, 불길은 자신을 향해 오고 있었다. 급히 난간으로 이동하며 하오수를 부축하고 요트에서 내렸다. 하오수 일행이 선착장 중간쯤 왔을 때 "콰쾅! 쾅!" 폭음과 함께 요트 선체가 날아가 버렸다.

폭음에 쓰러진 하오수의 눈이 분노의 열기로 활활 타올랐다.

호텔 관계자와 관광객들로 선착장 주위가 부산스러웠다.

은혜와 기훈은 말없이 천천히 호텔로 걸어갔다. 소방대와 경찰들이 오는 소리가 들렸다.

모든 사건은 경찰들의 조사로 마무리될 것이다.

황하통상의 최후

✳

은혜 일행과 기훈은 호텔 카페에 자리를 잡고 앉았다.

"기훈 씨, 수고하셨습니다. 저들은 이것으로 끝나지 않을 겁니다. 저들은 언제든지 공격할 준비가 되어 있는 자들입니다." 은혜는 모두를 쳐다보며 말했다.

"그럼 어떻게 대응해야 할까요?" 기훈이 불안한 표정으로 물었다.

"우리는 아무 준비도 안 되어 있는데 계획은 있나요?" 동주가 다급히 물었다.

황하 조직이 이대로 넘어가지는 않을 것이다. 보복의 칼을 들고 각 인력 사무소를 친다면 앉아서 당할 수밖에 없는 상황이다.

이러한 상황이 발생해서는 안 된다고 은혜는 생각했다.

"우리가 먼저 선제공격해야 합니다. 많은 생명이 달린 싸움입니다. 저들이 인력 사무소를 공격할 시간을 주면 안 됩니다." 은혜는 심각한 표정으로 말했다.

"은혜야, 저들이 어디 있는 줄 알고 공격하냐? 저들이 '나 여기 있다. 잡아 봐라.' 하지도 않을 텐데. 이번에는 경찰에게 맡기자, 은혜야." 지원이 걱정스러운 표정으로 말했다.

"지원아, 경찰이 알아서 해 주면 이 지경까지 왔겠니. 이곳은 무법천지 같아. 법보다 힘이 우선시되는 곳이야. 기훈 씨와 인력 사장님들이 벌써 신고 안 했겠니?" 은혜는 기훈을 바라보며 말했다. "맞습니다. 경찰에 신고도 하고 폭행당했다고 해도 그저 수사 중이라고만 하지 대책이 없습니다." 기훈은 한숨을 쉬며 말했다.

"자, 우리가 거기까지 관여할 필요는 없고 저들을 정신 못 차리게 해야 할 것 같아요. 기훈 씨, 저들이 운영하는 사업체 중 혹시 알고 있는 곳이 있나요?" 은혜는 기훈의 얼굴을 보며 물었다. "네, 알고 있습니다. 차이나타운에서 제일 큰 룸살롱을 영업하고 있습니다. 제가 그곳에 한 번 가 봐서 잘 압니다." 기훈은 밝은 웃음을 지으며 말했다.

"알겠습니다. 오늘 밤 그곳을 치겠습니다. 동주 씨와 기훈 씨는 저와 동행하시고 은성이, 지원이, 지수는 근처 카페에서 기다리고 있다가 소동이 일어나면 경찰에 신고해. 언제든지 우리가 나오면 피할 수 있도록 차를 준비해 줘. 우리 차랑 기훈 씨 차로 이동할 거야. 우리가 나올 때까지 긴장 놓지 말고. 지원이는 덤벙대지 말고, 알았지?" 은혜는 지원을 쳐다보며 말했다. "은혜야, 내가 언제 덤벙댔다고 그러냐? 너나 잘해! 다치지 말고." 지원이 은혜의 손을 잡으며 걱정스러운 표정으로 말했다.

"은혜야, 그 안에서 괜찮겠어? 불안하다. 안 되겠다 싶으면 바로 나와." 은성이 은혜의 손을 잡으며 말했다. "밖은 나하고 지원이가 잘 준비하고 있을게. 은혜야, 조심해." 지수도 긴장된 표정으로 말했다.

"그래, 한번 해 보자. 이번에도 신은 우리 편이야. 승리할 거야. 힘내자." 은혜는 손을 움켜쥐고 힘 있게 말했다.

"은혜야, 너 가면 갈수록 매력적인 말을 많이 한다. 공부했냐? 나도 좀 배우자." 지원의 엉뚱한 물음에 모두 한바탕 웃음으로 승리를 다짐했다.

거제도 차이나타운.

낮에는 사람들을 찾아보기 힘들지만 해가 지고 어둠이 깔리면 불야성으로 변했다. 어디서 몰려오는지 화려한 남녀들이 유흥업소로 찾아들고 있었다. 건장한 사내들이 입구를 막고 있는가 하면 계집 같은 사내들이 손님 유치를 위해 지나가는 사람을 붙들고 말씨름을 하고 있었다. 은성과 지수, 지원이 주차장에 차를 세우고 황하 룸살롱 간판이 보이는 곳의 카페에서 대기하고 있었다. 황하 룸살롱 출입문 양쪽으로 건장한 사내 4명이 들어가는 손님들을 감시하고 있었다.

은혜 일행은 홀 안에 자리 잡고 앉았다. 시끄러운 음악이 흘러나오고 한쪽 벽면의 무대에선 봉춤꾼들이 화려한 율동으로 손님들의 시선을 사로잡고 있었다. 동주와 기훈은 맥주를 마시고 은혜는 술을 못 마셔 음료수를 마시고 있었다. 홀 옆으로 통로가 있고 양옆으로 룸이 있었다. 룸마다 손님들로 채워져 있고 여종업원들이 수시로 왕래하며 손님들의 시중을 들고 있었다. 이곳은 다국적 유흥업소로 해외 근로자, 국내인 중심으로 영업이 이루어지고 있었다. 오늘도 홀 쪽은 해외 근로자가 많았다. 그들은 연신 "브라보!"라고 외치며 향락을 즐기고 있었다.

"여신님, 급한 일이 발생했습니다." 총감이 급하게 나왔다.

"무슨 일인가요?" 은혜가 물었다. 총감과의 대화는 아무도 들을 수 없다. 총감은 은혜에게 영상을 보여 줬다. 룸 안에 어린 소녀들이 불안한 모습으로 앉아 있었다. 이제 겨우 중학생으로 보인다. 체격은 커 보이지만 얼굴은 앳된 모습이었다. 5명의 어린 소녀를 앉혀 놓고 협박하고 있는 험상궂은 사내들은 한국인이었다. 아마 인신매매단으로 어린 소녀들을 황하통상에게 넘기려 준비하고 있는 것 같았다. 4명의 사내는 밖을 주시하며 황하 담당자를 기다리고 있었다. 거래상 황하 담당자들이 들어왔다. 3명의 황하 영업부 직원들이다. 이들은 어린 소녀들을 어루만지면서 몸 검색을 했다. 발버둥을 치는 소녀들을 보고 낄낄거리는 인신매매단은 인간도 아니다. 자기 동생 같은 어린 소녀들을 납치해 팔아먹는 인간들. 은혜는 피가 거꾸로 솟는 듯했다. 자리에서 일어났다.

"동주 씨, 저 잠깐 실례 좀 하겠습니다." 은혜는 말했다.

동주는 은혜가 화장실에 가는 줄 알고 고개를 끄덕였다.

은혜는 총감이 인도하는 룸으로 갔다. 지나가는 웨이터가 들고 있는 맥주병을 집어 들었다. 웨이터는 아무런 반응이 없었다. 은혜는 룸 안으로 들어갔다.

룸 안은 은혜가 차마 눈 뜨고 볼 수 없는 광경이었다. 중국인들이 어린 소녀들을 끌어안고 온몸을 더듬고 있었다. 인신매매단들은 술을 마시며 웃고 떠들고 있다. 은혜가 들어서자 이들의 눈동자가 커졌다. 아름다운 여인이 맥주병을 들고 스스로 들어왔으니, 이들은 얼마나 즐겁겠는가. "아니, 이런 애가 있었어? 내가 10년을 황하와 거래했지만 이렇게 예쁜 계집애는 못 보았는데?" 인신매매단 대장 격인 자가 일어서며 말했다.

"나라를 팔아먹고 동포를 팔아먹는 인간쓰레기 같은 놈들! 오늘 너희의 영혼을 거두려고 했지만, 너희는 이 땅에서 지옥과 같은 고통으로 살아야 할 것이야. 그것이 너희에게 내리는 심판의 형벌이니라." 은혜는 싸늘한 미소로 말했다.

"아니, 저년이 미쳤나! 어디서 헛소리를 하고 있어! 야, 저년을 잡아 와!" 대장은 부하들에게 화난 몸짓으로 말했다.

은혜의 손에 있던 맥주병이 공중에 떠오르며 룸 안 중간쯤에서 멈추어 섰다. 그들은 맥주병을 보았다. "저년이 마술을 하나! 뭐 하고 있어? 어서 잡아." 대장은 소리를 질렀다.

"퍽!" 맥주병이 터지며 맥주 물이 일렬로 섰다. 홀 안에 있던 인간들은 이 모습을 보았다. 그러나 그것은 그들이 이생에서 보는 마지막 광경이었다. 맥주 물이 총알같이 날아 그들의 눈을 파괴했다. "으악! 으악! 악!" 비명이 크게 들렸지만, 시끄러운 음악 소리에 묻히고 말았다. 은혜는 어린 소녀들을 데리고 홀로 나왔다.

"동주 씨, 이 애들을 데리고 먼저 나가세요." 은혜는 동주에게 어린 소녀들을 부탁했다.

동주는 소녀들을 데리고 밖으로 나왔다.

지원이 이 모습을 보고 달려 나왔다. "오빠, 무슨 일이야? 이 애들은 누구고?" 지원이 놀라며 물었다. "은혜 씨가 애들을 부탁했어. 지원아, 애들을 안전한 곳에 있게 해." 동주는 지수와 은성을 바라보며 말했다.

지수와 은성이 소녀들을 가까운 모텔로 데리고 갔다. 은성이 소녀들과 함께 있기로 하고 지수는 카페로 돌아왔다.

지원이 황하 룸살롱을 주시하고 있었다. "아무 일 없었지? 동주 형은?" 지수는 의자에 앉으며 물었다. "아직 특별한 상황은 아니야. 동주 오빠는 또 들어갔어." 지원이 지수를 쳐다보며 대답했다.

동주는 홀로 들어왔다. 은혜와 기훈이 봉춤을 구경하고 있었다.

룸 안쪽은 시끄러웠다. 인신매매단과 황하 직원들이 웨이터의 부축을 받으며 밖으로 나갔다. 세상이 요지경이라 사람이 죽어 나가는 것에 모두 관심이 없다. 오로지 음악에 취해 자신만 즐거우면 되는 것이다. 바로 건장한 사내 30여 명이 몰려들었다. 곧이어 인신매매단 패거리 20여 명도 몰려왔다. 이들은 룸 안에 있던 손님들을 밖으로 내보내고 있었다. 황하 부하들과 인신매매단이 뒤엉켜 혼란스럽다. 손님들이 빠져나가고 있었다. 홀 외국인들도 무슨 일인지 룸 쪽을 바라보고 있었다. 시끄러운 음악도 그쳤다. 외국인들도 밖으로 나가고 있었다. 은혜 일행만 의자에 앉아 있었다.

은혜 일행 자리에 황하 부하들이 왔다. "왜 너희는 안 나가지? 어서 나가!" 얼굴에 칼자국이 난 자가 말했다. "무슨 일이 일어났나요?" 은혜가 미소 지으며 물었다.

"너희는 알 것 없어! 어서 나가!" 칼자국이 난 사내는 소리를 질렀다.

동주는 일어서며 소리 지르는 자의 복부를 발로 차 버렸다. 사내는 "윽!" 소리를 내며 앞으로 꼬꾸라졌다. 동주가 다시 한번 얼굴을 가격했다. 사내는 "악!" 소리와 함께 피를 토하며 기절했다.

"총감, 시작하세요. 한 놈도 살려 두지 마세요." 은혜는 총감에게 지시했다.

"알겠습니다, 여신님." 총감은 마귀 부하들에게 명을 내렸다.

"마귀들은 들어라. 저들을! 한 놈도 살려 두지 말라! 가라!" 총감의 말이 떨어지자 인신매매단은 황하 부하들을 공격했다. 공격을 받은 황하 부하들도 무기를 꺼내 들고 공격했다.

아비규환의 처절한 싸움이 시작되었다.

은혜 일행은 천천히 밖으로 나왔다. 황하 부하들이 은혜 일행을 막아섰다. 4명의 황하 부하. 그러나 동주와 기훈의 상대가 되질 않았다. 동주가 앞서 달려드는 놈을 엎어 치기로 땅에 던져 버렸다. 기훈이도 상대의 명치를 가격하여 쓰러트렸다. 재차 기훈의 돌려 차기에 한 놈이 나가떨어졌다. 나머지 한 놈이 동주에게 달려들지만 동주의 팔에 목덜미를 잡히고 동주의 팔꿈치가 놈의 등을 찍어 버리자 "헉" 소리를 내며 나뒹굴었다.

이때 황하 부하들 20여 명이 달려오고 있었다.

"저놈들, 잡아라! 놓치지 마라."

"은혜야, 빨리 타." 지수가 차를 황하 룸살롱 입구에 세우며 말했다.

"동주 오빠! 어서 타." 지원이 문을 열며 말했다. 동주와 은혜는 뒷좌석에 올랐다. 기훈이는 지수 옆에 타며 문을 닫았다. 황하 부하들은 갑자기 흩어지며 소리를 질렀다.

"놈들을 쫓아라! 빨리 차 가지고 와!" 황하 부하들은 이곳 지리에 능숙하다. 지수가 차를 세웠다. "기훈이 형, 형이 운전하세요. 아무래도 형이 운전해야 빠져나갈 것 같아." 지수는 운전석에서 내려 기훈과 자리를 바꾸었다.

황하 부하들은 사방에서 차를 몰고 은혜의 차를 추격했다.

골목길은 좁고 오가는 사람이 많아 빠져나가기 힘들었다.

그래도 기훈이 이곳 지리를 잘 알았다. 캄캄한 밤에 추격을 당하고 있었다. 황하 부하들의 추격은 차 다섯 대가 출동되었다.

은혜는 총감을 불렀다. "총감, 황하 룸살롱을 폭파하세요. 룸살롱을 흔적도 없이 만들어 버리세요." 은혜는 총감에게 지시를 내렸다. "네, 여신님. 알겠습니다." 은혜는 화가 머리끝까지 올라 무엇이든 때려 부수고 싶은 충동이 일어났다.

은혜의 차는 큰길로 빠져나왔다. 계속해서 황하 부하들이 쫓아왔다.

황하 룸살롱 홀 안은 혈투가 계속되었다. 죽기 위해 싸우는 것인지 죽이기 위해 싸우는 것인지 바닥은 온통 피에 젖은 시신만 널브러져 있었다. 이제 대여섯 명이 서로 때리고 찌르며 비틀거리고 있었다. 총감은 그들 중 한 명에게 들어갔다. "총감님, 어쩐 일입니까. 이제 곧 끝나 가는데." 졸개 마귀가 놀라며 물었다.

"수고했네. 그만 돌아가도록. 내가 알아서 하겠네." "네, 총감님. 알겠습니다." 졸개 마귀는 총감에게 인사하고 떠나갔다.

총감은 황하 부하를 데리고 주방에 갔다. 황하 부하는 쓰러질 듯 비틀거리며 혼이 나간 인간처럼 눈동자 초점도 없이 주방의 모든 가스 밸브를 열었다. 가스는 주방, 룸, 홀 안을 매캐한 냄새로 가득 채웠다. 황하 부하는 주방용 가스 점화기를 눌렀다. "쾅! 쾅! 쾅!" 폭음과 함께 건물은 주저앉았다.

지원의 연락으로 출동한 경찰들이 놀라 뒤로 물러났다.

은혜는 계속 추적을 당하고 있었다.

차는 한적한 곳을 달리고 있었다. 황하 부하들은 추격해 오며 총을 쏘기 시작했다.

차 뒤쪽 창문이 깨지고, 총알은 빗발치듯 날아들었다.

"악!" 동주의 어깨에 총알이 관통되었다. 동주는 지원의 무릎으로 쓰러졌다.

"오빠! 안 돼! 정신 차려, 오빠!" 지원이 동주를 흔들며 울부짖었다. "아악!" 은혜의 오른쪽 어깨로 총알이 스치고 지나갔다. "아, 총감! 어떻게 좀 해 보세요!" 은혜는 총감을 불렀다.

총감의 눈이 충혈됐다. "사단의 딸, 나의 주인님에게 상처를 입히다니! 이것들을!" 총감은 바싹 따라오며 총을 쏘아 대는 차의 운전자에게 들어갔다. 순간 차는 뒤로 돌아섰다. 그리고 뒤따라오는 황하 부하들의 차를 향해 총을 쏘아 대기 시작했다. 뒤차 운전자가 총에 맞아 쓰러지며 차는 공중으로 날아올라 반대 차선으로 떨어지며 폭발했다. 다음 차 운전자도 머리에 총알이 관통되어 가드레일을 들이박고 바닥에 굴렀다. 총감은 이에 그치지 않았다. 운전자를 이용하여 계속 전진해 나갔다. 뒤따라오던 차들이 이를 피해 도주하지만, 소용이 없었다.

총을 쏘아 대자 그들은 자기들끼리 충돌하며 날아가 전복되었다. 총감은 달려오는 대형 트럭에 정면으로 충돌시켜 모두 죽여 버렸다.

기훈은 차를 세우고 현장을 지켜보고 있었다. 추적하던 황하 부하들은 다 죽었다.

"오빠, 정신 차려! 오빠 죽으면 나도 죽을 거야! 엉엉! 오빠 일어나!" 지원이 동주의 어깨를 누르고 있었다.

"기훈 씨, 빨리 병원으로 가 주세요." 은혜는 흐르는 팔의 피를 지혈하며 말했다.

병원 응급실. 동주는 간단한 수술을 받았다. 겨드랑이 옆으로 깊게 총알이 뚫고 지나갔다. 생명에는 이상이 없었다. 정신도 돌아왔다. 은혜도 오른쪽 어깨 밑 부분으로 총알이 스치고 지나갔다. 살점이 약간 떨어져 나갔지만, 큰 부상은 아니었다. 응급조치로 살점을 꿰매고 붕대로 감았다. 지원이가 울고 불고 야단이다. 은혜를 잡아먹을 듯이 바라보다가 울고 동주의 손을 잡고 떨어지지 않았다.

"지원아, 울지 마. 오빠 괜찮아. 착하지. 울지 마." 동주는 지원이 머리를 다독거리며 달랬다. "지원아, 그만해라. 모두가 다 위험했어." 은혜가 지원이를 쳐다보며 말했다.

"야, 그걸 말이라고 하냐? 청상과부가 될 뻔했는데! 너 아무도 다치지 않게 한다며. 순 구라 아니야? 동주 오빠, 집에 가자. 은혜도 못 믿겠어. 으흑흑." 지원이 동주의 품에 안기어 울음을 터트렸다.

"알았어, 빨리 끝내고 집에 가자. 여전사 서지원 명예가 있지! 이렇게 약해지면 되나." 동주가 지원의 등을 쓸어 주며 말했다.

"그렇지, 나는 여전사지. 맞아, 내가 약해지면 안 되지. 동주 오빠를 이렇게 만든 놈들 박살을 내야지. 내가 조금 사랑에 빠졌나 봐. 은혜야, 미안하다. 너도 다쳤는데…. 많이 아프지 않냐?" 지원이 은혜를 바라보며 쑥스러운 표정으로 말했다. "이제 정신이 돌아왔냐?" 은혜는 모두를 바라보며 밝은 미소를 보이며 말했다.

"동주 씨, 다행입니다. 큰일을 하셨어요. 하지만 지금보다 더 어려울 수도 있겠습니다. 저들은 총기로 무장하고 있으니 진짜 무서운 조직입니다. 조금 더 신중한 계획을 세워야 할 것 같아요. 기훈 씨, 차를 하나 준비해 주시겠습니까? 아주 튼튼한 것으로 부탁을 드립니다. 아무래도 우리 차는 폐차를 하든지 해야 할 것 같습니다." 은혜는 기훈을 바라보며 말했다.

"그래요! 방탄차로 구해 주세요! 이것들을 바닷속에 수장해야 분이 풀리겠어요! 비용은 걱정하지 마시고 박격포도 뚫지 못할 방탄차로 구해 주세요." 지원이 씩씩거리며 말했다.

"알겠습니다. 바로 알아보지요." 기훈이 대답하고 밖으로 나갔다.

"지수야! 은성이는 어디에 있어?" 은혜가 지수에게 물었다.

"응, 그 소녀들과 모텔에 있어. 은성이한테 아이들을 지키라고 했어." 지수는 은혜를 보며 대답했다. "참 다행이다. 은성이가 함께 있지 않아서. 지원아! 너 은성이 앞에서 약해지지 마. 은성이 마음이 여려서 상처받는다." 은혜는 지원이를 바라보며 부탁의 말을 했다.

"알았어, 다시는 약해지지 않을게. 동주 오빠, 아프지 않아? 내가 '호~' 해줄까?" 지원의 걱정에 동주의 마음이 환해졌다.

모텔 객실.

은성은 잠을 자지 못했다. 납치되었던 어린 소녀들은 이곳으로 들어오자마자 모두 깊은 잠에 빠졌다. 어린 나이에 겪지 않아야 할 일과 인신매매단의 처절한 참상을 눈으로 보았으니, 공포와 두려움으로 깊은 상처를 받았을 것이다. 모두 귀한 자녀들인데 부모들은 얼마나 걱정하실까. 은성은 그들을 바라보았다. 앳된 얼굴로 잠들어 있는 모습은 모든 것을 다 잊고 평안해 보였다. 세상은 왜 이럴까. 인간의 탈을 쓰고서 힘없는 인간을 팔아먹는 악한 인간들. 이 시간에도 인신매매는 버젓이 일어나고 있을 것이다. 사람의 힘으로는 과연 막을 수가 없단 말인가.

은성은 서의숙 고모에게 전화를 걸었다.

"으응, 은성아! 무슨 일이야?" 서의숙은 잠자리에서 전화를 받았다. 서의숙은 은성의 목소리에 놀라 물었다.

"고모, 미안. 잠자는데…. 부탁할 게 있어서 전화했어." 은성이 이곳에서 일어난 일과 어린 소녀들의 이야기를 설명했다.

"지금 은혜는 어떻게 됐어?" "고모, 아직 몰라. 연락이 안 와서. 그리고 차를 한 대 보내 줘, 고모. 애들을 우리가 보호해야 할 것 같아. 너무 불쌍해. 도와줘요, 고모." 은성은 눈물을 흘리며 말했다. "알았어. 창원 지사에 연락할게. 걱정하지 말고 은혜 소식 오면 연락해. 아, 이게 무슨 일이야." 서의숙은 걱정 어린 한숨을 쉬며 전화를 끊었다.

은성이 밖을 내다보았다. 어두움 속에서 가로등 불빛만 비추고 있었다.

"어, 여기가 어디야?" 소녀 하나가 일어나 앉으며 물었다.

은성이 소녀를 바라보았다. "일어났어? 이제 안심해. 이곳은 안전하니까." 은성이 소녀의 어깨를 안아 주며 말했다.

소녀는 물을 찾았다. 은성이 물을 주자 소녀는 정신없이 물을 마셨다. 소녀는 물병을 내려놓으며 은성을 쳐다보았다.

"언니는 누구세요?" 소녀는 바로 앉으며 물었다.

"나는 은성이라고 해. 너희를 이곳으로 데려왔어. 다른 언니, 오빠들이 너희를 구했단다. 곧 이리로 올 거야. 안심해도 돼." 은성이 소녀를 안심시키며 말했다.

"제 이름은 박진희라고 해요. 중 3이고 저 애들은 같은 학교 친구들이고요. 학교 일진으로 활동했어요. 지역 서클 활동도 했고요. 우리는 불량소녀라는 이름표가 늘 따라다녔어요. 부모님들도 우리를 포기했으니까요. 그런데 서클 오빠들이 이용 가치가 없으니까 우리를 인신매매단에 팔아 버렸어요. 우리는 어떻게 살아야 할지 고민하다 차라리 죽자는 말도 다 같이 했어요. 어린 마음에 죽음을 생각한 것이 더 두려움이 되었어요. 저 인신매매단의 무자비한 겁탈에 이제 몸도 마음도 내 것이 아니라 생각했어요. 그래도 살아야 한다. 살다 보면 살아질 거라고 하고 여기까지 끌려왔어요. 으흑흑." 진희는 눈물을 흘리며 자신의 과거를 말해 주었다. 은성도 눈물을 흘렸다. 은성은 진희의 등을 쓸어 주며 안아 주었다.

"이제 걱정하지 마. 언니가 도와줄게. 너희도 잘 살 수 있어. 그런 환경을 만들어 줄게." 은성이 다짐했다. 이 애들을 잘 인도하겠다고…. 마음속으로 기도했다. "하나님이 애들을 지켜 주십시오." 은성이 다른 애들을 바라보았다. 편안한 모습으로 잠들어 있었다.

"이 친구는 진선아, 조미숙, 오만희, 민세희입니다." 진희는 친구들을 가리키며 이름을 알려 주었다. 은성은 애들 이름을 머릿속에 암기했다.

"어, 진희야. 이제부터 언니는 너희를 진, 선, 미, 만, 세 자매로 부를 거야, 그래, 이제부터 너희를 착한 진, 선, 미, 만, 세 자매로 언니가 만들어 줄게. 언니만 믿어." 은성이 두 손을 불끈 쥐고 말했다. "언니, 고마워요." 진희는 은성이 품에 안겼다.

은성의 결심은 장차 신화증권 유명한 5인조 여전사가 탄생하는 계기가 되었다.

병원 응급실. 동주는 침대에 잠들어 있고 지원이 동주의 손을 잡고 엎드려 잠들어 있었다.

은혜와 지수는 휴게실에서 커피를 마시고 있었다.

"은혜야, 은성이에게 연락 안 해도 되냐? 계속 연락 오는데?" 지수는 커피를 한 모금 마시며 물었다. "지수야, 이제 연락해 줘. 금방 간다고. 기훈 씨가 오시면 출발하자." 은혜는 밝게 웃으며 대답했다. 기훈은 응급실에 은혜가 안 보이자 휴게실로 왔다.

"은혜 씨, 차를 구했습니다." 기훈이 은혜를 바라보며 말했다.

"수고하셨어요, 기훈 씨. 이제 출발할 준비를 하지요." 은혜가 일어나며 말했다.

지수는 은성이에게 전화를 해 주었다. 하지만 전화를 늦게 했다고 구박만 당했다.

은혜 일행은 병원에서 나왔다. 해가 떠오르고 있었다.

기훈이 구해 온 차량은 수입 대형 SUV로 아주 멋진 차였다.

"야, 이거 마음에 드는데요? 좋아, 아주 좋아. 차가 이 정도는 돼야지! 전쟁을 하려면 장비가 좋아야 하는 거야. 자, 가자고! 악당들을 잡으러! 아, 나는 좋은 말이 안 나오네. 야, 은혜야! 네가 한마디 해라." 지원이 차량을 어루만지며 말했다.

"수고했어요, 기훈 씨, 이제 출발하시지요." 은혜는 차 문을 열었다.

일행은 은성이 기다리는 모텔로 출발했다.

모텔 앞에서 미니버스가 기다리고 있었다.

은혜 일행은 도착해 모텔 안으로 들어갔다. 객실에서는 다섯 소녀가 아직도 두려움에서 벗어나지 못하고 있었다.

"은혜야, 괜찮아? 다쳤다며." 은성이 은혜의 몸을 살피며 물었다.

"괜찮아. 애들은 어때?" 은혜는 소녀들을 바라보며 물었다.

"응, 고모에게 부탁해서 지금 버스가 와 있어. 은혜야, 이 애들 우리가 돌봐야 할 것 같아. 불쌍한 애들이야." 은성이 아이들을 가리키며 말했다.

"잘했어, 은성아. 애들 배고프겠다. 어서 데리고 가자." 은혜는 진희의 손을 잡아 주며 말했다. "진희야, 너희 있을 곳은 다 마련되어 있어. 그곳에서 마음 추스르고 있어. 언니가 곧 갈게. 아무 생각하지 말고." 은성은 진희에게 부탁의 말을 했다. 소녀들은 은혜 일행에게 인사하고 버스에 올라 서울로 출발했다.

은혜 일행은 호텔로 돌아와 샤워를 하고 잠시 휴식을 취했다.

은혜는 발코니에 나와 바다를 보고 있었다.

"여신님, 편안하신지요?" 총감이 인사하며 나왔다.

"네, 총감이 웬일로 나오셨어요?" 은혜는 놀라며 물었다.

"여신님, 다치신 것에 용서를 구합니다. 제 불찰입니다. 다시는 이런 사고 없게 하겠습니다." 총감은 은혜를 살피며 말을 했다.

"아닙니다. 일하다 보면 다치기도 하지요. 이번에 조금 위험은 했어요. 총감의 책임은 아닙니다. 총감, 이번에도 큰일을 했어요. 고마워요." 은혜는 진심으로 감사하며 말했다.

"감사합니다, 여신님. 더 열심히 하겠습니다." 총감은 기뻐하며 말했다.

"총감, 하오수의 행방을 알아봐 주세요. 아마 황하통상 본부에 있을 겁니다. 그들은 지금 정신이 없을 거예요. 이때 그들을 공격해야 합니다. 본부가 어디며 지금 상황은 어떠한지 알아봐 주세요." 은혜는 총감을 바라보며 말했다.

"네, 여신님. 다녀오겠습니다." 총감은 인사를 하고 사라졌다.

은성이 발코니로 나와 은혜 옆에 섰다. 둘은 바다를 바라보며 바닷바람을 몸으로 받아들였다.

"은혜야, 팔은 안 아파?" 은성이 은혜를 보며 물었다.

"응, 괜찮아. 지금쯤 애들이 도착했을 텐데…. 연락 없었지?" 은혜가 바다를 바라보며 물었다. "응, 아직. 참 불쌍한 애들이야. 힘들어도 애들을 하나님 은혜 안에서 성장할 수 있도록 도와줄 거야. 저 애들을 만난 것도 하나님의 뜻이 있는 것 같아. 은혜야, 우리 애들을 사랑으로 도와주자." 은성이 은혜의 어깨를 다독거리며 말했다.

"그래, 우리 도와주자." 은혜는 어깨에 올려진 은성의 손에 자기 손을 포개며 말했다.

"무슨 비밀 얘기를 나 몰래 하고 있냐? 아, 바다는 봐도 봐도 행복해." 지원이 은성의 옆에 서며 귀여운 웃음으로 말했다.

세 여인은 발코니 난간에 기대어 서로를 바라보며 활짝 웃었다.

세상에서 가장 아름다운 여인, 세상의 귀여움을 다 가진 여인, 은성은 이들을 바라보며 자신은 세상에서 가장 행복한 여인이라 생각했다.

동주와 지수가 왔다. 다섯 사람은 거실 소파에 앉았다.

"동주 오빠, 다친 곳은 괜찮아?" 은성이 걱정스러운 표정으로 물었다.

"괜찮아, 움직일 만해. 걱정하지 마." 동주는 모두에게 말했다.

"왜 걱정을 안 해! 이번에는 오빠는 쉬어. 오빠 몫까지 내가 다 할게." 지원이 말했다.

"그래요, 동주 씨는 호텔에 있어요. 크게 할 일은 없을 듯해요. 저 혼자 할 것입니다. 동주 씨와 지원이가 이곳에 있고, 은성이와 지수만 나와 동행하면 될 것 같아요. 저들과 부딪치는 일은 없을 거예요. 동주 씨는 무리하면 안 돼요. 지원이 네가 간병 잘 하고 있어." 은혜는 지원을 보며 말했다.

"야, 나까지 빠지면 되겠냐? 내가 있어야 해. 은혜, 너를 지켜야 한다고. 나도 갈 거야. 여전사는 전장에 있어야지. 여전사가 간병하는 것 봤냐? 동주 오빠, 미안하지만 나는 전쟁 체질이야. 나도 참여하겠습니다, 대장님!" 지원이 힘차게 말했다.

"안 돼, 대장 말에 순종하는 것도 여전사의 직무다. 알았어?" 은혜는 강하게 말했다.

"은혜야, 꼭 그렇게 해야 하냐? 아, 아마겟돈 전쟁에 참여를 못 하다니, 사랑이 원수로다." 지원의 말에 한바탕 웃음꽃이 피었다.

"은혜 씨, 조심하십시오. 지수와 은성이도 조심해." 동주는 참여하지 못해 안타까운 표정으로 말했다.

은혜와 은성, 지수는 주차장으로 내려왔다. 기훈이 기다리고 있었다.

"아니, 기훈 씨! 어쩐 일이에요?" 은혜가 미소 지으며 물었다.

"네, 동주가 부탁을 했습니다. 은혜 씨를 지켜 달라고." 기훈이 지수의 어깨를 툭 치며 말했다. "기훈이 형, 잘 왔어요. 저는 이곳 지리를 잘 모르니 난감했는데…. 고마워요, 형." 지수는 엄지척을 해 보이며 말했다.

"고마워요, 기훈 씨. 그럼 잘 부탁드립니다." 은혜는 정중히 인사하고 차에 올랐다.

은혜 일행은 호텔을 나왔다. 운전은 기훈이 했다.

"총감은 오셨나요?" 은혜는 총감을 불렀다.

"여신님, 기다리고 있었습니다. 황하통상 일당이 지금 총간부 모임을 하고 있습니다. 본부는 바닷가에 있는 3층 건물로 부하들이 철통같이 지키고 있습니다. 전원이 총기로 무장을 하고 있습니다. 여신님은 멀리서 황하통상이 이곳에서 사라지는 것을 지켜봐 주십시오. 제가 멋진 작품을 만들어 보겠습니다." 총감은 밝게 웃으며 말했다.

"괜찮겠어요? 제가 도울 일이 있으면 말씀하세요." 은혜가 총감을 보며 말했다.

"아닙니다. 여신님은 환자입니다. 이번에 여신님 몸에 상처를 낸 저들에게 분풀이를 해야 제 마음이 편할 것 같습니다. 맡겨 주십시오, 여신님." 총감은 고개 숙여 간청했다.

"알겠습니다, 총감. 마음껏 분풀이를 하세요." 은혜는 흐뭇한 미소 지으면서 말했다.

"네. 감사합니다, 여신님. 그럼, 이만 들어가겠습니다." 총감은 기쁜 마음으로 영혼에 숨었다. 은혜는 총감이 알려 준 황하통상 본부로 향했다.

황하통상 본부.

바닷가 외진 언덕 위에 3층의 작은 빌딩이 자리 잡고 있었다.

언덕으로 올라가는 길은 포장이 되어 있고 이팝나무 가로수가 길을 따라 잘 조경되어 있었다. 정문을 지나면 원형 로터리가 있고 빌딩 앞으로 회전 포장도로가 있어 차량이 빌딩 앞까지 들어갈 수 있었다. 오늘은 황하통상 간부 회의가 있어 도로 옆으로 차들이 일렬로 서 있었다. 정문에도 건물로 들어가는 입구에도 짧은 간격으로 황하통상 부하들이 총기 무장을 하고 건물을 지키고 있었다. 이 층으로 올라가는 곳에도 계단 양쪽으로 부하들이 지키고 있다. 이 층 회의실에는 타원형 테이블 주위로 20명의 간부가 둘러앉아 있었다. 회의실 안팎으로도 무장한 부하들이 출입문을 지키고 있었다.

테이블 중앙에 있는 얼굴이 넓적하고 구레나룻이 무성하고 둥근 안경을 낀 황하통상 사장 하중수가 심각한 표정으로 간부들을 주시하고 있었다.

"아니, 이게 말이 됩니까! 우리 부하들이 그렇게 많이 희생당했는데, 적이 누군지도 파악 못 하고 있다니 도대체 당신들은 무얼 하는 겁니까!" 하중수는 테이블을 치면서 말했다. 아무도 대답하는 자가 없다. 모두 고개만 숙이고 있었다.

"적을 알아야 계획을 세우든지 공격을 하든지 하지! 야! 하오수 실장, 말해 봐." 하중수는 자리에서 일어나며 말했다.

"네, 도대체 어떻게 당했는지 알 수가 없습니다. 조타수 말로는 선장이 좀 이상했다고 하는데 죽고 없으니 더욱 알 길이 없습니다. 마법사가 있는 것 같습니다." 하오수는 얼굴을 들지 못하고 말했다.

"이 미친놈아, 이 시대에 마법사가 어디 있어? 인력 사무소에서 장난친 거 아니야?" 하중수는 간부 주위를 돌며 물었다.

"인력 사무소 쪽도 알아봤지만, 그만한 능력을 행사할 사람이 없었습니다." 마송도 상무가 말했다. "해사무파 쪽도 알아보았지만, 무관한 것으로 확인했습니다." 도진아 이사가 대답했다. "도대체 이런 일은 본토에서도 없는 일인데, 자그마치 80명이 개죽음을 당했어. 황하의 위신은 떨어지고 본토에 뭐라고 보고하냐고! 그 조개껍데기는 누가 조종을 한 거야? 마법사가 조개껍데기로 어떻게 30명을 죽이냐고! 말이 안 돼. 귀신이 곡할 노릇 아니야? 세상에 신이 있다면 모를까!" 하중수가 자리에 앉으며 말했다.

하중수는 세상에 신도 있고, 귀신도 있다는 사실을 모르고 있었다.

"사장님, 이번 기회에 한국 사업을 포기하는 것이 어떨지?" 도진아 이사가 하중수 눈치를 보며 물었다. "도진아 이사, 지금 포기하면 황하의 손해가 너무 커. 본토에도 엄청난 타격이 오네. 그건 안 될 일이야." 하중수는 자기 구레나룻을 손으로 쓸며 대답했다.

아무리 회의를 해도 해결책이 나오지 않았다.

은혜 일행은 황하통상 본부가 잘 보이는 위치에 차를 세웠다.

"기훈 씨, 이곳에서 감시하시면 됩니다. 황하통상이 무너지는 것을 보게 될 것입니다." 은혜는 본부를 바라보며 말했다.

"은혜야, 저곳에 누가 있냐?" 은성이 본부를 쳐다보며 물었다.

"아니, 신이 함께할 거야. 우리는 그냥 이곳에서 구경만 하면 돼." 은혜는 밝은 얼굴로 대답했다. 기훈은 낚시터의 마지막 살육 현장을 떠올리며 저곳도 그렇게 될 것이라고 생각했다. 네 사람은 차에서 내려 어깨를 나란히 하며 본부를 바라보았다. 바닷바람이 은혜와 은성의 긴 머리를 휘날리게 했다.

정문 입구. 황하통상 2명의 부하가 마주 보고 있었다. 건장한 사내와 왜소한 사내가 무장을 하고 있었다. 왜소한 사내가 상대를 빤히 쳐다보고 있다. 아주 기분 나쁜 인상이다.

"야, 인마. 왜 그래? 기분 나쁜 일 있어?" 건장한 사내가 물었다.

"이 새끼, 나한테 욕했지?" "야, 내가 언제 욕을 했냐? 미친놈이네! 생사람 잡고 있어." 건장한 사내는 어이없다는 표정으로 말했다.

"뭐야, 미친놈! 이 새끼가 죽으려고 환장을 했나." 왜소한 사내는 총구를 겨누며 말했다.

"저 자식이 실성했나? 어디다 총구를…" 건장한 사내는 말을 잇지 못했다.

"탕! 탕!" 총알은 심장을 뚫고 나갔다. 총소리에 놀란 빌딩 출입구 사내들이 정문 쪽으로 달려왔다. "탕! 탕! 탕!" 달려오던 사내들도 비명을 지르며 쓰러졌다.

왜소한 사내는 계속 건물 쪽으로 달려갔다. 건물 안에 있던 사내들이 몸을 숨기며 왜소한 사내를 향해 사격했다. 왜소한 사내는 날아오는 총알을 두려워하지 않았다. 그저 달리며 총을 쏠 뿐이다. 총에 맞아 쓰러지면서까지 총을 쏘아 대고 있었다. 건물 안에 있던 2명이 쓰러졌다.

왜소한 사내는 쓰러져 꼼짝도 하지 않았다.

"야, 죽었나 확인해 봐." 한 사람은 총구를 겨누고 있고 한 사람이 달려와 왜소한 사내를 발로 차며 확인했다. "죽었어." 말을 하고 돌아서는 사내에게 총구를 겨누고 있던 왜소한 사내는 방아쇠를 당겼다. "탕! 탕! 탕!" "악, 네놈이!" 사내는 말을 맺지 못하고 쓰러졌다.

총을 쏜 사내는 뒤로 돌아섰다. 계단과 양 통로에서 밀려 나오는 사내들에게 무차별로 총을 난사했다. 계단에 있던 1명, 통로에서 나오던 2명이 쓰러졌다. "저 새끼가 미쳤나! 사격해!" 사내들은 소리를 지르며 일제히 입구에 서 있는 사내를 향해 사격했다.

사내는 온몸이 총알구멍이 되어 피를 튀기며 뒤로 쓰러졌다. 총소리가 조용해졌다. 사격한 사내들은 멍하니 주위를 돌아보고 있었다. 여기저기 쓰러져 있는 시신들을 바라보고 있다. 사내들의 총구가 서서히 내려졌다. 순간 중앙에 있던 사내의 총구가 불을 뿜었다. 그리고 둘러서 있는 사내들에게 무차별 난사를 했다. "악, 이건 또 뭐야! 피해라! 악, 사격해!" 앞에 있던 사내 5명이 쓰러졌다. 총을 난사하고 있는 사내는 총알을 맞으면서도 방아쇠를 놓지 않았다.

총소리는 잠잠해졌다. 멀쩡한 사내들은 없었다. 다리에 총알이 박히고 복부를 붙들고 비명을 지르는가 하면 어깨를 관통당해 고통을 호소하는 사내들이었다. 이 층에서 무장한 부하들과 간부들이 내려오고 있었다. "무슨 일이야? 적은 어디 있어?" 이 층에서 내려온 부하들은 사방을 둘러보며 적을 찾았다. 적은 보이지 않았다. 다리에 총알이 박힌 사내가 총을 들었다. 총구가 불을 뿜었다. "타타타탕!" 이 층에서 내려오던 사내들이 앞으로 쓰러졌다. "저

놈이다! 쏴라!" "타타타타탕!" 총소리는 연속해서 들려왔다. 총소리가 조용해 졌다. 다쳤던 사내들은 온몸으로 총알 세례를 받았다. 이 층에서 내려오던 5명이 죽었다. 숨 쉴 시간도 없이 이 층에서 내려오던 무장한 사내의 총구에서 불이 뿜어져 나오기 시작했다. "타타타타탕!" 무장을 하지 않은 간부들은 계단에서 하나씩 죽어 갔다. 계단과 일 층에는 살아 숨 쉬는 자가 없었다. 총감이 영혼을 움직이는 사내는 뒤로 돌아서 이 층으로 올라갔다.

회의실 앞에서 무장하고 있는 사내들이 쳐다보았다. "타타타탕!" 총알은 사정을 두지 않았다. 2명이 쓰러졌다. 안에 있던 사내들이 문을 발로 차며 사격을 했다. 총감이 들어가 있는 사내에게 사격을 했다. 사내는 다리와 복부를 맞아 앞으로 쓰러졌다. 총소리는 조용해졌다.

회의실에는 하중수, 하오수 형제와 5명의 간부가 불안에 떨고 있었다.

안에서 지키고 있던 무장한 부하는 2명밖에 없었다. 총감은 무장한 한 사내의 영혼에 들어와 있었다. "한심한 놈들, 너희는 한 생명도 살아 나갈 수가 없다. 우리 여신님을 건드린 너희를 용서할 수 없어. 여신님을 상처 입힌 것은 나의 자존심을 건드린 거나 다름이 없어. 내 생각 같아선 너희 본토까지 없애 버리고 싶지만 여기까지 자비를 베푸시는 여신님에게 감사해라. 잘 가거라." 총감은 하중수 형제를 바라보며 미소를 지었다.

"타타타타타탕!" "악! 으악! 악!" 하중수 형제와 간부들은 비명과 함께 죽었다. 남아 있던 무장한 사내도 총을 맞고 쓰러졌다. 사내는 쓰러지며 총을 쏘았다. 총감이 들어가 있던 사내가 쓰러지며 황하통상 본부의 참혹한 죽음의 심판은 끝이 났다.

사랑한다, 내 딸아!

총감은 은혜에게 돌아왔다. "여신님, 잘 처리하고 왔습니다. 이제 안심하시고 돌아가셔도 됩니다." 총감은 밝은 미소를 지으며 은혜에게 말했다.

"총감, 수고하셨어요. 고마워요. 피곤하실 텐데 이제 쉬세요." 은혜는 미소 지으며 총감을 위로하고 감사의 말을 했다. 총감은 은혜가 미소 지으며 칭찬해 줄 때마다 기쁘고 행복했다.

마귀 총감도 칭찬에는 자신의 본분을 잃어버리는 것 같다.

"여신님, 감사합니다. 편안히 돌아가십시오." 총감은 기쁜 마음으로 영혼에 숨었다.

총소리를 들었던 주민들이 신고를 할 것이다. 황하통상 자체가 한국에서 사라졌다. 조선소 주위로 잠시 소동이 있겠지만 사람들의 기억에서 금방 사라질 것이다.

은혜 일행은 황하통상 본부를 한 번 더 바라보고 차에 올랐다.

호텔 카페. 은혜 일행과 기훈이 한자리에 앉았다.

"은혜야, 지금 출발하게? 하루만 더 있다 가자, 응?" 지원이 은혜를 바라보며 말했다.

"안 돼, 가야 해. 조금이라도 수사망에 우리가 노출되면 이곳에서 발목을 잡힐 수가 있어. 되도록 빨리 이곳을 벗어나야 해." 은혜는 모두를 바라보며 말했다.

"기훈 씨가 인력 사무실 사장님들과 함께 이번 사건의 증인이 되어 주세요. 아마 요트 사건이 중심이 될 것 같습니다. 무슨 안 좋은 결과가 발생하면 바로 연락을 주세요. 제가 처리하겠습니다." 기훈의 손을 잡으며 은혜는 말했다.

"알겠습니다. 걱정하지 마십시오. 은혜 씨, 제가 보기에도 문제가 될 부분은 없을 것 같습니다. 그간 고생 많이 하셨습니다. 감사합니다. 동주야! 고마워. 빨리 회복되고…. 지원 씨, 동주와 결혼하면 꼭 초청 부탁드립니다." 기훈이 지원을 바라보며 말했다.

"아이, 부끄럽게…. 이런 곳에서 그런 멋진 말씀을 하세요. 1순위로 초청하겠습니다. 고마워요." 지원이 얼굴이 빨개지며 대답했다.

"기훈 씨, 제 차는 폐차를 해 주세요." 은혜는 걱정스러운 표정으로 말했다.

"걱정하지 마십시오. 그날 밤 아는 폐차장에 처리했습니다. 흔적은 찾을 수 없을 겁니다." "잘하셨습니다." 은혜는 일어서며 말했다.

기훈과 인사를 나누고 은혜 일행은 출발했다.

은혜 일행은 바닷가 순환 도로를 달리고 있었다.

남해는 푸르고 아름다웠다. 작은 섬들이 나타났다 없어지고 유람선들, 고기 잡는 배, 남해가 자랑하는 가두리 양식장들이 스쳐 지나갔다. 동주와 지원이, 은성과 지수는 같은 생각을 하고 있었다. '시간이 되면 꼭 같이 여행하자.' 그들은 서로를 마주 보며 눈빛으로 말했다.

아름다운 마음을 가진 정의의 청년들. 나라를 사랑하는 마음, 악한 인간들의 만행을 보고 참지 못하는 젊은 용기. 신이 기뻐하고, 신이 함께하는 이들의 도전은 끝이 없을 듯하다.

바다가 보이는 도로에 작고 멋진 휴게소가 보였다.

"은혜야! 우리 저곳에서 기념사진 하나 박고 가자. 그냥 갈 수 없잖아. 지수야! 차 세워." 지원이 의자에서 콩콩 뛰며 말했다.

"알았어." 지수는 휴게소 주차장에 차를 세웠다.

바다 경치가 아름다웠다. 일행은 목재로 만들어진 휴게소 난간에 서서 바다 구경을 했다.

"은성아! 카메라 준비 좀 해라! 단체 사진을 찍어야지! 이곳에 왔었다는 인증 샷이 있어야 하는 거야." 지원이 은성이에게 재촉하며 말했다.

카메라가 설치되었다. 은혜를 중심으로 오른쪽에 지원과 동주, 왼쪽에 은성과 지수가 섰다. "여신님, 저도 동참해도 되겠습니까?" 총감이 밝은 모습으로 나왔다.

"그래요, 총감. 우리 동행해요." 은혜는 미소 지으며 총감을 바라보았다.

총감은 은혜 머리 위에 떠올라 은혜의 양어깨를 잡았다. 다섯 명의 젊은 전사와 총감의 멋진 포즈가 연출되었다. 총감은 어울리지 않는 웃음을 지으며 카메라를 바라보고 있었다.

은혜 머리 위로 회색 연기의 하트가 선명하게 카메라에 찍혔다.

《사랑한다, 내 딸아!》 이야기는 여기서 끝이 납니다. 2편은 《동행》으로 이어집니다.